BESTSELLER

Frank Herbert ha sido periodista, fotógrafo y director de periódico. En 1963, tras el éxito mundial de la primera entrega de *Dune*, se dedicó de lleno a la literatura y al estudio de la ecología y de las energías alternativas. *Dune* fue adaptada al cine por el célebre David Lynch, en la película homónima protagonizada por Max von Sydow y Sting.

Biblioteca

FRANK HERBERT

El mesías de Dune

Traducción de
Domingo Santos

DEBOLS!LLO

El mesías de Dune

Título original: *Dune messiah*

Sexta edición en España: noviembre, 2016
Primera edición en México en Debolsillo: noviembre, 2020
Primera reimpresión: septiembre, 2021
Segunda reimpresión: noviembre, 2021
Tercera reimpresión: enero, 2022
Cuarta reimpresión: abril, 2022

D. R. © 1969, Frank Herbert

D. R. © 1995, Penguin Random House Grupo Editorial, S. A. U.
Travessera de Gràcia, 47-49, 08021, Barcelona

D. R. © 2022, derechos de edición mundiales en lengua castellana:
Penguin Random House Grupo Editorial, S. A. de C. V.
Blvd. Miguel de Cervantes Saavedra núm. 301, 1er piso,
colonia Granada, alcaldía Miguel Hidalgo, C. P. 11520,
Ciudad de México

penguinlibros.com

D. R. © Domingo Santos, por la traducción
Diseño e ilustración: Opal Works
D. R. © Jim Tierney, por el diseño e ilustración de portada

ISBN: 978-607-319-726-7

Impreso en México – *Printed in Mexico*

cuando estaba escribiendo Dune...

...no había espacio en mi mente para preocupaciones acerca del éxito o el fracaso del libro. Estaba preocupado tan sólo por escribirlo. Seis años de investigaciones habían precedido al día en que me senté a hilvanar la historia, y el interconectar las distintas acciones que había imaginado requería un grado de concentración que nunca antes había experimentado.

Iba a ser una historia explorando el mito del Mesías.

Iba a producir una visión distinta de un planeta ocupado por el hombre contemplado como una máquina energética.

Iba a penetrar en los afanes interconectados de la política y de la economía.

Iba a ser un examen de la predicción absoluta y sus trampas.

Iba a haber una droga de la consciencia en él, y a decir lo que podía ocurrir a través de la dependencia a una tal sustancia.

El agua potable iba a ser una analogía del petróleo y de la propia agua, una sustancia cuyas reservas disminuyen cada día.

Iba a ser una novela ecológica, pues, con muchos armónicos, así como una historia acerca de gente y sus preocupaciones humanas con valores humanos, y tenía que controlar cada uno de esos niveles en cada uno de los estadios del libro.

No había sitio en mi cabeza para pensar en muchas otras cosas.

Siguiendo a la primera publicación, los informes de los editores fueron lentos y, como se demostró luego, inexactos. Los críticos habían sido severos. Más de doce editores habían rechazado su publicación. No había habido ninguna publicidad. Sin embargo, algo estaba ocurriendo ahí afuera.

Durante dos años, me vi inundado por quejas de lectores y de libreros que no podían conseguir el libro. El Catálogo Universal lo alababa. No dejaba de recibir llamadas telefónicas de gente preguntándome si estaba iniciando un culto.

La respuesta: «¡Dios, no!»

Lo que estoy describiendo es la lenta realización del éxito. En la época en que los primeros tres libros de Dune estuvieron completados, quedaban ya pocas dudas de que se trataba de una obra popular... una de las más populares de la historia, se me dijo, con aproximadamente unos diez millones de ejemplares vendidos en todo el mundo. Ahora la pregunta más habitual que hace la gente es: «¿Qué significa este éxito para usted?»

Me sorprende. No lo esperaba. Tampoco esperaba el fracaso. Era un trabajo, y lo hice. Partes de El mesías de Dune *e* Hijos de Dune *estaban escritas ya antes de que* Dune *hubiera sido completado. Adquirieron una mayor consistencia en su versión definitiva, pero la historia esencial permaneció intacta. Yo era un escritor, y estaba escribiendo. El éxito significaba que podía pasar más tiempo escribiendo.*

Mirando hacia atrás hacia todo ello, me doy cuenta ahora de que hice lo correcto instintivamente. Uno no escribe para el éxito. Eso distrae una parte de tu atención del escribir. Si realmente eso es lo que estás haciendo, eso es todo lo que estás haciendo: escribir.

Hay un convenio no escrito entre tú y el lector. Si alguien entra en una librería y se gasta un dinero (energía) duramente ganado en tu libro, le debes a esa persona un cierto entretenimiento, tanto como puedas proporcionarle.

Esa ha sido siempre mi intención a lo largo de toda mi vida.

Frank Herbert

PROLOGO

El sino de Dune

Dune es el planeta Arrakis, un mundo árido de grandes desiertos donde la vida sobrevive a costa de terribles sacrificios. Los seminómadas Fremen de Dune basan todas sus costumbres en la escasez del agua, y afrontan el desierto utilizado destiltrajes que recuperan toda la humedad. Los gigantescos gusanos de arena y las salvajes tormentas son una amenaza constante para ellos. La única fuente de riqueza de Dune es la melange, una droga adictiva producida por los gusanos. Esta «especia» favorece la longevidad y proporciona cierta habilidad en prever el futuro.

Paul Atreides era el hijo del soberano de Dune. Cuando su padre fue muerto en una guerra con su rival la nobleza Harkonnen, Paul huyó al desierto con su madre encinta, *Dama Jessica*. Esta era una iniciada adiestrada por la Bene Gesserit... una orden femenina dedicada a las artes mentales y al control de las líneas genéticas. Según ella, Paul

9

estaba en la línea que debía producir el kwisatz haderach, el mesías del futuro.

Duncan Idaho fue muerto al salvarles. Paul luchó por ser aceptado por los Fremen, y aprendió a controlar y guiar a los gusanos de arena. En uno de sus rituales, tomó una dosis masiva de drogas que produjeron un cambio permanente en él, proporcionándole una intensa visión del futuro... o futuros. Su madre tomó también la droga, intentando controlarla mediante métodos Bene Gesserit. A resultas de ello, la hermana de Paul, *Alia*, recibió todo el conocimiento que poseía su madre mientras se hallaba en su seno, y era enteramente cognoscitiva cuando nació.

Entretanto, Paul se convirtió en el líder aceptado de los Fremen. Se unió con una chica Fremen, *Chani*, y adoptó muchas de sus costumbres. Pero su mente Atreides estaba entrenada en disciplinas desconocidas para los Fremen, y les ofreció una organización y una misión que nunca antes habían conocido. Planeó también cambiar el clima de Dune con el fin de convertirlo en un vergel saturado de agua.

Antes de que sus planes pudieran desarrollarse completamente, los Harkonnen se apoderaron de Dune y de su capital, Arrakeen. Pese a los supuestamente invencibles soldados Sardaukar, las fuerzas Fremen de Paul vencieron al enemigo en una gran batalla.

En el tratado impuesto por Paul, éste adquirió una base de poder que le permitiría edificar un imperio estelar. Tomó también a la heredera Imperial, la *Princesa Irulan*, como consorte, aunque se negó a consumar el matrimonio, permaneciendo fiel a Chani.

Durante los siguientes doce años creó su imperio. Pero ahora todos los antiguos grupos de influencia están comenzando a unirse, y conspiran contra él y contra la leyenda de Muad'dib, como es llamado.

**—Extractos desde la Celda de la Muerte,
Entrevista con Bronso de Ix**

P: ¿Qué es lo que te condujo a formular tu particular visión de la historia de Muad'dib?

R: ¿Por qué debo responder a tus preguntas?

P: Porque yo preservaré tus palabras.

R: ¡Ahhh! ¡El señuelo definitivo para un historiador!

P: ¿Cooperarás, entonces?

R: ¿Por qué no? Pero tú nunca comprenderás lo que inspiró mi Análisis de la Historia. Nunca. Vosotros los Sacerdotes tenéis mucho en juego como para...

P: Pruébame.

R: ¿Probarte? Bueno, de nuevo... ¿por qué no? Fui atrapado por la poca profundidad de la visión común de este planeta que surge de su nombre popular: Dune. No Arrakis, observa, sino Dune. La historia está obsesionada por Dune como un desierto, como el lugar de nacimiento de los Fremen. Tal historia se concentra en las costumbres que surgieron de la escasez del agua y del hecho de que los Fremen llevaban vidas seminómadas en destiltrajes que recuperaban la mayor parte de la humedad de sus cuerpos.

P: Entonces, ¿esas cosas no son ciertas?

R: Son verdades superficiales. Ignorar lo que yace debajo de esa superficie es como... como intentar comprender mi planeta natal, Ix, sin explorar cómo derivamos nuestro nombre del hecho de que somos el noveno planeta de nuestro sol. No... no. No es suficiente ver Dune como un lugar de salvajes tormentas. No es suficiente hablar de la amenaza planteada por los gigantescos gusanos de arena.

P: ¡Pero tales cosas son cruciales para el carácter arrakeno!

R: ¿Cruciales? Por supuesto. Pero producen una visión única del planeta, del mismo modo que Dune es un planeta de un solo cultivo debido a que es la única y exclusiva fuente de la especia, la melange.

P: Sí. Háblanos un poco más a fondo de la sagrada especia.

R: ¡Sagrada! Como ocurre con todas las cosas sagradas, da con una mano y toma con la otra. Prolonga la vida y permite al adepto prever su futuro, pero lo ata a una cruel adicción y marca sus ojos como están marcados los tuyos: un azul total, sin el menor asomo de blanco. Sus ojos, sus órganos de la *vista*, se convierten en una sola cosa sin contraste, algo de visión única.

P: ¡Esta herejía es lo que te ha conducido a esta celda!

R: Fui conducido a esta celda por tus Sacerdotes. Como todos los sacerdotes, tú aprendiste muy pronto a llamar a la verdad herejía.

P: Estás aquí porque te atreviste a decir que Paul Atreides perdió algo esencial de su humanidad antes de poder convertirse en Muad'dib.

R: Sin hablar de que perdió a su padre aquí en la guerra Harkonnen. Ni la muerte de Duncan Idaho, que se sacrificó para que Paul y Dama Jessica pudieran escapar.

P: Tu cinismo ha sido debidamente registrado.

R: ¡Cinismo! Ese es sin duda un crimen mayor que la herejía. Pero, ¿sabes?, no soy en realidad un cínico. Soy simplemente un observador y un comentador. Vi una auténtica nobleza en Paul cuando huyó al desierto con su madre embarazada. Por supuesto, ella fue una gran ventaja al mismo tiempo que una carga.

P: El fallo con vosotros los historiadores es que nunca tratáis exclusivamente bien a nadie. Ves auténtica nobleza en el Sagrado Muad'dib, pero tienes que añadir una nota cínica a pie de página. No es extraño que la Bene Gesserit también te denunciara.

R: Vosotros los sacerdotes hacéis bien formando causa común con la Hermandad Bene Gesserit. Ellas también sobreviven ocultando lo que hacen. Pero ellas no pueden ocultar el hecho de que Dama Jessica era una adepta adiestrada Bene Gesserit. Sabes que ella adiestró a su hijo a la manera de la hermandad. Mi *crimen* fue discutir esto como un fenómeno, explicarlo según sus artes mentales y su programa genético. Vosotros no deseáis que sea llamada la atención sobre el hecho de que Muad'dib era el esperado mesías cautivo de la Hermandad, que era su *kwisatz haderach* antes de que fuera vuestro profeta.

P: Si sintiera alguna duda acerca de tu sentencia de muerte, acabas de disiparla.

R: Sólo puedo morir una vez.

P: Hay muertes y hay muertes.

R: Cuidad de no hacer un mártir de *mí*. No creo que Muad'dib... Dime, ¿sabe Muad'dib lo que estás haciendo en estas mazmorras?

P: No molestamos a la Sagrada Familia con trivialidades.

R: (Risas). ¡Y para esto Paul Atreides luchó por abrirse camino hasta un nicho entre los Fremen! ¡Para eso aprendió a controlar y conducir el gusano de arena! Fue un error responder a tus preguntas.

P: Pero seguiré manteniendo mi promesa de preservar tus palabras.

R: ¿Lo harás realmente? Entonces escúchame con atención, Fremen degenerado, ¡Sacerdote sin ningún dios excepto tú mismo! Tienes mucho que responder. Fue un ritual Fremen lo que le proporcionó a Paul su primera dosis masiva de melange, abriendo con ello su consciencia a las visiones de sus futuros. Fue un ritual Fremen lo que a través de esa misma melange despertó a la aún no nacida Alia en el seno de Dama Jessica. ¿Has tomado en consideración lo que significa para Alia el nacer en este universo completamente cognitiva, poseedora de todas las memorias y conocimiento de su madre? Ninguna violación puede ser más terrible.

P: Sin la sagrada melange Muad'dib no se hubiera con-
R: Sin tu ciega crueldad Fremen tú no hubieras sido un vertido en el líder de los Fremen. Sin su sagrada experiencia Alia no hubiera sido Alia.

sacerdote. Ahhh, os conozco, Fremen. Pensáis que Muad'dib es vuestro porque se unió a Chani, porque adoptó las costumbres Fremen. Pero primero fue un Atreides, y fue adiestrado por una adepta Bene Gesserit. Poseía disciplinas completamente desconocidas para vosotros. Vosotros pensasteis que os traía una nueva organización y una nueva misión. Prometió transformar vuestro desierto planeta en un paraíso rico en agua. ¡Y mientras os cegaba con tales visiones, os arrebató vuestra virginidad!

P: Esta herejía no cambia el hecho de que la transformación Ecológica de Dune está avanzando a buen ritmo.
R: Y yo cometí la herejía de rastrear las raíces de esa transformación, de explorar las consecuencias. Esa batalla ahí afuera en las Llanuras de Arrakeen pudo enseñar al universo que los Fremen podían derrotar a los Sardaukar Imperiales, pero ¿qué otra cosa enseñó? Cuando el imperio estelar de la Familia Corrino se convirtió en un imperio Fremen bajo Muad'dib, ¿en qué otra cosa se convirtió el Imperio? Vuestro Jihad solamente tomó doce años, pero qué lección enseñó. ¡Ahora, el Imperio comprende la impostura del matrimonio de Muad'dib con la Princesa Irulan!

P: ¿Te atreves a acusar a Muad'dib de impostura?
R: Aunque me mates por ello, esto no es herejía. La Princesa se convirtió en su consorte, no en su compañera. Chani, la pequeña chica Fremen... ella es su compañera. Todo el mundo sabe eso. Irulan era la llave al trono, nada más.

P: ¡Es fácil ver por qué esos que conspiran contra Muad'-

dib utilizan tu Análisis de la Historia como su principal argumento de cohesión!

R: No te persuadiré; lo sé. Pero el argumento de la conspiración surgió antes de mi Análisis. Doce años del Jihad de Muad'dib crearon el argumento. Eso fue lo que unió los antiguos grupos de poder y prendió la conspiración contra Muad'dib.

Tan ricos son los los mitos que rodean a Paul Muad'dib, el emperador Mentat, y a su hermana Alia, que es difícil ver a las personas reales que hay tras. esos velos. Pero fueron, después de todo, un hombre nacido Paul Atreides y una mujer nacida Alia. Su carne estuvo sujeta al espacio y al tiempo. Y pese a que sus poderes de oráculo los situaba más allá de los límites usuales del tiempo y del espacio, seguían siendo de extracción humana. Experimentaron acontecimientos reales que dejaron huellas reales en un universo real. Para comprenderlos, hay que comprender que su catástrofe fue la catástrofe de toda la humanidad. Esta obra, pues, está dedicada no a Muad'dib o a su hermana, sino a sus herederos... a todos nosotros.

—Dedicatoria de la Concordancia de Muad'dib tal como fue copiada de la Tabla Memorium del Culto al Espíritu Madhi

El reino Imperial de Muad'dib generó más historiadores que cualquier otra era de la historia humana. Muchos de ellos defendieron un punto de vista particular, celoso y

17

sectario, pero su propia existencia revela el peculiar impacto producido por este hombre que despertó tantas pasiones en tantos y tan distintos mundos.

De acuerdo, llevaba en sí los ingredientes de la historia, ideales e idealizados. Ese hombre, nacido Paul Atreides en una antigua Gran Familia, recibió el entrenamiento profundo *prana-bindu* de Dama Jessica, su madre Bene Gesserit, y adquirió así un soberbio control de sus músculos y nervios. Pero además era un *mentat*, un intelecto cuyas capacidades superaban las de las computadoras mecánicas que usaban los antiguos y que están prohibidas por la religión.

Y, por encima de todo ello, Muad'dib era el *kwisatz haderach* que la Hermandad Femenina buscaba desde hacía cientos de generaciones a través de su programa de selección genética.

El kwisatz haderach, pues, el hombre que podía estar «en varios sitios a la vez», aquel profeta, aquel hombre a través del cual la Bene Gesserit confiaba en controlar el destino humano... aquel hombre se convirtió en el Emperador Muad'dib y realizó un matrimonio de conveniencias con la hija del Emperador Padishah, al que acababa de vencer.

Piensen en la paradoja, el implícito fracaso que representaba aquel momento, ustedes que seguramente han leído otras historias y conocen los hechos superficiales. Por supuesto, los salvajes Fremen de Muad'dib aplastaron al Emperador Padishah Shaddam IV. Acabaron con las legiones Sardaukar, las fuerzas aliadas de las Grandes Casas, los ejércitos Harkonnen y los mercenarios entrenados gracias al dinero recaudado en el Landsraad. Hizo ponerse de rodillas a la Cofradía Espacial y colocó a su propia hermana, Alia, en el trono religioso que la Bene Gesserit había creído a su alcance.

Hizo todo esto, y más.

Los misioneros Qizarate de Muad'dib arrastraron su guerra religiosa a través del espacio en un Jihad cuyo mayor ímpetu duró tan sólo doce años standard, pero en este tiempo el colonialismo religioso reunió a una parte del universo humano bajo una sola guía.

Hizo todo esto porque la captura de Arrakis, ese planeta más conocido como Dune, le dio el monopolio sobre la moneda última de todo el reino: la especia geriátrica, la melange, el veneno que da la vida.

Y que también descorre los velos del Tiempo. Sin la melange, las Reverendas Madres de la Hermandad Femenina no pueden llevar a cabo sus proezas de observación y control humano. Sin la especia, los Navegantes de la Cofradía no pueden cruzar el espacio. Sin la melange, miles y miles de millones de ciudadanos del Imperio morirán al serles cortada la fuente de su adicción.

Sin la melange, Paul-Muad'dib no puede profetizar.

Sabemos que este momento de supremo poder contenía el germen del fracaso. Sólo hay una respuesta a algo así: una predicción tan exacta y total como aquella es siempre mortal.

Otros historiadores dicen que Muad'dib fracasó a causa de obvios complots: la Cofradía, la Hermandad Femenina y los amoralistas científicos de la Bene Tleilax y los subterfugios de sus Danzarines Rostro. Otros afirman que fue el Tarot de Dune quien oscureció los poderes proféticos de Muad'dib. Algunos señalan que Muad'dib tuvo que aceptar los servicios de un *ghola*, un ser de carne llamado de entre los muertos y entrenado para destruirlo. Pero es sabido que este ghola era Duncan Idaho, el teniente Atreides que pereció salvando la vida del joven Paul.

Más aún, todos señalan la cábala Qizarate, conducida por Korba el Panegirista. Todos nos muestran paso a paso cuál era el plan de Korba de hacer un mártir de Muad'dib y culpar de ello a Chani, la concubina Fremen.

¿Pero puede algo de esto explicar los hechos tal como los ha revelado la hitsoria? No. Tan sólo a través de la naturaleza letal de la profecía podemos comprender el fracaso de un poder tan enorme y tan extendido.

Afortunadamente, otros historiadores aprenderán algo de esta revelación.

Análisis de la Historia: Muad'dib,
por Bronso de Ix

> *No existe ninguna separación entre dioses y hombres; los unos se mezclan suave y ocasionalmente en los otros.*
>
> **—Proverbios de Muad'dib**

Pese a la mortífera naturaleza de la conjura que ayudaba a llevar a cabo, los pensamientos de Scytale, el Danzarín Rostro tleilaxu, se inclinaron más y más hacia los remordimientos y la compasión.

Lamentaré causar la muerte y la desgracia de Muad'dib, se dijo a sí mismo.

Mantuvo cuidadosamente ocultos estos pensamientos a sus compañeros conspiradores. Pero estos pensamientos no le sorprendieron, ya que era más fácil identificarse con la víctima que con los atacantes... esta era una de las características de los tleilaxu.

Scytale se mantuvo de pie en un absorto silencio, algo apartado de los demás. Hacía rato que se argumentaba acerca del empleo de algún veneno psíquico. Enérgica y vehementemente, pero con educación y con esa forma ciegamente compulsiva que adoptaban los adeptos de las Grandes Escuelas en temas cercanos a su dogma.

—¡Cuando creáis que lo tenéis ensartado, os daréis cuenta de que en realidad ni siquiera le habéis herido!

Era la vieja Reverenda Madre de la Bene Gesserit, Gaius Helen Mohiam, su anfitriona en Wallach IX. Una silueta delgada envuelta en ropajes negros, una arrugada bruja sentada en una silla flotante a la izquierda de Scytale. Había echado hacia atrás su aba, dejando al descubierto un rostro correoso bajo unos cabellos plateados. Dos ojos profundamente hundidos en sus órbitas eran lo único que tenía una apariencia de vida.

Usaban la lengua *mirabhasa*, un conjunto de consonantes paladiales y vocales mezcladas. Era un instrumento de intercambio de emociones sutiles. Edric, el Navegante de la Cofradía, respondió a la Reverenda Madre con una cortesía vocal contenida en una sonrisa... un encantador toque de educado desdén.

Scytale miró al enviado de la Cofradía. Edric flotaba en un contenedor de gas anaranjado a sólo unos pasos de él. Su contenedor ocupaba el centro de un domo transparente que lá Bene Gesserit había hecho construir para esa reunión. El hombre de la Cofradía tenía una apariencia alargada, vagamente humanoide, con pies en forma de aletas y manos palmeadas en abanico... un pez en un extraño mar. Los renovadores de su tanque emitían una nube de pálido color anaranjado, rica en aromas de melange, la especia geriátrica.

—¡Si seguimos por este camino, terminaremos muertos por nuestra propia estupidez!

Era la cuarta persona presente —el miembro *potencial* de la cospiración—, la princesa Irulan, esposa (*pero no compañera*, se recordó a sí mismo Scytale) de su mutuo adversario. Se mantenía de pie a un lado del tanque de Edric, una alta belleza rubia, espléndida en su vestido de piel de ballena azul y sombrero haciendo conjunto. Unos sencillos aretes de oro destellaban en sus orejas. De ella dimanaba una aristocrática altivez, pero algo en la estudiada impasividad de su rostro traicionaba el control de su entrenamiento Bene Gesserit.

Scytale desvió sus pensamientos de los matices de lenguaje para enfocarlos en los matices de ubicación. A todo alrededor del domo se desplegaban colinas semicubiertas de nieve que reflejaban en forma moteada la azulina claridad del pequeño sol blancoazulado que se hallaba ahora en su meridiano.

¿Por qué este lugar precisamente?, se preguntó Scytale. Muy raramente la Bene Gesserit hacía algo en forma casual. Tomemos por ejemplo el domo: un espacio más convencional y confinado hubiera infligido al hombre de la Cofradía una nerviosa claustrofobia. Las inhibiciones en su psique eran las propias de un ser nacido y viviendo fuera de cualquier planeta, en pleno espacio.

Sin embargo, el erigir este lugar especialmente para Edric... era un afilado dedo apuntado directamente a su principal debilidad.

¿Y yo?, se dijo Scytale. *¿Qué es lo que apuntan hacia mí?*

—¿Tienes algo que decir por ti mismo, Scytale? —preguntó la Reverenda Madre.

—¿Pretendéis arrastrarme en vuestra estúpida lucha? —dijo Scytale—. Muy bien. Estamos enfrentándonos a un mesías potencial. No se puede lanzar un ataque frontal contra alguien así. Convertirlo en un mártir nos hundiría.

Todos le miraron.

—¿Crees que éste es el único peligro? —preguntó la Reverenda Madre con voz silbante.

Scytale se alzó de hombros. Para aquella reunión había elegido una apariencia blanda, un rostro redondo, amable y banal, unos gruesos labios, un cuerpo gordezuelo. Ahora, estudiando a los demás conspiradores, se daba cuenta de que su elección había sido la ideal... debido quizá a su instinto. El era el único de aquel grupo que podía manipular su apariencia física a través de todo el espectro de cualidades y formas corporales. Era el camaleón humano, el Danzarín Rostro, y la apariencia que había elegido inclinaba a los demás a juzgarlo no demasiado importante.

—¿Y bien? —insistió la Reverenda Madre.

—Estaba gozando del silencio —dijo Scytale—. Nuestras hostilidades son mejores cuando no atraviesan nuestras bocas.

La Reverenda Madre se echó ligeramente hacia atrás, y Scytale vio que lo revaluaba. Todos ellos eran producto de un profundo entrenamiento prana-bindu, capaz de permitir un control de músculos y nervios que muy pocos seres humanos lograban alcanzar. Pero Scytale, un Danzarín Rostro, poseía conexiones musculares y nerviosas que nunca habían poseído los otros, y además una especial cualidad de *sympatico*, una capacidad mimética que le permitía asumir la psique de cualquier otro además de su apariencia.

Scytale aguardó el tiempo necesario para que fuera efectuada su revaluación, y entonces dijo:

—¡Veneno! —Pronunció la palabra con la falta de entonación necesaria para señalar que solo él conocía aún su secreto significado.

El hombre de la Cofradía se agitó, y su voz resonó en el altavoz esférico que flotaba a un lado de su tanque sobre Irulan:

—Estamos hablando de veneno *psíquico*, no físico.

Scytale se echó a reír. La risa morabhasa podía desollar a un oponente, y él le dio toda su potencia.

Irulan sonrió apreciativamente, pero las comisuras de los ojos de la Reverenda Madre revelaron un asomo de ira.

—¡Ya basta! —gruñó Mohiam.

Scytale se interrumpió, pero de nuevo había captado su atención... Edric una silenciosa cólera, la Reverenda Madre alerta en su ira, Irulan divertida pero intrigada.

—Nuestro amigo Edric —dijo Scytale—, sugiere que un par de brujas Bene Gesserit, entrenadas en todas sus sutiles maneras, no han aprendido aún los verdaderos usos del engaño.

Mohiam se volvió para contemplar, afuera, las frías colinas del mundo natal Bene Gesserit. Estaba empezando a ver qué era lo realmente importante, se dijo Scytale. Esto era bueno. Sin embargo, Irulan era otro asunto.

—¿Eres uno de los nuestros, sí o no, Scytale? —preguntó Edric. Miró afuera de su tanque con sus pequeños ojillos de roedor.

—Mi lealtad no está en discusión —dijo Scytale. Dirigió su atención a Irulan—. ¿Os estáis preguntando, Princesa, si es por eso por lo que habéis recorrido todos esos parsecs y arriesgado tanto? —Ella asintió con la cabeza—. ¿Para intercambiar algunas banalidades con un pez humanoide o discutir con un Danzarín Rostro tleilaxu? —prosiguió Scytale.

Ella dio unos pasos alejándose del tanque de Edric, frunciendo su nariz en desagrado ante el penetrante olor a melange.

Edric eligió este momento para introducir una píldora de melange en su boca. Comía especia, y la fumaba, y sin duda también la bebía, observó Scytale. Era algo lógico, puesto que la especia agudizaba la presciencia de los Navegantes, dándoles la facultad de pilotar las grandes naves de la Cofradía, a través del espacio, a velocidades hiperlumínicas. Con la presciencia proporcionada por la especia, podían elegir la línea del futuro de la nave que ofreciera menos peligros. Edric husmeaba ahora otra clase de peligro, pero su tipo de presciencia no le permitía llegar a él.

—Creo que he cometido un error al venir hasta aquí —dijo Irulan.

La Reverenda Madre se giró, abrió sus ojos, los cerró, todo ello en un gesto curiosamente reptiloide.

Scytale desvió ostensiblemente su mirada de Irulan al tanque, invitando a la princesa a compartir su punto de vista. Seguramente ella debía ver también a Edric como a una figura repelente: el calvo cráneo, aquellos monstruosos pies y manos moviéndose lentamente en el gas, formando espiras de humo de color anaranjado a su alrededor. Debía estar interrogándose acerca de sus hábitos sexuales, pensando en lo extraño que debía resultar ser la compañera de alguien así. Incluso el generador del campo de fuerza que recreaba para Edric la ingravidez del espacio lo separaba definitivamente de ella.

—Princesa —dijo Scytale—, debido a la presencia aquí de Edric, el poder oracular de vuestro esposo no puede alcanzar ciertos incidentes, incluyendo éste... presumiblemente.

—Presumiblemente —dijo Irulan.

Con los ojos cerrados, la Reverenda Madre asintió.

—El fenómeno de la presciencia es desgraciadamente muy mal conocido, incluso por los iniciados —dijo.

—Yo soy un Navegante de la Cofradía y poseo el Poder —dijo Edric.

La Reverenda Madre abrió de nuevo los ojos. Esta vez miró al Danzarín Rostro, con sus ojos brillando con la peculiar intensidad Bene Gesserit. Estaba escrutando minuciosamente.

—No, Reverenda Madre —murmuró Scytale—, no soy tan simple como aparento.

—No comprendemos este Poder de segunda visión —dijo Irulan—. Esta es la cuestión. Edric dice que mi esposo no puede ver, discernir o predecir qué ocurre dentro de la esfera de influencia de un Navegante. ¿Pero hasta dónde se extiende esta influencia?

—Hay gentes y cosas en nuestro universo que conozco tan sólo por sus efectos —dijo Edric, con su boca de pez convertida en una delgada línea—. Sé que han estado aquí... allí... en algún lugar. Así como las criaturas acuáticas agitan el agua a su paso, los prescientes agitan el Tiempo. Sé donde ha estado vuestro esposo; pero nunca lo he visto, ni tampoco a la gente que comparte sus objetivos y le es leal. Este es el refugio que un adepto ofrece a todos los suyos.

—Irulan no es de los vuestros —dijo Scytale. Y miró de reojo a la Princesa.

—Todos nosotros sabemos por qué la conspiración tan sólo puede ser llevada a cabo en mi presencia —dijo Edric.

Usando el tono de voz adecuado para describir una máquina, Irulan dijo:

—Aparentemente, tenéis vuestras funciones.

Ahora lo ve realmente tal como es, pensó Scytale. *¡Muy bien!*

—El futuro es algo que debe ser configurado —dijo Scytale—. Retened este pensamiento, Princesa.

Irulan miró al Danzarín Rostro.

—La gente que comparte los objetivos de Paul y le es fiel —dijo—. Algunos de sus legionarios Fremen, bueno, llevan su capa. Le he visto profetizar para ellos, he oído los gritos de adulación a su Muad'dib, su Muad'dib.

Se ha dado cuenta, pensó Scytale, *de que está siendo*

juzgada aquí, que este juicio puede salvarla o destruirla.
Ve la trampa que hemos preparado para ella.

Momentáneamente, la mirada de Scytale tropezó con la de la Reverenda Madre, y experimentó la extraña certeza de que ambos habían pensado lo mismo con respecto a Irulan. La Bene Gesserit, por supuesto, había instruido a la Princesa, dotándola con la *diestra mentira.* Pero siempre llegaba el momento en el que una Bene Gesserit no podía confiar más que en su propio entrenamiento e instintos.

—Princesa, sé lo que más deseáis del Emperador —dijo Edric.

—¿Quién no lo sabe? —replicó Irulan.

—Vos anheláis ser la madre fundadora de la dinastía real —dijo Edric, como si no la hubiera oído—. Pero si no os unís a nosotros, esto jamás ocurrirá. Creed en mi palabra oracular al respecto. El Emperador se casó con vos por razones políticas, pero nunca compartiréis su lecho.

—Así, el oráculo es también un voyeur —se burló despectivamente Irulan.

—¡El Emperador está mucho más unido a su concubina Fremen que a vos! —restalló Edric.

—Y ella no le ha dado ningún heredero —dijo Irulan.

—La razón es la primera víctima de las emociones fuertes —murmuró Scytale. Captó el brotar de la cólera de Irulan como respuesta a sus palabras.

—Ella no le ha dado ningún heredero —repitió Irulan, con su voz cuidadosamente controlada y calmada—, porque secretamente le estoy administrando un contraceptivo. ¿Es esto lo que estáis esperando que admita?

—Esto es algo que no le sería difícil al Emperador descubrir —dijo Edric, sonriendo.

—Tengo mentiras preparadas para él —dijo Irulan—. Sin duda tiene el sentido de la verdad, pero algunas mentiras son más fáciles de creer que la propia verdad.

—Debéis hacer vuestra elección, Princesa —dijo Scytale—, pero comprender qué es lo que os protege.

—Paul es leal conmigo —dijo ella—. Estoy sentada en su Consejo.

—En los doce años que habéis sido su Princesa Consorte —preguntó Edric—, ¿os ha mostrado la menor ternura?

Irulan agitó la cabeza.

—Ha derrocado a vuestro padre con sus infames hordas Fremen, se ha casado con vos para afirmar sus derechos al trono, pero jamás os ha coronado como su Emperatriz —dijo Edric.

—Edric intenta influir en vos con la emoción, Princesa —dijo Scytale—. ¿No es eso interesante?

Ella miró al Danzarín Rostro, observó la franca sonrisa que lucían sus rasgos, respondió con un alzar de cejas. Ahora, se dijo Scytale, ella sabía que si abandonaba aquella conferencia bajo el dominio de Edric, parte de su complot, aquellos momentos, quedarían ocultos a la visión profética de Paul. Si ella se retiraba, sin embargo...

—¿No os parece, Princesa —preguntó Scytale—, que Edric ejerce una influencia indebida en nuestra conspiración?

—He declarado ya —dijo Edric— que aceptaría el mejor juicio que surgiera de nuestras reuniones.

—¿Y quién decidirá cuál es el mejor juicio? —preguntó Scytale.

—¿Deseáis tal vez que la Princesa se marche sin haberse unido a nosotros? —preguntó Edric.

—El desea tan sólo que su aceptación sea sincera —gruñó la Reverenda Madre—. Que no haya ningún engaño entre nosotros.

Irulan, observó Scytale, se había relajado a una postura reflexiva, las manos ocultas en los pliegues de sus ropas. Debía estar pensando en el cebo que Edric le había ofrecido: *¡fundar una dinastía real!* Debía preguntarse qué estratagema habían planeado los conspiradores para protegerse a sí mismos de ella. Debía estar sopesando muchas cosas.

—Scytale —dijo finalmente Irulan—, se dice que vosotros los tleilaxu tenéis un extraño código del honor: vuestras víctimas deben tener siempre medios para escapar.

—Lo único que tienen que hacer es hallarlos —admitió Scytale.

—¿Soy yo una víctima? —preguntó Irulan.

Un estallido de risa escapó de los labios de Scytale. La Reverenda Madre resopló.

—Princesa —dijo Edric, con su voz suavemente persuasiva—, vos sois ya uno de nosotros, no debéis tener ningún temor. ¿Acaso no espiáis la Casa Imperial para vuestras superioras Bene Gesserit?

—Paul conoce lo que informo a mis maestras —dijo ella.

—¿Pero no les proporcionáis el material para una fuerte campaña publicitaria contra vuestro Emperador? —insistió Edric.

No «nuestro» Emperador, anotó Scytale. «Vuestro» Emperador. Irulan es demasiado Bene Gesserit para no captar este matiz.

—De lo que se trata es de evaluar los poderes y el modo en que pueden ser usados —dijo Scytale, moviéndose en torno al tanque del hombre de la Cofradía—. Nosotros los tleilaxu creemos que en todo el universo no hay más que el insaciable apetito de materia, y que esa energía es lo único realmente *sólido*. Y la energía aprende. Oídme bien, Princesa: la energía aprende. A eso llamamos nosotros poder.

—No me habéis convencido de que sea posible derrocar al Emperador —dijo Irulan.

—Ni nosotros mismos estamos convencidos de ello —dijo Scytale.

—Nos giremos hacia donde nos giremos —dijo Irulan—, su poder se enfrenta a nosotros. Es el kwisatz haderach, aquel que puede estar en varios lugares a la vez. Es el Mahdi, cuyo poder sobre los misioneros Qizarate es absoluto. Es el mentat, cuya mente computadora supera las mayores máquinas computadoras antiguas. Es Muad'dib, cuyas órdenes a las legiones Fremen despoblan planetas. Posee la visión oracular, que puede ver el futuro. Posee el esquema genético que nosotras las Bene Gesserit hemos perseguido durante...

—Conocemos sus atributos —interrumpió la Reverenda Madre—. Y conocemos la abominación, su hermana Alia, poseedora también de su mismo esquema genético. Pero ambos son también humanos. Tienen debilidades.

—¿Y cuáles son esas debilidades humanas? —preguntó el Danzarín Rostro—. ¿Tendremos que buscarlas en el brazo religioso de su Jihad? ¿Puede el Qizara del Emperador volverse contra él? ¿Qué hay acerca de la autoridad civil de las Grandes Casas? ¿Puede el Congreso del Landsraad hacer algo más que elevar una protesta verbal?

—Sugiero la Combine Honnete Ober Advancer Mercantiles —dijo Edric—. La CHOAM significa negocios, y los negocios persiguen los beneficios.

—O quizá la madre del Emperador —dijo Scytale—. Esa Dama Jessica, según tengo entendido, vive en Caladan, pero está en contacto frecuente con su hijo.

—Esa perra traidora —dijo Mohiam, elevando la voz—. Repudiaría esas manos mías que la adiestraron.

—Nuestra conspiración necesita una palanca —dijo Scytale.

—Somos más que conspiradores —hizo notar la Reverenda Madre.

—Oh, sí —admitió Scytale—. Somos enérgicos y aprendemos rápido. Lo cual hace de nosotros la verdadera esperanza, la salvación cierta de la humanidad —hablaba en el tono firme de la absoluta convicción, lo cual para un tleilaxu correspondía quizá al último grado de la ironía más absoluta.

Sólo la Reverenda Madre pareció comprender la sutileza.

—¿Por qué? —preguntó, dirigiendo la pregunta a Scytale.

Antes de que el Danzarín Rostro pudiera responder, Edric carraspeó y dijo:

—No nos perdamos en tonterías filosóficas. Todas las cuestiones pueden resumirse en una sola: «¿Por qué hay algo?» Cada cuestión religiosa, comercial y gubernamental tiene el mismo derivativo: «¿Quién ejercerá el poder?». Alianzas, combinaciones, complejidades, no son más que espejismos si no van dirigidos directamente al poder. Todo lo demás son tonterías, eso al menos es lo que creen todos aquellos que piensan.

Scytale alzó los hombros, un gesto dirigido únicamente a la Reverenda Madre. Edric había respondido por él a su pregunta. Aquel estúpido dogmatizante era su mayor debilidad. A fin de estar seguro de que la Reverenda Madre había comprendido, Scytale dijo:

—Oyendo atentamente al maestro, uno adquiere una educación.

—Princesa —dijo Edric—, elegid. Podéis elegir ser un instrumento del destino, el más precioso...

—Guardad vuestras alabanzas para aquellos a quienes puedan impresionar —dijo Irulan—. Antes habéis mencionado a un fantasma, un aparecido con el que podríamos contaminar al Emperador. Explicaos.

—¡El Atreides será derrotado por él mismo! —gruñó Edric.

—¡Dejad de hablar con enigmas! —cortó Irulan—. ¿Quién es ese fantasma?

—Un fantasma realmente poco habitual —dijo Edric—. Tiene un cuerpo y un nombre. El cuerpo... es la carne de un renombrado espadachín conocido como Duncan Idaho. El nombre...

—Idaho está muerto —dijo Irulan—. Paul ha llorado a menudo su pérdida en mi presencia. Siempre ha dicho que fue muerto por los Sardaukar de mi padre.

—Incluso en su fracaso —dijo Edric—, los Sardaukar de vuestro padre no abandonan su sabiduría. Supongamos que un comandante Sardaukar reconociera al espadachín en el cuerpo tendido a sus pies. ¿Qué ocurriría? Existen medios para utilizar la carne inerte de este ceurpo... si se actúa rápidamente.

—Un ghola tleilaxu —susurró Irulan, mirando de reojo a Scytale.

Scytale, notando su atención, hizo actuar sus poderes de Danzarín Rostro... su figura se hizo imprecisa y cambiante, su cuerpo se modificó y reajustó. Ahora, un hombre delgado estaba de pie frente a la princesa. El rostro seguía siendo redondeado, pero más oscuro y con los rasgos más acusados. Sus pómulos eran altos y prominentes, su cabello negro y alborotado.

—Un ghola con esta apariencia —dijo Edric, señalando a Scytale.

—¿O tan sólo otro Danzarín Rostro? —preguntó Irulan.

—No un Danzarín Rostro —dijo Edric—. Un Danzarín Rostro correría el riesgo de no poder soportar una vigilancia prolongada. No; supongamos tan sólo que nuestro listo comandante Sardaukar tiene el cuerpo de Idaho preservado en un ataque axolotl. ¿Por qué no? Este cuerpo poseía la carne y los nervios de uno de los mejores espadachines de la historia, un hombre leal a los Atreides, un genio militar. Qué error hubiera sido dejar perder todo este entrenamiento y habilidad cuando podía ser revivido para convertirlo en un instructor de los Sardaukar.

—No he oído el menor rumor al respecto, y yo ero unc de los confidentes de mi padre —dijo Irulan.

—Oh, pero vuestro padre era un hombre derrotado, y en pocas horas fuisteis entregada al nuevo Emperador —dijo Edric.

—¿Es cierto eso? —preguntó ella.

Con un insoportable aire de complacencia, Edric dijo:

—Supongamos que nuestro avispado comandante Sardaukar, sabiendo la necesidad de actuar aprisa, entregara inmediatamente el preservado cuerpo de Idaho a la Bene Tleilax. Supongamos también que el comandante y sus hombres murieran antes de transmitir la información a vuestro padre... el cual, de todos modos, no hubiera podido hacer gran uso de ella. De modo que queda tan sólo un hecho físico, un trozo de carne que es entregado a los tleilaxu. La única forma de hacerlo llegar era, por supuesto, en un crucero. Naturalmente, nosotros, los de la Cofradía, sabemos toda la carga que transportamos. Cuando supimos de ésta, ¿cómo no íbamos a pensar que sería muy juicioso adquirir el ghola como un presente digno de un Emperador?

—Así que lo hicieron —dijo Irulan.

Scytale, que había reasumido su primera e inconcreta apariencia, dijo:

—Tal como ha señalado nuestro charlatán amigo, lo hicimos.

—¿Cómo fue condicionado Idaho? —preguntó Irulan.

—¿Idaho? —preguntó Edric, mirando al tleilaxu—. ¿Habéis oído hablar de algún Idaho, Scytale?

—Nosotros vendimos una criatura llamada Hayt —dijo Scytale.

—Ah, sí... Hayt —dijo Edric—. ¿Por qué nos lo vendisteis?

—Porque en una ocasión conseguimos crear un kwisatz haderach —dijo Scytale.

Con un rápido movimiento de su vieja cabeza, la Reverenda Madre levantó la vista hacia él.

—¡Nunca nos dijiste eso! —acusó.

—Nunca me lo preguntasteis —respondió Scytale.

—¿Cómo conseguisteis controlar vuestro kwisatz haderach? —preguntó Irulan.

—Una criatura que ha gastado su vida en crear una particular representación de sí mismo morirá antes que convertirse en la antítesis de tal representación —dijo Scytale.

—No entiendo —aventuró Edric.

—Se mató a sí mismo —gruñó la Reverenda Madre.

—Seguidme bien, Reverenda Madre —advirtió Scytale, usando una expresión de voz que decía: no sois un objeto sexual, nunca habéis sido un objeto sexual, nunca podréis ser un objeto sexual.

El tleilaxu aguardó a fin de que el flagrante énfasis penetrara en ella. No quería que hubiera el menor error en la interpretación de sus intenciones. Más allá de su cólera, ella debía comprender que realmente el tleilaxu no podía hacer una tal acusación, conociendo los imperativos de selección de la Hermandad Femenina. Sus palabras, sin embargo, contenían un profundo insulto, completamente fuera de lugar en un tleilaxu.

Rápidamente, utilizando la entonación aplacadora del mirabhasa, Edric intentó desviar la tensión.

—Scytale, nos dijisteis que nos vendíais a Hayt debido a que compartíais nuestro deseo acerca de cómo debía ser usado.

—Edric, guardaréis silencio hasta que yo os dé permiso para hablar —dijo Scytale. Y como el hombre de la Cofradía intentara protestar, la Reverenda Madre restalló:

—¡Cállate, Edric!

El hombre de la Cofradía retrocedió en su tanque, presa de una evidente agitación.

—Nuestras emociones pasajeras no son pertinentes en la búsqueda de una solución a nuestro problema —dijo Scytale—. Enturbian nuestros razonamientos debido a que la única emoción relevante es el miedo básico que nos lleva a esta reunión.

—Comprendemos —dijo Irulan, dirigiendo una mirada a la Reverenda Madre.

—Es preciso saber ver las peligrosas limitaciones de nuestro escudo —dijo Scytale—. El oráculo no puede probar su suerte sobre algo que no puede comprender.

—Sois tortuoso, Scytale —dijo Irulan.

Mucho más de lo que os podéis imaginar, pensó Scytale. *Cuando hayamos terminado con esto, nos hallaremos en posesión de un kwisatz haderach al que podremos controlar. Y ellos no poseerán nada.*

—¿Cuál ha sido el origen de vuestro kwisatz haderach? —preguntó la Reverenda Madre.

—Hemos actuado sobre varias esencias puras —dijo Scytale—. El bien puro y el mal puro. Un malvado que solamente se deleita creando dolor y terror puede ser algo muy educativo.

—¿El viejo barón Harkonnen, el abuelo de nuestro Emperador, era una creación tleilaxu? —preguntó Irulan.

—El no —dijo Scytale—. La naturaleza produce a menudo creaciones tan mortíferas como las nuestras. Nosotros tan sólo las producimos bajo condiciones que permiten su estudio.

—¡No pienso seguir soportando ser tratado de este modo! —protestó Edric—. ¿Quién es el que oculta esta reunión de...?

—¿Lo veis? —dijo Scytale—. ¿Qué mejor ejemplo podemos tener?

—Quiero discutir nuestra forma de entregar a Hayt al Emperador —inisitió Edric—. A mi modo de ver, Hayt refleja la antigua moralidad que los Atreides adquirieron en su mundo natal. Se supone que Hayt hará más fácil al Emperador el desarrollar esta moral natural, de forma que defina los elementos positivo-negativos de la vida y la religión.

Scytale sonrió, dirigiendo una amable mirada a sus compañeros. Estos parecían haber llegado a la condición que estaba esperando. La vieja Reverenda Madre esgrimía sus emociones como una guadaña. Irulan había sido cuidadosamente entrenada para llevar a cabo una tarea y había fracasado, una grieta en la creación Bene Gesserit. Edric no era más (ni menos) que la mano del mago: podía ocultar y distraer. Por ahora, Edric se había encerrado en un hosco silencio, y los demás lo ignoraban.

—¿Debo entender que se supone que ese Hayt envenenará la psique de Paul? —preguntó Irulan.

—Más o menos —dijo Scytale.

—¿Y qué hay de la Qizarate? —preguntó Irulan.

—Se necesita tan sólo la menor de las sugerencias, un ligero deslizar de las emociones, para transformar la envidia en enemistad —dijo Scytale.

—¿Y la CHOAM? —preguntó Irulan.

—Se inclinará siempre hacia donde esté el provecho —dijo Scytale.

—¿Y los demás grupos de poder?

—Bastará invocar el nombre del gobierno —dijo Scytale—. Nos anexionaremos los menos poderosos en nombre de la moralidad y el progreso. Nuestros oponentes morirán a causa de sus propias contradicciones.

—¿Y Alia?

—Hayt es un ghola de posibilidades múltiples —dijo Scytale—. La hermana del emperador se halla en una edad en la que puede ser atraída por un encantador macho bien elegido para tal fin. Se verá atraída tanto por su virilidad como por sus habilidades como mentat.

Mohiam dejó que sus viejos ojos se abrieran por la sorpresa.

—¿El ghola un mentat? Esto puede ser peligroso.

—Para ser preciso —dijo Irulan—, un mentat debe poseer datos precisos. ¿Qué ocurrirá si Paul le pide que defina las razones de nuestro obsequio?

—Hayt dirá la verdad —dijo Scytale—. Esto no representará ninguna diferencia.

—Así pues, dejáis una puerta de escape abierta para Paul —dijo Irulan.

—¡Un mentat! —murmuró Mohiam.

Scytale miró a la vieja Reverenda Madre, viendo los antiguos odios que teñían sus respuestas. Desde los días del Jihad Butleriano, cuando las «máquinas pensantes» fueron barridas de la mayor parte del universo, las computadoras habían provocado recelos. Las viejas emociones teñían de igual modo las computadoras humanas.

—No me gusta el modo cómo sonríes —dijo bruscamente Mohiam, hablando en el modo de la verdad mientras miraba intensamente a Scytale.

—Y a mí me gusta aún menos lo que os gusta a vos —dijo Scytale, del mismo modo—. Pero debemos trabajar juntos. Todos nosotros estamos de acuerdo en ello. —Miró al hombre de la Cofradía—. ¿No es así, Edric?

—Estáis enseñando crueles lecciones —dijo Edric—. Presumo que intentáis demostrar que yo no debo elevarme contra las opiniones conjugadas de mis compañeros de conspiración.

—Ved —dijo Scytale—, puede aprender.

—Veo también otras cosas —gruñó Edric—. El Atreides posee el monopolio de la especia. Sin ella no puedo sondear el futuro. Las Bene Gesserit pierden su sentido de la verdad. Poseemos reservas, pero son finitas. La melange es una moneda poderosa.

—Nuestra civilización posee más de una moneda —dijo Scytale—. De este modo, la ley de la oferta y la demanda falla.

—Piensas robarle ese secreto —susurró Mohiam—. ¡Y ello con un planeta guardado por esos locos Fremen!

—Los Fremen son civilizados, educados e ignorantes —dijo Scytale—. No son locos. Están entrenados para creer, no para saber. Las creencias pueden ser manipuladas. Tan sólo el conocimiento es peligroso.

—¿Pero me quedará algo para fundar una dinastía real? —preguntó Irulan.

Todos captaron la ansiedad en su voz, pero tan sólo Edric sonrió ante ello.

—Algo —dijo Scytale—. Algo.

—Eso significa el fin de los Atreides como fuerza predominante —dijo Edric.

—Puedo imaginar a otros menos dotados para los oráculos haciendo esta predicción —dijo Scytale—. Para ellos, *mektub al mellah*, como dicen los Fremen.

—Estaba escrito con sal —tradujo Irulan.

Mientras ella hablaba, Scytale comprendió qué era lo que la Bene Gesserit había apuntado contra él... una hermosa e inteligente mujer que nunca sería suya. *Ah, bien*, pensó. *Quizá pueda copiarla para algún otro.*

Cada civilización debe contender con una fuerza inconsciente que puede anular, desviar o revocar casi cualquier intención consciente de la colectividad.

—Teorema tleilaxu (no confirmado)

Paul se sentó en el borde de su lecho y empezó a quitarse sus botas de desierto. Olían a rancio a causa del lubricante que facilitaba la acción de las bombas de talón del destiltraje. Era tarde. Había prolongado su paseo nocturno y causado inquietud a aquellos que le querían. Admitía que sus paseos eran peligrosos, pero era un tipo de peligro que podía reconocer y afrontar inmediatamente. Había algo que lo empujaba y lo atraía a pasear anónimamente por la noche en torno a las calles de Arrakeen.

Arrojó sus botas al rincón, junto al único globo, y se dedicó a soltarse los cierres del destiltraje. ¡Dioses de las profundidades, qué cansado estaba! Sin embargo, la fatiga inmovilizaba sus músculos, pero su mente seguía trabajando. Sentía un enorme deseo de compartir la vida cotidiana y las actividades mundanas de la gente. Aquella vida anónima que fluía al otro lado de las paredes de su Ciudadela no era propia para ser compartida por un Emperador, pero... andar a través de una calle pública sin llamar la atención, ¡qué privilegio! Pasar entre el clamor de los mendigos peregrinos, oír a un Fremen insultar a un comerciante: «¡Tienes las manos húmedas!»...

Paul sonrió ante este recuerdo y se quitó el destiltraje.

Permaneció con su mundo. Dune era ahora un mundo de paradojas... un mundo sitiado que sin embargo era el centro del poder. Pero permanecer bajo sitio, decidió, era el inevitable tributo del poder. Miró hacia abajo, hacia la verde alfombra, sintiendo su áspera textura bajo la planta de sus pies.

En las calles, uno se hundía hasta los tobillos en la arena arrojada por los vientos por encima de la Muralla Escudo. Los pies del tráfico la habían convertido en un polvo agobiante que obstruía los filtros de los destiltrajes. Podía sentir el olor del polvo incluso ahora, a pesar de los extractores de los portales de la Ciudadela. Era un olor lleno de recuerdos del desierto.

Otros días... otros peligros.

Comparado con esos otros días, el peligro de sus paseos solitarios era menor. Pero, poniéndose el destiltraje, parecía como si regresara al desierto. El traje, con todos sus aparatos para reciclar la humedad de su cuerpo, conducía sus pensamientos de un modo sutil, fijaba sus movimientos sobre un esquema del desierto. Se convertía en un salvaje Fremen. Más que cualquier disfraz, el traje hacía de él un extranjero en su propia ciudad. Con el destiltraje, abandonaba la seguridad y recuperaba la vieja destreza de la violencia. Peregrinos y ciudadanos paseaban junto a él con los ojos bajos. Por prudencia, preferían dejar a los salvajes habitantes del desierto perdidos en su soledad. Si el desierto tenía un rostro para los ciudadanos, este era un rostro Fremen, oculto por los filtros de un destiltraje.

En realidad, tan sólo existía el pequeño peligro de que alguien de los viejos días del *sietch* pudiera reconocerlo por su andar, por su olor o por sus ojos. Pero incluso con esto, las posibilidades de tropezarse con un enemigo eran mínimas.

El chirrido de una puerta y un reflejo de luz lo arrancaron de sus ensoñaciones. Chani entró, llevando su servicio de café en una bandeja de platino. Dos globos cautivos la seguían, yendo a situarse en sus posiciones habituales: uno a la cabecera de su cama, otro flotando tras ella para iluminar sus movimientos.

Chani se movía con eterno aire. de frágil potencia... tan contenida, tan vulnerable. Algo en la forma en que se inclinaba sobre el servicio de café le recordó sus primeros días juntos. Sus rasgos seguían pareciendo de elfo, sin que se apreciara ningún cambio pese al transcurrir de los años... tan sólo, si uno examinaba atentamente las comisuras de sus ojos, notaba aquellas finas arrugas: «surcos de arena», les llamaban los Fremen del desierto.

Ella levantó la tapa de la cafetera, tomándola por la esmeralda de Hagar que la remataba. Paul supo que el café aún no estaba listo por la forma en que volvió a dejar la tapa. La marmita, cincelada en plata y con una forma que evocaba graciosamente la de una mujer encinta, había llegado hasta él como un *ghanima*, un botín de guerra obtenido tras combate singular con su antiguo propietario. Jamis, creía recordar que se llamaba... sí, Jamis. Una extraña forma de inmortalidad para Jamis. ¿Habría pensado Jamis en ello, al saber la inevitabilidad de su muerte?

Chani dispuso las tazas: pequeñas figuritas de cerámica azul que parecían aguardar, acuclilladas, junto a la gran marmita. Había tres tazas: una para cada bebedor, y una tercera para el anterior propietario.

—Sólo falta un momento —dijo ella.

Entonces le miró, y Paul se preguntó cómo debía verse él a los ojos de ella. ¿Seguía siendo el exótico extranjero de su mundo, delgado y fuerte pero repleto de agua cuando se lo comparaba a los Fremen? ¿Era todavía el Usul que había recibido su nombre tribal en aquel «*tau* Fremen» cuando no eran más que fugitivos en el desierto?

Paul contempló su propio cuerpo: músculos duros, esbelto... algunas cicatrices más, pero esencialmente el mismo pese a los doce años como Emperador. Levantó la mirada, y contempló su propio rostro al otro lado del espejo: ojos completamente azules, ojos Fremen, marcados por la adicción a la especie; la afilada nariz de los Atreides. Era el auténtico nieto de aquel Atreides que había hallado la muerte en la arena, ante un toro, ofreciendo un espectáculo a su pueblo.

Algo que había dicho en una ocasión el viejo se deslizó en su mente: *«El que gobierna asume irrevocablemente una responsabilidad ante aquel que es gobernado. Tú eres un pastor. Esto exige, a veces, un acto desinteresado de amor que puede que tan sólo sea divertido para aquellos a quienes gobiernas.»*

La gente recordaba aún con cariño a aquel viejo.

¿Y qué he hecho yo por el nombre de los Atreides?, se preguntó Paul. *He soltado al lobo entre las ovejas.*

Por un instante, escuchó todas las resonancias de muerte y de violencia contenidas en su nombre.

—¡Ahora, a la cama! —dijo Chani, con un cortante tono de mando que Paul sabía que hubiera chocado a sus súbditos imperiales.

Obedeció, echándose con las manos cruzadas bajo su nuca, dejándose acunar por la placentera familiaridad de los movimientos de Chani.

La estancia que lo rodeaba le pareció repentinamente divertida. No era en absoluto lo que la gente imaginaría que debían ser los aposentos del Emperador. La amarillenta luz de los flotantes globos hacía danzar ligeramente las sombras en una colección de coloreados frascos de cristal que había en un estante tras Chani. Paul enumeró silenciosamente su contenido... los secos ingredientes de la farmacopea del desierto, ungüentos, incienso, perfumes... un puñado de arena del Sietch Tabr, un mechón de cabellos de su primer hijo... muerto hacía tanto tiempo... muerto hacía doce años... un inocente espectador asesinado en la batalla que convirtió a Paul en Emperador.

El intenso olor del café de especia invadió la estancia. Paul inhaló, y su mirada se posó en un cuenco amarillo al lado de la bandeja donde Chani estaba preparando el café. El cuenco contenía dátiles. El inevitable detector de venenos colocado junto a la mesa extendió sus patas de insecto sobre la comida. El detector lo irritó. ¡Nunca habían necesitado detectores durante los días en el desierto!

—El café está listo —dijo Chani—. ¿Tienes hambre?

Su irritado «no» se confundió con el silbido chillante de un crucero cargado de especia abandonando el campo de aterrizaje situado en las afueras de Arrakeen.

Chani captó su irritación; sin decir nada, sirvió el café, y colocó una taza junto a su mano. Se sentó a los pies de la cama, descubrió las piernas de él, e inició un masaje a los músculos doloridos de andar enfundados en un destiltraje. Suavemente, con un aire casual que no engañó a Paul, dijo:

—Si Irulan desea un hijo, creo que deberíamos discutirlo.

Los ojos de Paul se abrieron con brusquedad. Estudió atentamente a Chani.

—Hace tan sólo dos días que Irulan ha vuelto de Wallach —dijo—. ¿Te ha dicho algo al respecto?

—No hemos hablado de sus frustraciones —dijo Chani.

Paul forzó su mente a un estado de alerta mental, examinó a Chani a la dura luz de la minuciosa observación Bene Gesserit que le había enseñado su madre, violando sus votos. Era algo que no le gustaba hacer con Chani. Parte de la influencia que ella ejercía sobre él residía en el hecho de que casi nunca tenía que usar esos recursos con ella. Chani evitaba casi siempre plantear cuestiones indiscretas. Mantenía su sentido de cortesía Fremen. Se dedicaba tan sólo a cuestiones prácticas. Lo que interesaba a Chani eran los hechos que concernían a la posición de su hombre... su fuerza en el Consejo, la lealtad de sus legiones, las habilidades y talentos de sus aliados. Su memoria albergaba un catálogo de nombres y detalles clasificados y correlacionados. Podía recitar las mayores debilidades de cada uno de sus enemigos conocidos, las disposiciones potenciales de las fuerzas en oposición, los planes de batalla de sus jefes militares, el estado y las capacidades de producción de las industrias básicas.

Pero entonces, se preguntó Paul, ¿por qué preguntaba ahora acerca de Irulan?

—He turbado tu mente —dijo Chani—. No era mi intención.

—¿Cuál era tu intención?

Ella sonrió tímidamente, afrontando su mirada.

—Si estás irritado, amor, por favor no me lo ocultes.

Paul se echó hacia atrás hasta apoyarse en la cabecera.

—¿Puedo repudiarla? —preguntó—. Su utilidad ahora es limitada, y no me gustan las cosas que adivino con respecto a su viaje al hogar de su Hermandad.

—No la repudiarás —dijo Chani. Continuó dando masaje a sus piernas, mientras hablaba desapasionadamente—: Has dicho muchas veces que era tu contacto con nuestros enemigos, que puedes leer sus planes a través de las acciones de ella.

—Entonces, ¿por qué hablar acerca de su deseo de tener un hijo?

—Pienso que si Irulan quedara encinta, eso desconcertaría a nuestros enemigos y la pondría en una posición vulnerable.

Paul leyó en los movimientos de las manos de ella sobre sus piernas que le había costado pronunciar aquello. Sintió un nudo en su garganta. Suavemente, dijo:

—Chani, querida, te hago el juramento de que nunca la invitaré a mi lecho. Un hijo le daría mucho poder. ¿Querrías que ella ocupara tu lugar?

—Yo no tengo ningún lugar.

—No digas eso, Sihaya, mi primavera del desierto. ¿A qué se debe ese repentino interés por Irulan?

—¡Mi interés es por ti, no por ella! Si llevara en su seno un hijo Atreides, sus amigos se harían preguntas acerca de su lealtad. Cuanta menos confianza tengan en ella nuestros enemigos, menos útil les será.

—Un hijo para ella podría significar tu muerte —dijo Paul—. Tú conoces los complots que se tejen aquí —un gesto de su brazo abarcó la Ciudadela.

—¡Tú necesitas un heredero! —susurró ella.

—Ahhh —dijo él.

Así que era esto: Chani no había producido ningún hijo para él. De modo que tendría que ir a buscarlo a algún otro sitio. ¿Por qué no Irulan? Así funcionaba la mente de Chani. Un niño no podía ser producido más que a través de un acto de amor, ya que en todo el Imperio había fuertes tabúes contra los medios artificiales. Chani había tomado una decisión Fremen.

Paul estudió su rostro bajo esta nueva luz. Era un rostro que en muchos sentidos conocía mejor que el suyo propio. Había visto aquel rostro bajo la ternura y la pasión, en la dulzura del sueño, sometido al miedo y a la rabia y al dolor.

Cerró los ojos, y Chani volvió a ser en su recuerdo aquella chica de hacía tanto tiempo, bajo el velo en primavera, cantando, despertándose a su lado, tan perfecta que aquella visión le quemaba. Sonreía en sus recuerdos... tímidamente primero, luego con renuencia, como si luchara contra la visión e intentara escapar.

Paul sintió la boca seca. Por un momento, su olfato recogió el acre humo de un devastado futuro, y la voz de otro tipo de visión le ordenó retirarse... retirarse... retirarse. Sus visiones proféticas sondeaban la eternidad desde hacía tanto tiempo, captando retazos de desconocidos idiomas, viendo piedras y carnes que no eran las suyas. Desde el día de su primer encuentro con aquella terrible finalidad, había interrogado una y otra vez el futuro, esperando descubrir la paz.

Existía un camino, por supuesto. Lo conocía de corazón sin conocer sin embargo su corazón... un futuro repetido una y otra vez, estricto en sus instrucciones para él: retirarse, retirarse, retirarse...

Paul abrió los ojos, vio la decisión en el rostro de Chani. Había dejado de dar masaje a sus piernas, ahora estaba de pie, inmóvil... una perfecta Fremen. Sus rasgos eran familiares bajo el pañuelo *nezhoni* azul que a menudo llevaba anudado a sus cabellos en la intimidad de sus habitaciones. Pero la máscara de la decisión era firme en ella, una forma de pensar antigua y ajena a él. Las mujeres Fremen habían compartido a sus hombres durante cientos de años... no sin que se produjeran tensiones, pero con una forma de actuar que de hecho no resultaba destructiva. Algo misteriosamente Fremen, en este sentido, anidaba ahora en Chani.

—Sólo tú me darás el heredero que deseo —dijo.

—¿Has *visto* esto? —preguntó ella, dando a entender en su énfasis que se refería a su presciencia.

Como otras muchas veces, Paul se preguntó si le era posible explicar la fragilidad del oráculo, las innumerables líneas del tiempo que oscilaban ante él en su visión en una ondulante trama de posibilidades. Suspiró, recordando la temblorosa y fugaz visión de un hilillo de agua tomada de un arroyo deslizándose de entre sus manos. Empapó su rostro en aquel recuerdo. ¿Pero cómo podía empaparse en aquellos futuros que se iban oscureciendo bajo la presión de tantos y tantos oráculos?

—Entonces no lo has *visto* —dijo Chani.

¿Qué podría revelarle aquella visión de futuro que no le era accesible más que al precio de un esfuerzo que drenaba su vida, si no era la aflicción?, se dijo Paul. Tenía la sensación de que ocupaba una inhóspita zona intermedia, un enorme lugar desolado donde sus emociones flotaban, derivaban, empujadas inexorablemente hacia el exterior.

Chani cubrió sus piernas y dijo:

—Un heredero de la Casa de los Atreides no es algo que puedas dejar al azar o a una mujer.

Eso era algo que podría haber dicho su madre, pensó Paul. Se preguntó si Dama Jessica habría estado en contacto con Chani. Su madre hubiera pensado al respecto en términos de la Casa de los Atreides. Era un condicionamiento introducido en ella por la Bene Gesserit y que seguía funcionando incluso después de que ella volviera sus poderes contra su Hermandad.

—Escuchabas cuando Irulan ha venido a verme hoy —acusó él.

—Escuchaba —dijo ella, sin mirarle.

Paul enfocó sus recuerdos en el encuentro con Irulan. Se vio a sí mismo entrando en el salón familiar, observando un traje a medio terminar en el telar de Chani. Entonces captó un acre olor a gusano de arena en aquel lugar, un malsano olor que se sobreponía al olor a canela de la melange. Alguien había esparcido esencia de especia sin transformar, que se había combinado con las fibras a base de especia de la alfombra. No era una buena combinación.

La esencia de especia había disuelto las fibras. En algunos lugares habían quedado manchas oleosas señalando el suelo allá donde la alfombra no se había disuelto por completo. Por un momento pensó en llamar a alguien para que limpiara todo aquello, pero Harah, la mujer de Stilgar y la mejor amiga de Chani, había llegado para anunciarle a Irulan.

Se había visto pues obligado a mantener la entrevista en presencia de aquel malsano olor, incapaz de escapar a la superstición Fremen de que los malos olores presagiaban desastres.

Harah se retiró cuando entró Irulan.

—Bienvenida —dijo Paul.

Irulan llevaba un atuendo de piel de ballena gris. Se lo compuso y se llevó una mano a los cabellos. Paul podía ver que estaba intrigada por su tono apacible. Las irritadas palabras que obviamente había preparado para su encuentro murieron en sus labios, quedando en un recóndito hervor de segundos pensamientos.

—Habéis venido a informarme que la Hermandad se ha despojado de su último vestigio de moralidad —dijo él.

—¿No es peligroso ser tan ridículo? —preguntó ella.

—Ser ridículo y peligroso: una discutible alianza —dijo Paul. Su renegado adiestramiento Bene Gesserit detectó que ella dominaba un impulso de retirarse. El esfuerzo le reveló un breve atisbo de miedo subyacente, y supo que la tarea que le había sido asignada no le gustaba—. Esperan un poco demasiado de una princesa de sangre real —dijo.

Irulan se envaró, y Paul fue consciente de que había bloqueado su autocontrol. Una pesada carga, pensó. Y se preguntó por qué sus visiones prescientes no le habían proporcionado ningún destello de aquel posible futuro.

Lentamente, Irulan se relajó. No había por ahora ningún motivo para tener miedo, ningún motivo para retraerse, decidió.

—Vuestro control del clima es más bien primitivo —dijo ella, pasándose las manos por la ropa—. El tiempo era seco, y hoy ha habido una tormenta de arena. ¿Nunca tenéis intención de hacer llover aquí?

—No habéis venido para hablarme del tiempo —dijo Paul. Y entonces se dio cuenta de que había allí un doble sentido. ¿Estaba intentando Irulan comunicarle algo que su entrenamiento no le permitía decir abiertamente? Parecía que sí. Comprendió que acababa de dejarse llevar a terrenos poco seguros y buscó aposentarse de nuevo en un lugar firme.

—Necesito tener un hijo —dijo ella.

El agitó su cabeza negativamente.

—¡Lo necesito! —restalló ella—. Si es preciso, buscaré otro padre para mi hijo. Os engañaré y luego os desafiaré a que lo reveléis.

—Engañadme tanto como queráis —dijo él—, pero nada de hijos.

—¿Cómo pensáis detenerme?

Con una sonrisa de extrema amabilidad, Paul dijo:

—Os haré estrangular si es preciso.

Un sorprendido silencio se adueñó por unos instantes de ella, y Paul sintió a Chani escuchando tras los gruesos cortinajes que conducían a sus apartamentos privados.

—Soy vuestra esposa —susurró Irulan.

—No juguéis a esos juegos estúpidos —dijo él—. Tenéis un papel aquí, eso es todo. Ambos sabemos quién es mi verdadera esposa.

—Y yo soy una comodidad, nada más —dijo ella, con la voz repleta de amargura.

—No pretendo ser cruel con vos —dijo Paul.

—Sois vos quien me elegisteis para este puesto.

—Yo no —dijo él—. El destino os eligió. Vuestro padre os eligió. La Bene Gesserit os eligió. La Cofradía os eligió. Y han vuelto a elegiros una vez más. ¿Para qué os han elegido, Irulan?

—¿Por qué no puedo tener un hijo vuestro?

—Porque este es un papel para el que no habéis sido elegida.

—¡Es mi derecho dar a luz al heredero real! Mi padre era...

—Vuestro padre fue y es una bestia. Ahora sabemos que él no tiene nada en común con la humanidad que se suponía debía dirigir y proteger.

—¿Era acaso menos odiado de lo que lo sois vos? —se encolerizó ella.

—Una buena pregunta —admitió él, con una sardónica sonrisa danzando en las comisuras de sus labios.

—Decís que no pretendéis ser cruel conmigo, y sin embargo...

—Por eso precisamente estoy de acuerdo en que toméis cualquier amante que sea de vuestro agrado. Pero comprendedme bien: tomad un amante, pero no tengáis en mi casa ningún hijo ilegítimo. Renegaré de cualquier hijo vuestro. No os prohíbo ninguna relación con otros hombres siempre que sean discretas... y estériles. Sería estúpido actuar de otro modo ·en las actuales circunstancias. Pero no interpretéis mal esta liberalidad. En lo que concierne al trono, yo controlo qué sangre lo. heredará. La Bene Gesserit no lo va a controlar, y tampoco la Cofradía. Este es uno de los privilegios que adquirí cuando aplasté a las legiones Sardaukar de vuestro padre aquí mismo, en la llanura de Arrakeen.

—Que esto caiga sobre vuestra cabeza, entonces —dijo Irulan. Dio media vuelta y abandonó con resonante paso la estancia.

Recordando ahora el encuentro, Paul se arrancó de él y volvió de nuevo su atención a Chani, sentada junto a él en el lecho. Podía comprender sus ambivalentes sentimientos acerca de Irulan, comprender su decisión Fremen. Bajo otras circunstancias, Chani e Irulan hubieran podido ser amigas.

—¿Qué has decidido? —preguntó Chani.

—Ningún hijo —dijo él.

Chani hizo el signo Fremen del crys con el índice y el pulgar de su mano derecha.

—Podríamos llegar a ello —admitió Paul.

—¿No crees que un hijo resolvería las cosas con Irulan? —preguntó ella.

—Sólo un tonto pensaría algo así.

—Yo no soy ninguna tonta, mi amor.

La cólera volvió a tomar posesión de él.

—¡Nunca he dicho que lo fueras! Pero no estamos discutiendo acerca de ninguna maldita novela romántica.

Se trata de una princesa auténtica allá abajo, en sus aposentos. Ha sido educada en todas las sórdidas intrigas de una Corte Imperial. ¡Complotar es algo tan natural para ella como el escribir sus estúpidas historias!

—No son estúpidas, amor.

—Probablemente no. —Controló su irritación, y tomó las manos de ella entre las suyas—. Lo siento. Pero esa mujer está llena de complots... complots dentro de complots. Cede en una de sus ambiciones, e inmediatamente te presentará otra.

Con voz apacible, Chani dijo:

—¿No te lo he dicho yo siempre?

—Sí, por supuesto que me lo has dicho. —La miró fijamente—. ¿Pero entonces qué es lo que estás intentando decirme realmente?

Ella se apoyó contra él y posó su cabeza junto a su cuello.

—Han tomado una decisión acerca de cómo combatirte —dijo—. Irulan apesta a secretas decisiones.

Paul acarició sus cabellos.

Chani acababa de arrancar las últimas escorias.

La terrible finalidad renació en él. Era un viento de *coriolis* en su alma. Sintió que todo su ser vibraba. Su cuerpo supo de nuevas cosas que nunca aprendiera en estado consciente.

—Chani, mi amor —murmuró—, sabes lo que daría para poner fin al Jihad... para separarme de esa maldita divinidad que las fuerzas de la Qizarate han puesto sobre mí.

Ella temblaba.

—Sólo necesitas ordenarlo —dijo.

—Oh, no. Incluso si muriera ahora, mi nombre les seguiría guiando. Cuando pienso en el nombre de los Atreides atado a esa carnicería religiosa...

—¡Pero tú eres el Emperador! Tú tienes...

—Soy como un mascarón de proa. Cuando uno se convierte en una divinidad, pierde todo control sobre su cualidad de dios. —Sonrió amargamente. Sintió el futuro desarrollándose más allá de dinastías jamás soñadas. Se vio a sí mismo exorcisado, lamentándose, encadenado por las

cadenas del destino... con sólo su nombre persistiendo—.
Fui elegido —dijo—. Quizá en mi nacimiento... seguramente mucho antes de que yo pudiera decir algo al respecto.
Fui elegido.

—Entonces deslígate —dijo ella.

Paul rodeó con su brazo el hombro de ella.

—A su tiempo, mi amor. Hay que esperar aún un poco.

Lágrimas no derramadas ardieron en sus ojos.

—Deberíamos regresar al Sietch Tabr —dijo Chani—.
Tenemos que defendernos demasiado a menudo en esta tienda de piedra.

El inclinó la cabeza, con su mejilla rozando la suave tela del pañuelo con que ella cubría sus cabellos. Su perfume a especia invadió su olfato.

Sietch. La antigua palabra chakobsa le hizo meditar: un lugar de retiro y seguridad en tiempos de peligro. La sugerencia de Chani le trajo imágenes queridas de arenas al abierto, de grandes distancias despejadas donde uno podía ver al enemigo que acudía cuando aún se hallaba muy lejos.

—Las tribus esperan que Muad'dib regrese a ellas —dijo Chani. Giró su cabeza para mirarle—. Nos perteneces.

—Pertenezco a una visión —murmuró él.

Pensó de nuevo en el Jihad, en la mezcolanza genética a través de parsecs, y en la visión que le decía cómo podía ponerle término. ¿Debería pagar el precio? Todo el odio se evaporaba entonces, muriendo como muere un fuego... brasa a brasa. Pero... ¡Qué terrible precio!

Nunca he deseado ser un dios, pensó. *Sólo deseaba desaparecer como desaparece una gota de rocío en la mañana. Deseaba escapar tanto de los ángeles como de los condenados... solo... como un pensamiento olvidado.*

—¿Vamos a regresar al Sietch? —apremió Chani.

—Sí —susurró él. Y pensó: *Debo pagar el precio.*

Chani suspiró largamente y se apretó contra él.

He esperado demasiado, pensó Paul. Y veía cómo se había dejado encerrar en los límites del amor y del Jihad. ¿Y qué era una vida, fuera cual fuese su valor, ante todas las vidas que seguramente segaría el Jihad? ¿Podía una sola infelicidad enfrentarse a la agonía de multitudes?

—¿Querido? —interrogó Chani.

El puso una mano sobre sus labios.

Voy a ceder, pensó. *Huiré mientras tenga fuerzas, cruzaré el espacio hasta tan lejos que ni siquiera un pájaro podrá hallarme.* Pero aquel era un pensamiento vacuo, y él lo sabía. El Jihad seguiría a su fantasma.

¿Qué podía responder?, se preguntó. ¿Cómo justificarse cuando el pueblo lo acusaba a uno de locura furiosa? ¿Quién podía comprender?

Me gustaría tan sólo girarme y decir: «¡Mirad! ¡Esta es una existencia que no ha podido retenerme! ¡Vedlo! ¡Desaparezco! Las convenciones humanas no podrán atraparme de nuevo. ¡Renuncio a mi religión! ¡Este glorioso instante es sólo mío! ¡Soy libre!»

¡Sólo palabras vacías!

—Un enorme gusano fue visto ayer al pie de la Muralla Escudo —dijo Chani—. Dicen que medía más de un centenar de metros de largo. Nunca se habían visto gusanos tan grandes en esta región. El agua les repele, supongo. Se dice que ha venido a llamar a Muad'dib a su hogar en el desierto —le pellizcó el pecho—. ¡No te rías!

—No me estoy riendo.

Paul, maravillado por la persistencia de los mitos Fremen, sintió que algo estrujaba su corazón, algo muy unido a la línea de su existencia: el *adab*, la memoria que exige. Recordó su habitación de niño en Caladan, hacía mucho... una noche oscura en la estancia de piedra... una visión. Había sido uno de sus primeros momentos prescientes. Hizo que su mente derivara hacia aquella visión, viéndola de nuevo a través de las brumas de sus recuerdos (una visión dentro de otra visión): una hilera de Fremen, con sus ropas manchadas de polvo. Surgían de una garganta entre altas rocas. Acarreaban un enorme fardo envuelto en tela.

Y Paul se oyó a sí mismo decir en la visión:

—Era algo muy dulce... pero tú eras lo más dulce de todo...

El adab lo liberó.

—Estás tan calmado —susurró Chani—. ¿Qué ocurre?

Paul se estremeció y se envaró, apartando el rostro.

—Estás irritado porque he ido al borde del desierto —dijo Chani.

El agitó la cabeza sin responder.

—Fui tan sólo porque deseo un hijo —dijo Chani.

Paul era incapaz de hablar. Se sentía consumido por la brutal fuerza de aquella lejana visión. ¡La terrible finalidad! En aquel momento, toda su vida era como una rama vibrando tras la partida de un pájaro... y aquel pájaro era la *oportunidad*. El libre albedrío.

He sucumbido al espejismo del oráculo, pensó.

Y sintió que sucumbiendo a su espejismo se había fijado a una sola línea de su vida. ¿Era posible, se preguntó, que el oráculo no *dijera* el futuro? ¿Era posible que el oráculo *hiciera* el futuro? ¿Había expuesto él su vida en algún tipo de tela de araña de posibilidades, atrapado en aquella antigua consciencia, víctima de un futuro-araña que ahora avanzaba hacia él haciendo chasquear sus terribles mandíbulas?

Un axioma Bene Gesserit se deslizó en su mente: *Usar la fuerza bruta es volverse uno mismo infinitamente vulnerable a las fuerzas superiores.*

—Sé que esto te irrita —dijo Chani, tocando su brazo—. Es cierto que las tribus han revivido los antiguos ritos y los sacrificios cruentos, pero yo no tomo parte en ello.

Paul inhaló profunda y temblorosamente. El torrente de su visión se disipó, transformándose en un profundo y tranquilo lugar donde las corrientes se movían absorbiendo la fuerza más allá de su alcance.

—Por favor —suplicó Chani—, quiero un hijo, nuestro hijo. ¿Es algo tan terrible?

Paul acarició el brazo de ella en respuesta a su caricia, y la apartó. Saltó del lecho, apagó los globos, se dirigió hacia la ventana abalaustrada, abrió los cortinajes. El profundo desierto llegaba hasta él tan sólo por sus olores. Una pared sin ventanas se erguía ante él en la noche, a una cierta distancia. El claro de luna trazaba arabescos en el jardín cerrado, árboles centinelas y alargadas hojas y húmedo follaje. Podía ver un estanque reflejando las estrellas entre las hojas, manchas de blanquecino brillo floral entre las sombras. Por un momento, vio el jardín con ojos

Fremen: extraño, amenazador, peligroso en su abundancia de agua.

Pensó en los Vendedores de Agua, cuya forma de vida había hecho desaparecer gracias a su prodigalidad. Le odiaban. Había matado al pasado. Y había otros también, incluso quellos que habían luchado por algunas monedas para comprar la preciosa agua, que ahora lo detestaban por haber cambiado los viejos sistemas de vida. A medida que el esquema ecológico dictado por Muad'dib remodelaba el planeta, la resistencia humana se incrementaba. ¿No había sido demasiado presuntuoso, se preguntó, al pensar que podía remodelar todo un planeta... con cada cosa creciendo dónde y cómo él decía que debía crecer? Incluso si tenía éxito, ¿qué sería del resto del universo? ¿Temería recibir igual tratamiento?

Bruscamente, cerró los cortinajes y selló los ventiladores. Se volvió hacia Chani en la oscuridad. Sus anillos de agua tintineaban como las campanillas de los peregrinos. Se guió hacia ella por el sonido, la encontró con los brazos abiertos.

—Mi amor —susurró Chani—. ¿Te he preocupado?

Los brazos de ella cercaron su futuro al tiempo que cercaban su cuerpo.

—No —dijo Paul—. Oh... tu no.

El advenimiento del Campo Escudo de de-
fensa y el láser, con su explosiva interacción,
mortal tanto para el atacado como para el ata-
cante, marcaron las determinantes de la evolu-
ción tecnológica de las armas. No necesitamos
insistir en el papel especial de las atómicas. El
hecho de que cualquier Familia en mi Imperio
esté en situación de utilizar sus atómicas para
destruir las bases planetarias de otras cincuenta
o más familias causa cierto nerviosismo, es cier-
to. Pero todos nosotros poseemos precautorios
planes de devastadoras represalias. La Cofradía
y el Landsraad poseen las llaves con las que po-
ner en jaque esta fuerza. No, mi preocupación
se dirige hacia el desarrollo de los seres huma-
nos como armas especiales. Aquí hay un campo
virtualmente ilimitado a partir del desarrollo
de unos pocos poderes.

—Muad'dib: Conferencia en la Academia
de la Guerra, tomada de la Crónica de
Stilgar

El hombre viejo se mantenía inmóvil en el umbral, escu-
driñando afuera. Sus ojos completamente azules estaban

velados por la nativa sospecha común a toda la gente del desierto con respecto a los extranjeros. Amargas líneas torturaban las comisuras de su boca, entre los ralos cabellos de su blanca barba. No llevaba destiltraje, y era significativo el que ignorara este hecho, aún sabiendo el torrente de humedad que escapaba de su casa a través de la puerta abierta.

Scytale se inclinó e hizo la señal convenida de la conspiración.

De alguna parte tras el viejo llegó el sonido de un rabel, con la átona disonancia de la música de *semuta*. Nada en el viejo evidenciaba los efectos de la droga, por lo que era presumible que había alguien más dentro. Sin embargo, a Scytale le pareció extraño la presencia de un vicio tan sofisticado en un lugar como aquel.

—Saludos de lejos —dijo, sonriendo a través del rostro de aplanados rasgos que había elegido para aquel encuentro. Entonces se le ocurrió que quizá aquel viejo reconociera el rostro que había elegido. Algunos de los Fremen más viejos de Dune habían conocido a Duncan Idaho.

La elección de aquellos rasgos, que había juzgado divertida, podía ser un error, decidió Scytale. Pero ya no podía variarlos ahora. Dirigió nerviosas miradas arriba y abajo de la calle. ¿El viejo no se decidiría nunca a invitarle a entrar?

—¿Conocéis a mi hijo? —preguntó el viejo.

Esta era una de las respuestas clave. Scytale respondió convenientemente, permaneciendo todo el tiempo con los ojos alerta en busca de cualquier circunstancia sospechosa a su alrededor. No le gustaba su situación allí. La calle, sin salida, acababa en aquella casa. Todas las casas de los alrededores habían sido edificadas por veteranos del Jihad. Formaban un suburbio de Arrakeen que se extendía en la Depresión Imperial más allá de Tiemag. Las paredes que cercaban la calle presentaban rostros ciegos de color grisáceo, rotos por sombras oscuras de puertas selladas y, aquí y allá, obscenidades pintadas. Cerca de la puerta donde se hallaba ahora alguien había garabateado una proclama acerca de que un tal Beris había sido el culpable de traer a Arrakis la horrible dolencia que le había arrebatado su virilidad.

—¿Venís con alguien más? —preguntó el viejo.

—Vengo solo —dijo Scytale.

El viejo carraspeó, dudando aún.

Scytale se resignó a tener paciencia. Aquella forma de entrar en contacto acarreaba sus peligros. Quizá el viejo tuviera alguna razón para comportarse así. Sin embargo, la hora era propicia. El pálido sol estaba casi en su cénit. La gente de aquel barrio permanecía encerrada en sus casas, durmiendo en las horas más cálidas del día.

¿Era el vecindario lo que preocupaba al viejo?, se preguntó Scytale. La casa contigua, sabía, había sido asignada a Otheym, un antiguo miembro de los temibles comandos de la muerte Fedaykin de Muad'dib. Y Bijaz, el enano catalizador, estaba con él.

Scytale dirigió de nuevo su atención hacia el viejo, notando la manga vacía que colgaba de su hombro izquierdo y la falta de un destiltraje. Un aire de mando emanaba aún de aquel viejo. En el Jihad no había estado con la chusma.

—¿Puedo saber el nombre de mi visitante? —preguntó el viejo.

Scytale contuvo un suspiro de alivio. Después de todo, había sido aceptado.

—Me llamo Zaal —dijo, empleando el nombre asignado a él en aquella misión.

—Yo soy Farok —dijo el viejo—, antiguo Bashar de la Novena Legión en el Jihad. ¿Os dice algo eso?

Scytale leyó la amenaza en aquellas palabras.

—Nacisteis en el Sietch Tabr con lealtad a Stilgar —dijo.

Farok se relajó y dio un paso hacia un lado.

—Sed bienvenido en mi casa.

Scytale se deslizó al oscuro atrio... suelo de losas azules, brillantes incrustaciones de cristal en las paredes. Tras el atrio había un patio cubierto. La luz que entraba por los filtros translúcidos derramaba una opalescencia tan plateada como la luz de la Primera Luna. La puerta de la calle chirió sobre sus cierres estancos tras de él.

—Eramos un pueblo noble —dijo Farok, abriendo camino a su visitante—. No habíamos sido arrojados fuera. No vivíamos en poblados en los *graben*... ¡como ahora! Poseíamos un buen sietch en la Muralla Escudo, encima de la Cresta Habbanya. Un gusano podía llevarnos hasta Kedem, en el interior del desierto.

—No como ahora —admitió Scytale, comprendiendo lo que había empujado a Farok a entrar en la conspiración. El Fremen añoraba los viejos días y las viejas costumbres.

Entraron en el patio cubierto.

Farok luchaba contra una intensa hostilidad hacia su visitante, se dio cuenta Scytale. Los Fremen desconfiaban de los ojos que no tenían el azul total del Ibad. Los extranjeros de otros mundos, decían los Fremen, tenían ojos vacuos que decían cosas que supuestamente no debían ver.

La música de semuta se interrumpió al entrar ellos. Ahora había sido reemplazada por el rasgueo de un baliset, primero en un acorde a la novena escala, luego las claras notas de una canción que había sido popular en los mundos de Naraj.

A medida que sus ojos se habituaban a la luz, Scytale vio a un hombre joven sentado con las piernas cruzadas en un diván bajo entre los arcos a su derecha. Los ojos del joven eran dos cuencas vacías. Con la instintiva facilidad de los ciegos, empezó a cantar en el mismo momento en que Scytale fijaba su mirada en él. Su voz era clara y suave:

«Un viento sopló sobre la tierra
Y barrió el cielo a lo lejos.
¡Y a todos los hombres!
¿Qué es este viento?
Los árboles yerguen sus ramas,
Bebiendo donde los hombres bebieron.
He conocido demasiados mundos,
Demasiados hombres,
Demasiados árboles,
Demasiados vientos.»

Esas no eran las palabras originales de la canción, observó Scytale. Farok le condujo lejos del muchacho y bajo los arcos, en el lado opuesto, señalándole unos almohadones esparcidos sobre el suelo. Las losas estaban decoradas con pinturas de criaturas marinas.

—Este es un almohadón que fue ocupado por Muad'dib en el sietch —dijo Farok, señalando un abultado almohadón redondo y negro—. Ahora es vuestro.

—Soy vuestro deudo —dijo Scytale, sentándose en el negro y abultado almohadón. Sonrió. Farok daba pruebas de sagacidad. Unas sabias palabras de lealtad incluso mientras escuchaban canciones de oculto significado y palabras con secretos mensajes. ¿Quién podía negar los terroríficos poderes del Emperador tirano?

Insertando sus palabras a través de la canción sin romper su ritmo, Farok dijo:

—¿Os molesta la música de mi hijo?

Scytale hizo un gesto hacia un almohadón situado frente a él y apoyó su cabeza contra una fría columna.

—Me gusta la música —dijo.

—Mi hijo perdió sus ojos en la conquista de Naraj —dijo Farok—. Fue curado allí, y allí hubiera debido quedarse. Ninguna mujer del Pueblo lo querrá así. Es curioso, sin embargo, saber que tengo nietos en Naraj que nunca llegaré a ver. ¿Conocéis los mundos de Naraj, Zaal?

—En mi juventud, hice una gira por allí con mi grupo de Danzarines Rostro —dijo Scytale.

—Así pues, sois un Danzarín Rostro —dijo Farok— Me lo he preguntado al veros. Me recordáis a un hombre al que conocí.

—¿Duncan Idaho?

—Exacto, éste. Un espadachín a sueldo del Emperador.

—Murió, según se dice.

—Según se dice —asintió Farok—. Así pues, ¿sois realmente un hombre? He oído historias acerca de los Danzarines Rostro que... —se alzó de hombros.

—Somos hermafroditas Jadacha —dijo Scytale—, libres de elegir el sexo que queramos. Por el momento, soy un hombre.

Farok frunció pensativamente sus labios, y luego:

—¿Puedo ofreceros algo para refrescaros? ¿Deseáis un poco de agua? ¿Algún fruto helado?

—Hablar es suficiente —dijo Scytale.

—El deseo del huésped es una orden —dijo Farok, sentándose en el almohadón situado frente a Scytale.

—Bendito sea Abu d'Dhur, Padre de los Indefinidos Caminos del Tiempo —dijo Scytale. Y pensó: *¡Ya está! Ya le he dicho claramente que vengo de parte de un Navegante de la Cofradía y que gozo de su protección.*

—Sea tres veces bendito —dijo Farok, uniendo sus manos en la forma ritual. Eran unas manos viejas, de nudosas venas.

—Un objeto visto a distancia revela tan sólo su principio —dijo Scytale, revelando que quería discutir acerca de la fortificada Ciudadela del Emperador.

—Aquello que es oscuro y malévolo seguirá siéndolo por siempre y no importa a qué distancia —dijo Farok, avisándole que tuviera calma.

¿Por qué?, se preguntó Scytale. Pero dijo:

—¿Cómo perdió los ojos vuestro hijo?

—Los defensores de Naraj utilizaban un quemador de piedras —dijo Farok—. Mi hijo estaba demasiado cerca. ¡Malditas atómicas! Incluso los quemadores de piedras deberían estar prohibidos.

—Es una forma de interpretar la ley —admitió Scytale. Y pensó: *¡Un quemador de piedras en Naraj! Nunca nos lo dijeron. ¿Por qué habrá hablado ahora ese viejo de los quemadores de piedras?*

—Ofrecí a vuestros dueños comprar ojos tleilaxu para él —dijo Farok—. Pero corre una historia entre las legiones acerca de que los ojos tleilaxu esclavizan a sus usuarios. Mi hijo me dijo que tales ojos eran de metal y que él es de carne, por lo que una unión así sería pecaminosa.

—El principio de un objeto debe corresponder a su intención inicial —dijo Scytale, intentando desviar la conversación hacia las informaciones que deseaba.

Los labios de Farok se tensaron, pero asintió.

—Hablad abiertamente de lo que queréis —dijo—. Debemos confiar en vuestro Navegante.

—¿Habéis entrado nunca en la Ciudadela Imperial? —preguntó Scytale.

—Lo hice en las fiestas conmemorativas de la victoria de Molitor. Había un terrible frío en todas aquellas piedras, a pesar de los potentes calefactores ixianos. La noche anterior dormimos en la terraza del Templo de Alia. Ya sabéis que hay árboles allí... árboles de muchos mundos. Nosotros, los Bashare, íbamos vestidos con nuestras más finas ropas verdes, y teníamos nuestras mesas apartadas de las demás. Comimos y bebimos demasiado. Me sentí disgustado por algunas de las cosas que vi. Los heridos se mezclaron con nosotros, arrastrándose en sus muletas. No creo que Muad'dib sepa a cuántos hombres ha mutilado.

—¿Ponéis objeciones a la fiesta? —preguntó Scytale, pensando en lo que sabía acerca de las orgías Fremen iniciales con cerveza de especia.

—Aquello no tenía nada que ver con la comunicación de nuestras almas en el sietch —dijo Farok—. No había tau. Para entretenerse, las tropas habían recibido chicas esclavas, y los hombres contaban las historias de sus batallas y de sus heridas.

—Así pues, penetrasteis en aquel gran montón de piedras —dijo Scytale.

—Muad'dib vino hasta nosotros en la terraza —dijo Farok—. «Que la fortuna os sea propicia», dijo. ¡El penetrante saludo del desierto, en aquel lugar!

—¿Sabéis la situación de sus apartamentos privados? —preguntó Scytale.

—Muy adentro —dijo Farok—. En algún lugar muy adentro. He oído decir que él y Chani llevan una vida nómada incluso en el interior de las paredes de su Ciudadela. Utiliza el Gran Salón para las audiencias públicas. Tiene también salones para recepciones y lugares para reuniones formales, toda un ala para su guardia personal, lugares para las ceremonias y toda una sección para las comunicaciones. También me han dicho que hay una estancia en las profundidades de su fortaleza donde mantiene un gusano aletargado rodeado de agua para impedir que escape. Allí es donde lee el futuro.

Los mitos mezclándose siempre con los hechos, pensó Scytale.

—Todo el aparato del gobierno lo acompaña constantemente —refunfuñó Farok—. Secretarios y asistentes y asistentes de los asistentes. Pero con los únicos que tiene confianza es con Stilgar y con los antiguos compañeros.

—No con vos —dijo Scytale.

—Creo que ha olvidado mi existencia —dijo Farok.

—¿Cómo lo hace cuando abandona su edificio? —preguntó Scytale.

—Tiene un pequeño tóptero en una zona de aterrizaje en las murallas interiores —dijo Farok—. Me han dicho que Muad'dib no ha permitido nunca a nadie que tome los controles para aterrizar allí. Por lo que he oído, se necesita una tal precisión en el aterrizaje que el menor error de cálculo precipitaría el aparato por encima de la muralla a uno de sus condenados jardines.

Scytale asintió. Esto era probablemente cierto. Aquel acceso aéreo a los apartamentos del Emperador era una razonable medida de seguridad. Los Atreides habían sido siempre magníficos pilotos.

—Utiliza hombres para llevar sus mensajes *distrans* —dijo Farok—. El implantarle traductores disminuye a un hombre. La voz de un hombre debería estar siempre gobernada sólo por él. No debería llevar el mensaje de otro hombre oculto entre sus sonidos.

Scytale alzó los hombros. Todos los poderosos usaban el distrans en aquella época. Uno no podía estar nunca seguro de los obstáculos que iba a hallar entre el expedidor y el destinatario. El distrans desafiaba cualquier análisis criptológico, debido a que se basaba en sutiles distorsiones de los esquemas naturales del sonido, que podían alcanzar una enorme complejidad.

—Incluso los oficiales de impuestos utilizan este método —dijo Farok—. En mis tiempos, los distrans eran implantados tan sólo en animales inferiores.

Pero la información de los impuestos debe permanecer secreta, pensó Scytale: *Más de un gobierno se ha hundido porque el pueblo ha descubierto la cifra real de lo que recaudaba.*

—¿Qué sienten ahora las cohortes Fremen respecto al Jihad de Muad'dib? —preguntó Scytale—. ¿Objetan algo a la idea de hacer un dios de su Emperador?

—La mayor parte de ellas ni siquiera consideran esta eventualidad —dijo Farok—. Piensan en el Jihad como pienso yo... al menos la mayoría de ellas. Es una fuente de extrañas experiencias, aventura, riqueza. Este miserable graben donde vivo —Farok hizo un gesto abarcando el patio— cuesta sesenta lidas de especia. ¡Noventa kontars! Hubo un tiempo en el que ni siquiera hubiera podido imaginar tal riqueza —agitó la cabeza.

A otro lado del patio, el muchacho ciego hizo sonar en su baliset las notas de una balada de amor.

Noventa kontars, pensó Scytale. Qué extraño. Ciertamente es una gran riqueza. La choza de Farok sería un palacio en muchos otros mundos, pero todo es relativo... incluso el kontar. ¿Sabe Farok, por ejemplo, de dónde viene esa medida para el peso de la especia? ¿Ha pensado alguna vez que un kontar y medio era la carga límite que podía llevar un camello? No es probable. Sin duda Farok ni siquiera ha oído hablar nunca de un camello o de la Edad de Oro de la Tierra.

Con sus palabras siguiendo en forma extraña el ritmo de la melodía que su hijo tocaba en el basilet, Farok dijo:

—Yo poseía un crys, anillos de agua para diez litros, mi propia lanza heredada de mi padre, un servicio de café, una botella de cristal rojo tan vieja como mis recuerdos en el sietch. Tenía mi parte en la especia, pero no dinero. Era rico y no lo sabía. Poseía dos esposas: una sencilla y muy querida para mí, la otra estúpida y obstinada, pero con unas formas y un rostro de ángel. Era un Naib Fremen, un conductor de gusanos, dueño del leviatán y de la arena.

El joven, al otro lado del patio, cambió el ritmo de su melodía.

—Sabía muchas cosas sin tener necesidad de pensar en ellas —dijo Farok—. Sabía que había agua muy lejos bajo nuestra arena, oculta y custodiada por los Pequeños Hacedores. Sabía que mis antepasados sacrificaban vírgenes a Shai-hulud... antes de que Liet-Kynes nos ordenara dejar de hacerlo. Cometimos una equivocación dejando de hacerlo. Vi muchas veces las joyas en la boca del gusano. Mi alma tenía cuatro puertas, y las conocía todas.

Permaneció silencioso, hundido en sus pensamientos.

—Y entonces vino el Atreides con la bruja de su madre —dijo Scytale.

—Entonces vino el Atreides —asintió Farok—. El hombre al que llamamos Usul en nuestro sietch, su nombre privado entre nosotros. ¡Nuestro Muad'dib, nuestro Mahdi! Y cuando nos llamó para el Jihad, hubo algunos de nosotros que preguntaron: «¡Por qué tengo que ir yo a combatir allá? No hay nadie de los nuestros». Pero otros hombres le siguieron... hombres jóvenes, amigos, compañeros de mi infancia. Cuando regresaron hablaron de brujería, del poder de su *salvador* Atreides. Combatió a nuestros enemigos, los Harkonnen. Liet-Kynes, que nos prometió el paraíso en nuestro propio planeta, le había dado su bendición. Se decía que ese Atreides había venido a cambiar nuestro mundo y nuestro universo, que iba a hacer florecer flores doradas en la noche. —Farok levantó sus manos y examinó las palmas—. Los hombres señalaron a la Primera Luna y dijeron: «Su alma está allá». Así, fue llamado Muad'dib. No comprendí nada de esto. —Bajó las manos y miró—. No tenía ningún pensamiento en mi cabeza. Sólo había pensamientos en mi corazón y en mi vientre y en mis costados.

De nuevo, el tempo de la música se aceleró.

—¿Sabéis por qué me alisté en el Jihad? —los viejos ojos miraron duramente a Scytale—. Había oído hablar de algo llamado el mar. Es muy difícil creer en el mar cuando uno ha vivido tan sólo aquí, entre estas dunas. Nosotros no tenemos mares. Los hombres de Dune nunca han conocido el mar. No tenemos más que nuestras trampas de viento. Recolectamos el agua para el gran cambio que Liet-Kynes nos prometió... este gran cambio que Muad'dib nos ha traído con un solo gesto de su mano. Puedo imaginar un *qanat*, el agua circulando al aire libre a través de un canal. A partir de esto, mi mente puede crearse una imagen de un río. ¿Pero un mar?

Farok miró al translúcido techo de su patio cubierto como si intentara percibir el universo que había más allá.

—Un mar —dijo, con voz muy baja—. Imaginármelo era demasiado para mi mente. Sin embargo, algunos hombres a los que conocía me dijeron que habían visto esta maravilla. Creía que mentían, pero tenía que verlo con mis propios ojos. Esta es la razón por la que me alisté.

El joven pulsó un fuerte acorde final en el baliset, y empezó una nueva canción con un extraño ritmo ondulante.

—¿Y encontrasteis vuestro mar? —preguntó Scytale.

Farok permaneció en silencio, y Scytale pensó que el viejo no le había oído. La música del baliset se elevaba a su alrededor y vibraba como el movimiento de una marea. Farok respiraba a su ritmo.

—Era un crepúsculo —dijo entonces Farok—. Uno de nuestros antiguos artistas hubiera podido pintar un tal crepúsculo. Tenía el rojo del color del cristal de mi botella. Era dorado... azul. Era en el mundo que llaman Enfeil, allí donde conduje a mi legión a la victoria. Habíamos franqueado el paso de una montaña donde el aire estaba impregnado de humedad. Era difícil respirar en él. Y entonces vi lo que mis amigos me habían contado haber visto ellos: el agua, hasta tan lejos como alcanzaba la vista, y más lejos aún. Descendimos hasta ella. Nos metimos en ella. Chapoteamos en ella y bebimos. Era amarga y me puso enfermo. Pero nunca olvidaré aquella maravilla.

Scytale captó la melancolía de los recuerdos del viejo Fremen.

—Me sumergí en aquella agua —dijo Farok, mirando hacia abajo, hacia las criaturas acuáticas dibujadas en las losas del suelo—. Un hombre se metió en aquella agua... y otro hombre salió de ella. Me di cuenta de que podía recordar un pasado que nunca había existido. Miré a mi alrededor con ojos dispuestos a aceptarlo todo... absolutamente todo. Vi un cuerpo en el agua... uno de los defensores a los que habíamos derrotado. Había también allí cerca un gran trozo de madera en el agua, parte del tronco de un gran árbol. Puedo cerrar mis ojos y verlo de nuevo como si aún estuviera allí. Estaba ennegrecido por el fuego en uno de sus extremos. Y había un trozo de tela en aquella agua, un pedazo amarillo arrancado de algún vestido... desgarrado y sucio. Miré todas aquellas cosas, y comprendí por qué estaban en aquel lugar. Estaban allí para que yo pudiera verlas.

Farok se giró con lentitud y miró directamente a Scytale en los ojos.

—El universo está inacabado, ¿comprendéis? —dijo.

Locuaz, pero profundo, pensó Scytale. Y dijo:

—Puedo ver que eso causó una profunda impresión en vos.

—Vos sois un tleilaxu —dijo Farok—. Habéis visto muchos mares. Yo he visto solamente éste, pero sin embargo sé algo acerca de los mares que vos no sabéis.

Scytale sintió el desagradable contacto de un viejo sentimiento de inquietud.

—La Madre del Caos nació en el mar —dijo Farok—. Un Qizara Tafwid estaba cerca de allí cuando me sumergí en aquella agua. El no entró en el mar. Permaneció de pie en la arena... aquella húmeda arena... con algunos de mis hombres que sentían su mismo miedo. Me miró con ojos que sabían que yo había comprendido algo que a él le había sido negado. Yo me había convertido en una criatura acuática y le producía miedo. El mar me curó del Jihad y creo que lo comprendió así.

Scytale se dio cuenta de que la música se había detenido en algún momento de aquella exposición. Se sintió turbado al no poder precisar en qué momento exactamente había callado el baliset.

Como si durante todo el tiempo hubiera seguido el encadenamiento de una misma conversación, Farok dijo:

—Cada una de las puertas está custodiada. No hay ninguna forma de penetrar en la fortaleza del Emperador.

—Esa es su debilidad —dijo Scytale.

Farok levantó la cabeza, mirándole curioso.

—Existe una forma —explicó Scytale—. Y el hecho de que la mayor parte de la gente (incluido, esperamos, el Emperador) piense de otro modo... ésta es nuestra ventaja. —Frunció los labios, dándose cuenta repentinamente de lo extraño del rostro que había elegido. El silencio de la música seguía inquietándole. ¿Significaba esto que el hijo de Farok había dejado de transmitir? Esta era la forma en que habían procedido, por supuesto: el mensaje estaba condensado y había sido transmitido con la música. Se había impreso en el sistema nervioso de Scytale, de donde podría extraerlo en el momento propicio gracias al distrans implantado en su córtex suprarrenal. Ahora su cuerpo era un contenedor de palabras desconocidas. Estaba henchido de datos: cada célula de la conspiración aquí en Arrakis, cada nombre, cada clave de contacto... toda la información vital.

Con esta información podrían afrontar Arrakis, capturar un gusano de arena, iniciar el cultivo de la melange en algún lugar más allá del alcance de Muad'dib. Podrían vencer el monopolio al mismo tiempo que vencían a Muad'dib. Podría iniciar tantas cosas con aquella información.

—Tenemos aquí a la mujer —dijo Farok—. ¿Deseáis verla ahora?

—Ya la he visto —dijo Scytale—. La he estudiado cuidadosamente. ¿Dónde está?

Farok chasqueó sus dedos.

El joven tomó su rabel y pasó el arco por encima de sus cuerdas. La música de semuta flotó por la estancia. Como obedeciendo al sonido, una mujer joven vestida con ropas azules surgió de una puerta cerca del músico. El embotamiento del narcótico inundaba el profundo azul del Ibad de sus ojos. Era una Fremen, adicta a la especia, y ahora presa de un vicio provinente de otro mundo. Su consciencia había huido lejos con la semuta, se había perdido en algún lugar, conducida por el éxtasis de la música.

—La hija de Otheym —dijo Farok—. Mi hijo le ha administrado el narcótico con la esperanza de conseguir una mujer del Pueblo para sí pese a su ceguera. Pero como podéis ver, su victoria ha sido vana. La semuta ha tomado de ella lo que él esperaba conseguir.

—¿Su padre no sabe nada? —preguntó Scytale.

—Ni siquiera ella sabe nada —dijo Farok—. Mi hijo le proporciona falsos recuerdos que ella utiliza en sus visitas. Ella cree que ama a mi hijo. Esto es lo que cree también su familia. Se sienten algo ultrajados porque mi hijo no es un hombre completo, pero no van a interferir, por supuesto.

La música se diluyó y acabó.

A un gesto del músico, la joven se sentó junto a él, inclinándose para escuchar lo que él le murmuraba.

—¿Qué vais a hacer con ella? —preguntó Farok.

Una vez más, Scytale estudió el patio cubierto.

—¿Hay alguien más en la casa? —preguntó.

—Estamos todos aquí —dijo Farok—. Pero no me habéis dicho lo que pensáis hacer con la mujer. Es mi hijo quien desea saberlo.

Como si fuera a responder, Scytale extendió su mano derecha. Una brillante aguja surgió de la manga de su traje y se hundió en el cuello de Farok. No hubo ningún grito, ningún cambio en su postura. Farok estaría muerto en un minuto, pero hasta entonces permanecería inmóvil, paralizado por el veneno de la aguja.

Suavemente, Scytale se puso en pie y cruzó el patio en dirección al músico ciego. El joven seguía murmurando al oído de la mujer cuando el dardo penetró en él.

Scytale tomó el brazo de la joven, la obligó suavemente a ponerse en pie, cambiando su apariencia antes de que ella le mirara. Cuando ella estuvo en pie, fijó sus ojos en él.

—¿Qué ocurre, Farok? —preguntó.

—Mi hijo está cansado y debe retirarse —dijo Scytale—. Ven. Hemos de irnos.

—Hemos hablado un poco ahora —dijo ella—. Creo que le he convencido de aceptar unos ojos tleilaxu. Muy pronto haremos de él de nuevo un hombre.

—¿No lo había dicho yo muchas veces? —dijo Scytale, animándola a avanzar hacia las habitaciones de atrás.

Su voz, constató con orgullo, se ajustaba perfectamente a sus actuales faciones. Era inconfundiblemente la voz del viejo Fremen, que seguramente ahora ya debía estar muerto.

Scytale suspiró. Había actuado con simpatía, se dijo a sí mismo, y con toda seguridad las víctimas no habían llegado a saber el peligro que se cernía sobre ellas. Ahora, debía darle a la joven su oportunidad.

*Los Imperios no sufren de falta de finali-
dad en el momento de su creación. Es luego
cuando se produce ésta, cuando ya están esta-
blecidos y sus objetivos iniciales son olvidados
y reemplazados por vagos rituales.*

**—Palabras de Muad'dib,
por la Princesa Irulan**

Alia se dio cuenta de que aquella reunión del Consejo
Imperial iba a ser una mala sesión. Captó la contención y
la acumulación de fuerzas... la forma como Irulan evitaba
mirar a Chani, el nerviosismo de Stilgar barajando los papeles, las ceñudas miradas de Paul dirigidas a Korba el
Qizara.

Alia se sentó en un extremo de la dorada mesa del consejo, desde donde podía mirar afuera, a las puertas que
abrían al balcón bañadas por la polvorienta luz de la
tarde.

Korba, a quien su entrada había interrumpido, siguió
hablando con Paul.

—Lo que quiero decir, mi Señor, es que hay, aquí y
ahora, muchos más dioses de los que ha habido nunca.

Alia se rió, echando la cabeza hacia atrás. El movimiento hizo caer hacia atrás la capucha negra de su aba.

Sus rasgos quedaron al descubierto: «ojos de especia» completamente azules, el rostro ovalado de su madre bajo una cascada de cabellos broncíneos, naríz pequeña, boca amplia y generosa.

Las mejillas de Korba adquirieron casi el color de sus anaranjadas ropas. Miró furiosamente a Alia, un gnomo irritado, minúsculo y calvo.

—¿Sabéis lo que se dice de vuestro hermano? —preguntó.

—Sé lo que se dice de vosotros los Qizarate —contraatacó Alia—. No sois divinos, sois espías de dios.

Korba miró a Paul en busca de apoyo y dijo:

—Somos los enviados de Muad'dib, que debe saber la verdad sobre su pueblo, el cual debe saber a su vez la verdad sobre El.

—Espías —dijo Alia.

Korba apretó los labios en un injuriado silencio.

Paul miró a su hermana, preguntándose por qué había provocado a Korba. Bruscamente, se dio cuenta de que' Alia se había convertido en una mujer, una belleza con el último rastro de inocencia de la juventud. Se sintió sorprendido de no haberse apercibido de ello hasta aquel momento. Tenía tan sólo quince años, pronto dieciséis, una Reverenda Madre sin haber sido madre nunca, una sacerdotisa virgen, objeto de temerosa veneración por parte de las masas supersticiosas... Alia del Cuchillo.

—Este no es momento ni lugar para oír las frivolidades de vuestra hermana —dijo Irulan.

Paul la ignoró, inclinando la cabeza en dirección a Korba.

—La plaza está llena de peregrinos. Salid y dirigid sus plegarias.

—Pero ellos os esperan a vos, mi Señor —dijo Korba.

—Colocaos vuestro turbante —dijo Paul—. No os reconocerán a esa distancia.

Irulan contuvo su irritación al verse ignorada, observando como Korba se apresuraba a obedecer. Sintió una repentina inquietud al pensar que quizá Edric no consiguiera ocultar sus acciones para Alia. *¿Qué es lo que sabemos realmente de ella?*, se preguntó.

Chani, con las manos fuertemente apretadas en su regazo, observó a través de la mesa a Stilgar, su tío, el Ministro de Estado de Paul. ¿Añoraba aún el viejo Naib Fremen la simple existencia de su sietch del desierto?, se preguntó. Los negros cabellos de Stilgar, notó, empezaban a volverse grises en los lados, pero sus ojos seguían siendo penetrantes bajo sus espesas cejas. Había aún algo salvaje en aquella mirada, y en su barba se notaba todavía la marca del tubo del filtro del destiltraje.

Evidenciando su nerviosismo ante la atención de Chani, Stilgar miró a su alrededor en la Cámara del Consejo. Su mirada se posó en la puerta que daba al balcón y en Korba de pie en ella. Korba tenía las manos levantadas para bendecir, y el sol del atardecer ponía un halo rojo en torno a su figura. Por un momento, Stilgar vio al Qizara de la Corte como una figura crucificada en una rueda de fuego. Korba bajó los brazos y la ilusión quedó destruida, pero Stilgar se notó turbado por ella. Sintió una irritada frustración dirigida a todos aquellos sumisos suplicantes que debían estar aguardando en el Salón de Audiencias, a toda aquella odiosa pompa que rodeaba el trono de Muad'dib.

Reuniéndose con el Emperador, uno esperaba captar un fallo suyo, descubrir sus errores, pensó Stilgar. Sintió que aquel era un pensamiento sacrílego, pero no podía rechazarlo.

El lejano murmullo de la multitud penetró en la estancia al regresar Korba. La puerta del balcón se cerró trás él sobre sus cierres herméticos, con un sonido sordo.

La mirada de Paul siguió al Qizara. Korba se sentó a la izquierda de Paul, con su oscuro rostro tranquilo, sus ojos brillando de fanatismo. Había gozado de este momento de poder religioso.

—La presencia del espíritu ha sido invocada —dijo.

—Gracias sean dadas al señor —dijo Alia.

Los labios de Korba palidecieron.

Paul estudió de nuevo a su hermana, preguntándose acerca de sus motivaciones. Su inocencia enmascaraba un engaño, se dijo a sí mismo. Como él, ella era un producto del mismo programa de selección Bene Gesserit.

¿Qué habían producido en ella las manipulaciones genéticas de búsqueda del kwisatz haderach? Y había también aquella misteriosa diferencia: ella era tan sólo un embrión en el seno de su madre cuando ésta había sobrevivido a la prueba del veneno de la melange. Madre e hija no nacida se habían convertido simultáneamente en Reverendas Madres. Pero la simultaneidad no implicaba identidad.

De esa experiencia, Alia le había dicho que por un terrible instante había sido despertada a la consciencia, y que su memoria había absorbido las incontables otras vidas que su madre había asimilado.

—Me convertí en mi madre y en todas las demás —dijo—. Yo era informe, aún no nacida, pero en aquel momento me convertí en una mujer vieja, y sigo siéndolo.

Adivinando sus pensamientos, Alia le sonrió a Paul. La expresión de él se dulcificó. *¿Cómo puede uno reaccionar ante Korba de otra manera que no sea a través del humor cínico?*, se dijo a sí mismo. *¿Qué es más ridículo que un Comando de la Muerte transformado en un sacerdote?*

Stilgar palmeó sus papeles.

—Si permitís, Señor —dijo—. Estos son asuntos urgentes e importantes.

—¿El tratado de Tulipe? —preguntó Paul.

—La Cofradía mantiene que debemos firmar este tratado sin conocer la ubicación precisa del Pacto de Tulipe —dijo Stilgar—. Hay algunos delegados del Landsraad que la apoyan en esto.

—¿Qué presiones habéis ejercido? —preguntó Irulan.

—Las presiones que mi Emperador me indicó para este asunto —dijo Stilgar. La rígida formalidad de su respuesta contenía toda su desaprobación hacia la Princesa Consorte.

—Mi señor y esposo —dijo Irulan, volviéndose hacia Paul y forzándole así a dedicarle su atención.

Enfatizando la diferencia de título frente a Chani, pensó Paul. *Es una debilidad*. En tales momentos, compartía el desagrado de Stilgar hacia Irulan, pero la simpatía temperaba sus emociones. ¿Qué era Irulan sino un peón en manos de la Bene Gesserit?

—¿Sí? —dijo Paul.

Irulan le miró fijamente.

—Si les retiráis su melange...

Chani agitó la cabeza en desaprobación.

—Actuaremos con precaución —dijo Paul—. Tulipe sigue siendo el lugar de refugio de las Grandes Casas vencidas. Simboliza el último refugio, el último lugar seguro para todos nuestros dominados. Exponer el refugio es hacerlo vulnerable.

—Si puede ocultar gente también puede ocultar otras cosas —gruñó Stilgar—. Un ejército quizá, o los inicios de un cultivo de melange que...

—No se acorrala a la gente en un rincón —dijo Alia—. No si uno espera de ella que permanezca pacífica. —Se dio cuenta, a pesar suyo, de que se estaba mezclando en la confrontación que había presentido.

—Así, hemos perdido diez años de negociación para nada —dijo Irulan.

—Ninguna de las acciones de mi hermano es para nada —dijo Alia.

Irulan tomó un estilete de escritura, y lo apretó con una tal intensidad que sus nudillos se pusieron blancos. Paul observó su perfecto control emocional a la manera Bene Gesserit: penetrante mirada interior, respiración profunda. Casi podía oírla repetir la letanía. Finalmente, dijo:

—¿Qué hemos ganado con esto?

—Hemos mantenido a la Cofradía en desequilibrio —dijo Chani.

—Deseamos evitar una confrontación abierta con nuestros enemigos —dijo Alia—. No tenemos ningún deseo especial en matarlos. Se han producido ya demasiadas carnicerías bajo el estandarte de los Atreides.

Ella también siente como yo, pensó Paul. Era extraño aquel sentimiento de compulsiva responsabilidad que ambos sentían hacia aquel violento e idólatra universo, con sus éxtasis de tranquilidad y salvajes emociones. *¿Debemos protegerlos de ellos mismos?*, se preguntó. *Juegan con la nada a cada momento... con vidas vacías, con palabras vacías. Me están preguntando demasiado.* Su garganta estaba seca y apretada. ¿Cuántos momentos iba a perder aún? ¿Cuántos hijos? ¿Cuántos sueños? ¿Todo aquello valía el precio que su visión le había revelado? ¿Quién preguntaría a los habitantes de algún lejano y muy distante futuro, quién les diría: «Pero sin Muad'dib vosotros no hubierais estado nunca aquí»?

—Negándoles su melange no resolveremos nada —dijo Chani—. Los navegantes de la Cofradía perderán así su habilidad de ver a través del espaciotiempo. Vuestras hermanas de la Bene Gesserit perderán su sentido de la verdad. Algunas gentes morirán antes de su tiempo. Las comunicaciones se cortarán. ¿Y quién podrá ser culpado de todo eso?

—Ellos no permitirán que eso ocurra —dijo Irulan.

—¿No lo harán? —preguntó Chani—. ¿Por qué no? ¿Quién puede culpar a la Cofradía? Estarían desvalidos. Demostrablemente.

—Firmaremos el tratado tal como está ahora —dijo Paul.

—Mi señor —dijo Stilgar, concentrándose en sus manos—, hay una pregunta en nuestras mentes.

—¿Sí? —Paul miró al viejo Fremen con atención.

—Vos tenéis algunos... poderes —dijo Stilgar—. ¿No podríais localizar el Pacto a pesar de la Cofradía?

¡Poderes!, pensó Paul. Stilgar hubiera podido decir más bien: *Vos sois presciente. ¿No podéis trazar un camino en el futuro que conduzca hasta Tupile?*

Paul miró la dorada superficie de la mesa. Siempre el mismo problema: ¿Cómo expresar los límites de lo inexpresable? ¿Tenía que hablar de la fragmentación, el destino natural de todo poder? ¿Cómo podría concebir alguien que nunca hubiera experimentado el cambio presciente provocado por la especia una forma de constancia conteniendo un espaciotiempo no localizado, una imagen-vector no personal y no asociada a receptores sensoriales?

Miró a Alia, observando que su atención estaba centrada en Irulan. Alia captó su movimiento, dirigió su vista hacia él, hizo una inclinación de cabeza hacia Irulan. Oh, sí: cualquier respuesta que obtuvieran sería retransmitida en uno de los informes especiales de Irulan a la Bene Gesserit. La Hermandad nunca renunciaría a hallar una respuesta a su kwisatz haderach.

Stilgar, sin embargo, merecía algún tipo de respuesta. Y, en cierto modo, también Irulan.

—El no iniciado intenta concebir la presciencia como obedeciendo a una *Ley Natural* —dijo Paul. Juntó sus manos, con las palmas abiertas, ante él—. Pero también sería exacto y correcto decir que es como si el cielo le hablara a uno, ya que leer el futuro es un acto armonioso del ser humano. En otras palabras, la predicción es una consecuencia natural del oleaje del presente. Podéis ver pues que la presciencia asume una apariencia natural. Pero tales poderes no pueden ser utilizados a partir de una actitud que tenga ambiciones y propósitos. ¿Sabe una hoja caída entre las olas hacia dónde es arrastrada? No hay causa y efecto en el oráculo. Las causas se convierten en corrientes y confluencias, lugares donde estas corrientes se unen. Aceptando la presciencia, uno acepta conceptos que repugnan al intelecto. La consciencia intelectual los rechaza. Y rechazándolos, el intelecto entra a formar parte del proceso, y es subyugado.

—¿No podéis hacer nada? —preguntó Stilgar.

—Intentar ver Tupile a través de la presciencia —dijo Paul, hablando directamente para Irulan— sería suficiente para que Tupile me fuera ocultado.

—¡El caos! —protestó Irulan—. Pero todo esto... no... no tiene consistencia.

—He dicho que no obedecía a ninguna Ley Natural —dijo Paul.

—Entonces, ¿hay límites a lo que podéis ver o hacer con vuestros poderes? —preguntó Irulan.

Antes de que Paul pudiera contestar, Alia dijo:

—Querida Irulan, la presciencia no tiene límites. ¿Qué es consistente? La consistencia no es un aspecto necesario del universo.

—Pero él dice...

—¿Cómo puede mi hermano ofreceros una información explícita de los límites de algo que no tiene límites? Las fronteras escapan al intelecto.

Esto ha sido algo detestable por parte de Alia, pensó Paul. Iba a alarmar a Irulan, cuya consciencia era tan meticulosa, tan dependiente de valores derivados de límites precisos. Su mirada resbaló hacia Korba, que permanecía sentado en pose de religiosa ensoñación... *escuchando con el alma*. ¿Cómo iba a utilizar la Qizarate aquella información? ¿Un nuevo misterio religioso? ¿Algo más que respetar? Sin duda.

—¿Entonces vais a firmar el tratado en su forma actual? —preguntó Stilgar.

Paul sonrió. La vía del oráculo, a juicio de Stilgar, estaba cerrada. Stilgar amaba tan sólo la victoria, no el descubrimiento de la verdad. Paz, justicia y una moneda sólida... estas eran las amarras del universo de Stilgar. Necesitaba algo visible y real... la firma de un tratado.

—Lo firmaré —dijo Paul.

Stilgar tomó una nueva carpeta.

—La última comunicación de nuestros comandantes en el sector ixiano habla de agitación en busca de una constitución —el viejo Fremen miró a Chani, que alzó los hombros.

Irulan, que había cerrado los ojos y colocado ambas manos sobre su frente para urgir a su memoria, abrió de nuevo sus ojos y estudió intensamente a Paul.

—La confederación Ixiana ofrece su sumisión —dijo Stilgar—, pero sus negociadores discuten el montante del Impuesto Imperial que deben...

—Desean un límite legal a mi voluntad Imperial —dijo Paul—. ¿Y quién me gobernaría, el Landsraad o la CHOAM?

Stilgar rebuscó en la carpeta y sacó una nota escrita en papel *autodestr*.

—Uno de nuestros agentes nos ha enviado este memorándum acerca de una junta de dirigentes de la minoría CHOAM. —Leyó la clave con una voz neutra—: «El Trono debe ser detenido en su esfuerzo por alcanzar el monopolio del poder. Debemos decir la verdad acerca del Atreides, cómo maniobra a través del triple engaño de la legislación del Landsraad, las sanciones religiosas y la eficiencia burocrática.» —Volvió a meter la nota en el interior de la carpeta.

—Una constitución —murmuró Chani.

Paul miró hacia ella, luego hacia Stilgar. *Así pues, el*

Jihad vacila, pensó, *pero no lo bastante como para salvarme*. El pensamiento produjo en él tensiones emocionales. Recordó sus primeras visiones del Jihad-a-venir, el terror y la revulsión que había experimentado. Ahora, por supuesto, conocía visiones mucho más aterradoras. Había vivido con la violencia real. Había visto a sus Fremen, henchidos de fortaleza mística, devastarlo todo en aras de su guerra religiosa. El Jihad tomaba una nueva perspectiva. Era limitado, por supuesto, un breve espasmo medido en términos de eternidad, pero más allá yacían horrores que superaban cualquier cosa sucedida en el pasado.

Todo ello en mi nombre, pensó Paul.

—Quizá podríamos darles la *forma* de una constitución —sugirió Chani—. No necesariamente real.

—El engaño *es* un instrumento de la política —asintió Irulan.

—Hay límites para el poder, y aquellos que ponen sus esperanzas en una constitución siempre terminan descubriéndolos —dijo Paul.

Korba salió de su pose reverente.

—¿Mi Señor?

—¿Sí? —y Paul pensó: *¡Ya está aquí de nuevo! He aquí a uno que debe abrigar secretas simpatías hacia una imaginaria regla de la ley.*

—Podríamos empezar con una constitución religiosa —dijo Korba—, algo para los creyentes que...

—¡No! —restalló Paul—. Haríamos de ella una Orden en el Consejo. ¿Entendéis esto, Irulan?

—Sí, mi Señor —dijo Irulan, con la voz frígida por el disgusto ante el rastrero papel que se le obligaba a representar.

—Las constituciones son el último grado de la tiranía —dijo Paul—. Organizan el poder a tal escala que no pueden ser derrocadas. La constitución es la movilización del poder social y no tiene consciencia. Puede aplastar tanto al más grande como al más pequeño, barriendo toda dignidad e individualidad. Tiene un punto de equilibrio inestable y no conoce limitaciones. Yo, por el contrario, tengo mis limitaciones. En mi deseo de proporcionar una protección efectiva a mi pueblo, prohíbo cualquier constitución. Orden en el Consejo, tal fecha, etcétera, etcétera.

—¿Acerca del interés ixiano sobre los impuestos, mi Señor? —preguntó Stilgar.

Paul dirigió su atención hacia la ensimismada e iracunda mirada en el rostro de Korba y dijo:

—¿Tienes alguna proposición, Stilgar?

—Debemos tener el control de los impuestos, Señor.

—Nuestro precio a la Cofradía por mi firma en el Tratado de Tupile —dijo Paul— será la sumisión de la Confederación Ixiana a nuestra tasa de impuestos. La Confederación no puede comerciar sin los transportes de la Cofradía. Pagará.

—Muy bien, mi Señor —Stilgar sacó otra carpeta, carraspeó—. El informe de la Qizarate en Salusa Secundus. El padre de Irulan ha realizado maniobras de desembarco con sus legiones.

Irulan dedicó algo de su interés a la palma de su mano izquierda. Una vena palpitaba en su cuello.

—Irulan —preguntó Paul—, ¿persistís en asegurarme que la legión de vuestro padre no es más que un juguete?

—¿Qué puede hacer con una sola legión? —preguntó ella. Le miró con ojos que eran tan sólo dos rendijas.

—Podría hacerse matar —dijo Chani.

Paul asintió.

—Y yo sería culpado de ello.

—Conozco algunos comandantes en el Jihad —dijo Alia— que aplaudirían cuando supieran esto.

—¡Pero es tan sólo una fuerza de policía! —protestó Irulan.

—Entonces no tiene necesidad de efectuar maniobras de desembarco —dijo Paul—. Sugiero que vuestra próxima noticia a vuestro padre contenga una franca y directa alusión a mis puntos de vista acerca de su delicada posición.

Ella bajó su mirada.

—Sí, mi Señor. Espero que esto ponga término al asunto. Mi padre sería un buen mártir.

—Hummmm —dijo Paul—. Mi hermana no enviará ningún mensaje a esos comandantes que ha mencionado hasta que yo se lo ordene.

—Un ataque contra mi padre acarrearía otros peligros aparte de los obviamente militares —dijo Irulan—. La gente está empezando a ver su reinado con una cierta nostalgia.

—Un día vais a ir demasiado lejos —dijo Chani, con su mortalmente seria voz Fremen.

—¡Ya basta! —ordenó Paul.

Reflexionaba acerca de la revelación de Irulan sobre la pública nostalgia... Oh, sí, había una nota de verdad en ella. Una vez más, Irulan había probado su valía.

—La Bene Gesserit envía una súplica formal —dijo Stilgar, tomando otra carpeta—. Desean consultaros acerca de la preservación de vuestra línea dinástica.

Chani miró de reojo a la carpeta como si contuviera algún artilugio mortífero.

—Envíale a la Hermandad las habituales excusas —dijo Paul.

—¿Necesariamente? —preguntó Irulan.

—Tal vez... éste sea el momento de discutirlo —dijo Chani.

Paul agitó bruscamente su cabeza. No debían saber que esto era parte del precio que aún no estaba decidido a pagar.

Pero Chani no aceptó que las cosas quedaran así.

—He ido al muro de las lamentaciones del Sietch Tabr donde nací —dijo—. Me he sometido a los doctores. Me he arrodillado en el desierto y he enviado mis pensamientos a las profundidades donde mora el Shai-hulud. Sin embargo... —se alzó de hombros— ...nada ha servido.

Ciencia y superstición, todo ha fallado con ella, pensó Paul. *Y también yo le he fallado, no diciéndole los peligros a los que le precipitaría un heredero de la Casa de los Atreides.* Levantó los ojos, y captó la expresión de piedad en la mirada de Alia. La idea de la piedad de su hermana lo repelió. ¿También ella había visto aquel aterrador futuro?

—Mi señor debe conocer los peligros para un reino que no posee un heredero— dijo Irulan, utilizando sus poderes de voz Bene Gesserit con una untuosa persuasion—. Esas cosas son por naturaleza difíciles de discutir, pero es conveniente ponerlas a la luz. Un Emperador es más que un hombre. Su figura domina el reino. Si muere sin dejar ningún heredero, pueden originarse conflictos civiles. Si amáis a vuestro pueblo, ¿por qué no podéis legarle esto?

Paul se obligó a levantarse de la mesa y se dirigió a la puerta que daba al balcón. Afuera, el viento hacía oscilar el humo de los fuegos de la ciudad. El cielo presentaba un color azul plata oscuro, suavizado por la caída de polvo del atardecer provinente de la Muralla Escudo. Miró hacia la escarpadura del sur, que protegía sus tierras del norte de los vientos de coriolis, y se preguntó por qué su propia paz mental no poseía una barrera semejante.

El Consejo permanecía esperando silenciosamente tras él, sabiendo lo cerca que estaba de la ira.

Paul sentía el tiempo transcurriendo sobre él. Intentó esforzarse por recuperar la tranquilidad entre los diversos puntos de equilibrio y buscar un lugar desde donde pudiera configurar un nuevo futuro.

Retirarse... retirarse... retirarse, pensó. ¿Qué ocurriría si él y Chani partían, buscando un refugio en Tupile? Su nombre quedaría tras él. El Jihad encontraría nuevos y más terribles puntos de apoyo donde girar. Y él sería acusado también de ello. Sintió el miedo ascendiendo de nuevo en él, el miedo a destruir lo más precioso que tenía buscando algo nuevo, a que incluso el más débil sonido fuera bastante para dislocar el universo, desmoronándolo sin dejar ningún fragmento que pudiera recuperar.

Bajo él, la plaza estaba llena de peregrinos vestidos con los colores verde y blanco del hajj. Sus ondulaciones sugerían las de una serpiente de dislocados anillos. Aquello le recordó a Paul que su salón de recepciones debía estar de nuevo lleno de suplicantes. ¡Peregrinos! Representaban una suma importante y desagradable de ingresos para el Imperio. El hajj llenaba las rutas del espacio con trampas religiosas. Venían y venían y venían.

¿Cómo he podido poner todo esto en movimiento?, se preguntó.

El movimiento, por supuesto, había nacido de él mismo. Estaba en sus genes, formados a lo largo de siglos para culminar en aquel breve espasmo.

Conducido por aquel profundo instinto religioso, el pueblo acudía, buscando su resurrección. El peregrinaje terminaba allí... «Arrakis, el lugar de renacimiento, el lugar para morir».

Los sarcásticos viejos Fremen decían que atraía a los peregrinos por su agua.

¿Pero qué era lo que buscaban realmente los peregrinos?, se preguntó Paul. Decían que acudían a un lugar sagrado. Pero debían saber que el universo no contenía ninguna fuente del Edén, ningún Tupile para el alma. Llamaban a Arrakis el lugar de lo desconocido, donde todos los misterios eran explicados. Había un lazo entre su universo y el próximo. Y lo más estremecedor era que según todas las apariencias se marchaban satisfechos.

¿Qué es lo que encuentran aquí?, se preguntó Paul.

A menudo, en su éxtasis religioso, llenaban las calles lanzando chillidos como de extrañas aves. De hecho, los Fremen les llamaban «aves de paso». Y los pocos que morían allí eran «almas aladas».

Con un suspiro, Paul pensó que cada nuevo planeta que subyugaban sus legiones abría nuevas fuentes de peregrinos. Acudían llenos de gratitud por «la paz de Muad'dib».

La paz está en todas partes, pensó Paul. *En todas partes... excepto en el corazón de Muad'dib.*

Tenía la impresión de que algún elemento de sí mismo yacía sumergido en unas glaciales tinieblas sin fin. Su poder presciente manipulaba la imagen del universo presidida por toda la humanidad. Había sacudido todo el tranquilo cosmos y había reemplazado la seguridad por su Jihad. Había sobrecombatido y sobrepensado y sobrepredicho el universo de los hombres, pero tenía la certeza de que aquel universo le eludía.

Aquel planeta que le rodeaba y sobre el que gobernaba había sido remodelado de un desierto a un paraíso rico en agua. Vivía. Tenía un pulso tan dinámico como el de cualquier hombre. Había luchado contra él, se le había resistido, había eludido sus órdenes...

La mano de Chani se deslizó en la suya. Se volvió y vio a Chani mirándole, con la tristeza reflejándose en sus ojos. Aquellos ojos bebieron en él, y ella susurró:

—Por favor, querido, no luches con tu ruh. —Un torrente de emoción llegó hasta él a través de su mano, le anegó.

—Sihaya —murmuró.

—Muy pronto alcanzaremos el desierto —dijo ella, en voz muy baja.

El apretó su mano y regresó a la mesa, donde todos permanecían esperando.

Chani volvió a su sitio.

Irulan miraba fijamente los papeles que estaban frente a Stilgar, su boca convertida en una delgada línea.

—Irulan se propone a sí misma como madre del heredero Imperial —dijo Paul. Miró a Chani, luego a Irulan, que rehusó sostener su mirada—. Todos sabemos que ella no alberga ningún amor por mí.

Irulan se envaró.

—Conozco los argumentos políticos —dijo Paul—. Pero son los argumentos humanos los que me conciernen. Pienso que si la Princesa Consorte no estuviera atada por las órdenes de la Bene Gesserit, si no actuara movida por sus deseos de poder personal, mi reacción sería muy diferente. En las actuales circunstancias, rechazo su proposición.

Irulan inspiró profunda, temblorosamente.

Paul, volviendo a su silla, pensó que nunca la había visto perder de aquel modo el control. Inclinándose hacia ella, dijo:

—Irulan, realmente lo siento.

Ella levantó la barbilla, con una mirada de pura furia en sus ojos.

—¡No necesito vuestra piedad! —siseó. Y volviéndose a Stilgar—: ¿Hay algo más que sea urgente e importante?

Manteniendo su mirada fija en Paul, Stilgar dijo:

—Otro asunto más, mi Señor. La Cofradía propone nuevamente establecer una embajada formal aquí en Arrakis.

—¿Un representante del espacio profundo? —preguntó Korba, con su voz llena de fanática repugnancia.

—Presumiblemente —dijo Stilgar.

—Este es un asunto que debe ser considerado con el máximo cuidado, mi Señor —señaló Korba—. Al Consejo de Naibs no le gustaría la presencia de un hombre de la Cofradía aquí en Arrakis. Contaminan todo suelo que tocan.

—Viven en tanques y no tocan el suelo —dijo Paul, intentando que su voz no evidenciara su irritación.

—Los Naibs podrían encargarse de ello con sus propias manos, mi Señor —dijo Korba.

Paul lo miró amenazadoramente.

—Después de todo, son Fremen, mi Señor —insistió Korba—. Debemos recordar cómo nos oprimió la Cofradía. No hemos olvidado la forma en que tuvimos que pagarle un chantaje de especia para que nuestros secretos quedaran ocultos a nuestros enemigos. Nos han drenado todas nuestras...

—¡Ya basta! —restalló Paul—. ¿Creéis que *yo* he olvidado?

Como si comprendiera de repente el verdadero alcance de sus palabras, Korba farfulló algo ininteligible y dijo:

—Perdonad, mi Señor. No quería implicar que vos no fuerais un Fremen. No quería...

—Enviarán a un Navegante —dijo Paul—. Pero a ningún Navegante le va a gustar venir a un lugar donde podrá ver tanto peligro.

Con su boca seca por un repentino miedo, Irulan dijo:

—¿Vos... habéis *visto* a un Navegante venir aquí?

—Por supuesto que no he *visto* a un Navegante —dijo Paul, imitando el tono de ella—. Pero puedo ver dónde ha estado y a dónde se dirige. Dejemos que nos envíen un Navegante. Quizá le encontremos alguna utilidad.

—Como ordenéis —dijo Stilgar.

E Irulan, disimulando una sonrisa tras su mano, penso: *Entonces es cierto. Nuestro Emperador no puede ver a un Navegante. Son mutuamente ciegos. La conspiración permanece en las sombras.*

«El drama empieza otra vez.»

—El Emperador Paul Muad'dib en su
ascensión al Tono del León

Alia observaba desde su ventana de espionaje la gran
sala de recepciones por donde avanzaba la delegación de
la Cofradía.

La viva luz del mediodía penetraba por la galería de
ventanas y se derramaba sobre un suelo de mosaico verde, azul y ocre que simulaba un delta pantanoso con plantas acuáticas y, aquí y allá, un estallido de exótico color
que señalaba la presencia de un pájaro o un animal.

Los hombres de la Cofradía se movían a través del dibujo del mosaico como cazadores acechando su presa en
una extraña jungla. Formaban una cambiante combinación de ropas grises, ropas negras, ropas anaranjadas...
todas ellas rodeando en un engañoso desorden el transparente tanque donde el Embajador de los Navegantes
flotaba en su anaranjado gas. El tanque se deslizaba sobre
su escudo soporte, arrastrado por dos servidores vestidos
de gris, como una nave rectangular avanzando hacia su dique de amarre.

Directamente bajo Alia, Paul estaba sentado en el Trono del León bajo el majestuoso dosel. Llevaba su nueva

corona de ceremonia con el emblema del pez y el puño. El enjoyado atuendo de estado cubría su cuerpo. El destello de un escudo personal lo rodeaba. Dos hileras de guardias personales habían tomado posición a ambos lados, a lo largo del dosel y al pie de los peldaños del estrado. Stilgar permanecía inmóvil dos peldaños más abajo del trono, a la derecha de Paul, vestido con ropajes blancos anudados con un cinturón amarillo.

Alia supo empáticamente que Paul sentía la misma agitación que experimentaba ella, aunque estaba segura de que nadie más podía darse cuenta de ello. La atención de Paul estaba concentrada en un servidor vestido de color naranja, cuyos metálicos ojos ausentes estaban fijos ante sí, sin desviarse a derecha ni a izquierda. El servidor avanzó hacia un lado a la derecha del séquito del Embajador, como un guardia personal. Su rostro de rasgos aplanados bajo sus ensortijados cabellos negros, todo en su apostura bajo sus ropas naranja, cada gesto, gritaban una identidad familiar.

Era Duncan Idaho.

No podía ser Duncan Idaho, pero lo era.

Fugitivos recuerdos absorbidos en el seno materno durante el momento en que su madre cambió la especie identificaron a aquel hombre para Alia, y su desciframiento rihani le permitió ver con claridad a través del camuflaje. Paul, por su parte, sabía que seguía viéndolo bajo el prisma de sus experiencias personales, llenas de recuerdos juveniles y de gratitud.

Era Duncan.

Alia se alzó de hombros. No podía haber más que una respuesta: era un ghola tleilaxu, un ente reconstruido a partir de la carne muerta del original. Aquel original había muerto al salvar a Paul. Este no podía ser más que un producto de los tanques axolotl.

El ghola se movía con el andar atento de un maestro espadachín. Se detuvo al mismo tiempo que el tanque del embajador se inmovilizaba a diez pasos de la escalinata del trono doselado.

Con su observación a la manera Bene Gesserit, a la que no podía sustraerse, Alia se dio cuenta de que Paul estaba inquieto. Ya no seguía observando a la figura surgida de su pasado. Ahora no estaba mirando, sino escrutando. Sus músculos estaban tensos y preparados mientras hacía una inclinación de cabeza en dirección al Embajador de la Cofradía y saludaba:

—Me han dicho que vuestro nombre es Edric. Os doy la bienvenida a nuestra Corte, con la esperanza de que vuestra llegada sea el inicio de una nueva comprensión entre nosotros.

El Navegante asumió una pose sibaríticamente reclinada en su gas naranja, se metió una cápsula de melange en la boca, y sólo entonces se dignó mirar a Paul. El pequeño transductor que orbitaba en un ángulo del tanque del hombre de la Cofradía reprodujo un sonido carraspeante, y luego una voz rasposa e impersonal dijo:

—Me inclino ante mi Emperador y le presento mis credenciales y le ofrezco un pequeño presente.

Un ayudante le entregó un rollo a Stilgar, que lo estudió, con el ceño fruncido, y luego hizo una señal a Paul con la cabeza. Luego dirigieron sus miradas hacia el ghola, que permanecía aguardando pacientemente ante el dosel.

—Con toda evidencia mi Emperador ha adivinado el presente —dijo Edric.

—Nos sentimos complacidos de aceptar vuestras credenciales —dijo Paul—. Explicad el presente.

Edric se giró en el tanque, dirigiendo su atención al ghola.

—Este es un hombre llamado Hayt —dijo, deletreando el nombre—. Según nuestros investigadores, su historia es de lo más curioso. Fue muerto aquí, en Arrakis... una terrible herida en la cabeza que requirió varios meses de regeneración. Su cuerpo fue vendido a la Bene Tleilax como perteneciente a un maestro espadachín, un adepto de la Escuela Ginaz. Nos llamó la atención el que podía tratarse de Duncan Idaho, el leal servidor de vuestra casa. Lo adquirimos pensando que podía ser un buen presente para un Emperador —Edric escudriñó el rostro de Paul—. ¿No es Idaho, Señor?

La desconfianza y la cautela asomaron a la voz de Paul.

—Tiene el aspecto de Idaho.

¿Acaso Paul ve algo que yo no puedo ver?, se preguntó Alia. *¡No! ¡Es Duncan!*

El hombre llamado Hayt permanecía impasible, con sus ojos de metal fijos al frente, el cuerpo relajado. De él no emanaba ningún signo que indicara que sabía que él era el objeto de la conversación.

—De acuerdo con nuestras mejores informaciones, es Idaho —dijo Edric.

—Ahora se llama Hayt —dijo Paul—. Un nombre curioso.

—Señor, es imposible adivinar cómo o por qué eligen los tleilaxu sus nombres —dijo Edric—. Pero los nombres pueden ser cambiados. El nombre tleilaxu tiene poca importancia.

Es una criatura tleilaxu, pensó Paul. *Este es el problema*. La Bene Tleilax tenía pocos contactos con los fenómenos naturales. El bien y el mal poseían extrañas interpretaciones en su filosofía. ¿Qué habían incorporado a la carne de Idaho... y por qué?

Paul observó a Stilgar, notando la emoción supersticiosa del Fremen. La mente de Stilgar debía estar especulando acerca de los horrendos hábitos de los hombres de la Cofradía, de los tleilaxu y de los gholas.

Volviéndose hacia el ghola, Paul dijo:

—Hayt, ¿es éste tu único nombre?

Una serena sonrisa apareció en el sombrío rostro del ghola. Los metálicos ojos se alzaron, se centraron en Paul, pero mantuvieron su mecánica mirada.

—Así es como soy llamado, mi señor: Hayt.

En su oscura cavidad de espionaje, Alia se estremeció. Era la voz de Idaho, una calidad de sonido tan precisa que se imprimió profundamente en sus células.

—Si gusta a mi Señor —añadió el ghola—, os diré que vuestra voz me produce placer. Esto es un signo, según la Bene Tleilax, de que he oído esta voz... antes.

—Pero no estás seguro —dijo Paul.

—No sé nada seguro de mi pasado, mi Señor. Me ha sido explicado que no puedo tener ningún recuerdo de mi vida anterior. Todo lo que queda de ella es mi esquema genético. Hay, sin embargo, algunas oquedades llenas con cosas que me fueron familiares. Hay voces, lugares, alimentos, rostros, sonidos, acciones... una espada en mi mano, los controles de un tóptero...

Notando cuán intensamente espiaba el hombre de la Cofradía su conversación, Paul preguntó:

—¿Puedes comprender el que tú eres un presente?

—Me ha sido explicado, mi Señor.

Paul se echó hacia atrás, dejando reposar las manos sobre los brazos del trono.

¿Cuál es mi deuda con la carne muerta de Duncan?, se preguntó. *Murió por salvar mi vida. Pero éste no es Idaho, es tan sólo un ghola.* Sin embargo, aquellos eran el cuerpo y la mente que habían enseñado a Paul a pilotar un tóptero hasta tal punto que parecía que las alas arrancaran de sus propios hombros. Y Paul sabía que no podía blandir una espada sin recordar las duras lecciones que le había impartido Idaho. Un ghola. Aquella era una carne llena de falsas impresiones, fáciles de ser mal interpretadas. Las antiguas asociaciones persistirían. *Duncan Idaho.* No era exactamente una máscara lo que llevaba aquel ghola, sino más bién una especie de velo que ocultaba una personalidad que se movía en muy distinto sentido de la que los tleilaxu le habían implantado para ocultarla.

—¿Cómo crees que puedes servirnos? —preguntó Paul.

—De cualquier modo que mi Señor crea conveniente, de acuerdo con mis capacidades.

Alia, observando desde su ventajosa situación, se sintió impresionada por la dócil actitud del ghola. Detectó que no era fingida. Había algo absolutamente inocente que emanaba del nuevo Duncan Idaho. El original había sido realista, fatalista. Pero esta carne no conservaba nada de todo aquello. Era una superficie virgen sobre la que los tleilaxu habían escrito... ¿qué?

Ahora empezaba a detectar los ocultos peligros de aquel presente. Era una criatura tleilaxu. Los tleilaxu desplegaban una sorprendente falta de inhibiciones en lo que creaban. Una curiosidad sin límites parecía guiar sus acciones. Pretendían que podían crear *cualquier cosa* a partir de un adecuado material humano en bruto... demonios o santos. Vendían mentats asesinos. Habían producido un médico asesino, por encima de las inhibiciones de la Escuela Suk que impedían quitar la vida. Sus artículos incluían sirvientes serviciales, juguetes sexuales doblegables a todas las exigencias, soldados, generales, filósofos, incluso algún que otro ocasional moralista.

Paul se agitó y miró a Edric.

—¿Qué entrenamiento ha recibido este *presente*? —preguntó.

—Si ello complace a mi Señor —dijo Edric—, les resultó divertido a los tleilaxu el entrenar a este ghola como mentat y filósofo Zensunni. Así, pensaron que mejorarían sus habilidades con la espada.

—¿Tuvieron éxito?

—Lo ignoro, mi Señor.

Paul reflexionó ante aquella respuesta. Su sentido de la verdad le decía que Edric creía sinceramente que el ghola era Idaho. Pero había algo más. Las aguas del Tiempo a través de las cuales se movía el oracular Navegante sugerían peligros no revelados. Hayt. El nombre tleilaxu hablaba de peligro. Paul se sintió tentado a rechazar el presente. Pero, al mismo tiempo que sentía la tentación, supo también que no podía elegir este camino. Aquella carne exigía sus derechos ante la Casa de los Atreides... y esto era algo que el enemigo sabía muy bien.

—Un filósofo Zensunni —reflexionó Paul, mirando nuevamente al ghola—. ¿Has examinado tu propio papel y tus motivaciones?

—Acepto mi servicio con una actitud de humildad, mi Señor. Mi mente ha sido lavada y limpiada de los imperativos de mi pasado humano.

—¿Prefieres que te llamemos Hayt o Duncan Idaho?

—Mi Señor puede llamarme según su deseo, puesto que yo no soy un nombre.

—¿Pero el nombre de Duncan Idaho no te produce *placer*?

—Creo que este era mi nombre, mi Señor. Tiene un lugar en mi interior. Sin embargo... despierta curiosas reacciones. Aunque pienso que un nombre debe despertar tanto el desagrado como el placer.

—¿Qué es lo que te proporciona un mayor placer? —preguntó Paul.

Inesperadamente, el ghola se echó a reír.

—Ver en los demás signos que revelen mi antiguo yo —dijo.

—¿Ves estos signos aquí?

—Oh, sí, mi Señor. Vuestro hombre Stilgar se siente aprehendido entre la sospecha y la admiración. Era amigo de mi anterior yo, pero esta carne de ghola le repele. Vos, mi Señor, admirabais al hombre que yo era... y confiabais en él.

—Una mente lavada —dijo Paul—. ¿Cómo puede una mente lavada ponerse a nuestro servicio?

—¿Servicio, mi Señor? Una mente lavada toma decisiones en presencia de elementos desconocidos y sin causa ni efecto. ¿Es esto servicio?

Paul frunció el ceño. Aquella era una respuesta Zensunni, críptica, sutil... inmersa en un credo que negaba la función objetiva en toda actividad mental. *¡Sin causa ni efecto!* Tales pensamientos chocaban en la mente. *¿Elementos desconocidos?* Había elementos desconocidos en cada decisión, incluso en las visiones oraculares.

—¿Preferirías ser llamado Duncan Idaho? —preguntó Paul.

—Vivimos según nuestras diferencias, mi Señor. Elegid el nombre por mí.

—Olvida entonces tu nombre tleilaxu —dijo Paul—. Hayt... es un nombre que inspira cautela.

Hayt se inclinó y dio un paso atrás.

Y Alia se preguntó: *¿Cómo sabe que la entrevista ha terminado? Yo lo sé porque conozco a mi hermano. Pero no había ningún signo que le permitiera saberlo a un extranjero. ¿A menos que lo haya sabido el Duncan Idaho que hay en él?*

Paul se volvió hacia el Embajador y dijo:

—Han sido dispuestos apartamentos para vuestra embajada. Es nuestro deseo mantener una consulta privada con vos tan pronto como nos sea posible. Os la haremos saber. De todos modos dejadnos informaros, antes de que lo sepáis por otras fuentes menos adecuadas, que la Reverenda Madre de la Hermandad, Gaius Helen Mohiam, ha sido trasladada del crucero que os ha traído aquí. Y que esto ha sido hecho bajo órdenes nuestras. Su presencia en vuestra nave será uno de los temas de nuestras conversaciones.

Un gesto de Paul despidió al cortejo.

—Hayt —dijo—, quédate aquí.

Los servidores del embajador se retiraron, arrastrando consigo el tanque. Edric se convirtió en una mancha naranja en medio de un gas anaranjado... unos ojos, una boca, una silueta flotando suavemente.

Paul aguardó a que el último hombre de la Cofradía hubiera salido y las grandes puertas se cerraran tras ellos.

Lo he hecho, pensó Paul. *He aceptado el ghola*. La criatura tleilaxu era un cebo, no cabía duda. Al igual que la vieja hechicera de la Reverenda Madre. Pero era el tiempo del tarot que había entrevisto en sus primeras visiones. ¡El temible tarot! Agitando las aguas del Tiempo hasta tal punto que el agudo presciente no podía detectar más allá de una hora en el futuro. Muchas veces el pez picaba el cebo y escapaba, se recordó a sí mismo. Y el tarot podía trabajar en su favor en lugar de en su contra. Lo que él no podía ver, tampoco podía ser detectado por los otros.

El ghola permanecía inmóvil, con la cabeza inclinada hacia un lado, esperando.

Stilgar ascendió los peldaños y se inclinó hacia Paul, señalando al ghola con la mirada. En chakobsa, el lenguaje de los cazadores de sus días del sietch, dijo:

—Esa criatura en el tanque me producía escalofríos, Señor. ¡Pero ese *presente*! ¡Echadlo!

—No puedo —dijo Paul, en la misma lengua.

—Idaho está muerto —argumentó Stilgar—. Ese no es Idaho. Dejadme tomar su agua para la tribu.

—El ghola es mi problema, Stil. Tu problema es nuestro prisionero. Quiero que la Reverenda Madre sea guardada lo más cuidadosamente posible por los hombres que he entrenado a resistir las astucias de la Voz.

—No me gusta esto, Señor.

—Seré prudente, Stil. Procura serlo tú también.

—Muy bien, Señor —Stilgar bajó de nuevo los peldaños, pasó cerca de Hayt, le lanzó un resoplido, y salió.

El mal puede ser detectado por su olor, pensó Paul. Stilgar había plantado el estandarte verde y blanco de los Atreides en una docena de mundos, pero seguía siendo un supersticioso Fremen, impermeable a toda sofisticación.

Paul estudió el presente.

—Duncan, Duncan —susurró—. ¿Qué han hecho de ti?

—Me han dado la vida, mi Señor —dijo Hayt.

—¿Pero para qué te han entrenado y te han entregado a nosotros? —preguntó Paul.

Hayt frunció los labios y dijo:

—Para que os destruya.

La franqueza de la afirmación impresionó a Paul. Pero de todos modos, ¿qué otra cosa podía responder un mentat Zensunni? Incluso siendo un ghola, un mentat no podía decir más que la verdad, especialmente a través de la calma interior Zensunni. Era una computadora humana, cuya mente y sistema nervioso asumían las tareas relegadas hacía mucho tiempo a los odiados dispositivos mecánicos. Condicionándolo también como un Zensunni le habían dotado de una doble ración de honestidad... a menos que los tleilaxu hubieran creado algo mucho más extraño en el interior de aquella carne.

¿Por qué, por ejemplo, aquellos ojos mecánicos? Los tleilaxu afirmaban que sus ojos metálicos eran muy superiores a los originales. Pero resultaba extraño que ningún tleilaxu se los instalara en su propio cuerpo.

Paul dirigió la vista hacia la ventana espía de Alia, deseando su presencia y su opinión, sus consejos no sujetos por los sentimientos de responsabilidad y duda.

Miró nuevamente al ghola. No era un presente frívolo. Daba respuestas honestas a preguntas peligrosas.

No presenta ninguna diferencia el que yo sepa que es un arma concebida para ser usada contra mí, pensó.

—¿Qué debo hacer para protegerme de ti? —preguntó. Se dirigía ahora directamente a él, no utilizando el «nos» real, haciendo la pregunta como se la hubiera hecho al antiguo Duncan Idaho.

—Desechadme, mi Señor.

Paul agitó dubitativamente la cabeza.

—¿Cómo pretendes destruirme?

Hayt miró a los guardias, que se habían movido acercándose a Paul tras la partida de Stilgar. Se volvió, paseó su vista alrededor de la estancia, luego sus ojos de metal se clavaron de nuevo en Paul. Inclinó la cabeza.

—Este es un lugar en donde un hombre se aparta del pueblo —dijo—. Habla de un poder tal que uno puede contemplarle confortablemente tan sólo en el recuerdo de que todo es finito. ¿Le revelaron los poderes oraculares de mi Señor su estancia en este lugar?

Paul tamborileó sus dedos contra los brazos de su trono. El mentat iba en busca de datos, pero la pregunta le preocupó.

—He llegado a esta posición a través de decisiones fuertes... no tan sólo como consecuencia de mis otras... habilidades.

—Decisiones fuertes —dijo Hayt—. Esto templa la vida de un hombre. Uno puede eliminar el temple de un metal noble calentándolo y dejándolo luego enfriar sin sumergirlo en el agua.

—¿Intentas divertirme con esta palabrería Zensunni? —preguntó Paul.

—El Zensunni tiene otros caminos que explorar, mi Señor, además de la diversión y el espectáculo.

Paul se humedeció los labios con la lengua, tragó saliva en su reseca garganta, ajustó sus pensamientos según el equilibrio particular del mentat. Las respuestas negativas giraban a su alrededor. No era de esperar que fuera a olvidar todos sus deberes en su pasión por el ghola. No, este no era el camino. ¿Pero por qué un mentat *Zensunni*? Filosofía... palabras... contemplación... búsqueda interior... Se dio cuenta de la debilidad de los datos que poseía.

—Necesitamos más datos —murmuró.

—Los hechos que necesita un mentat no se depositan sobre él como se depositan los granos de polen sobre vuestras ropas cuando atravesáis un campo de flores

—dijo Hayt—. Uno debe elegir cuidadosamente su polen, examinarlo bajo una gran amplificación.

—Debes enseñarme ese arte Zensunni de la retórica —dijo Paul.

Los metálicos ojos destellaron por unos instantes, y luego:

—Mi Señor —dijo Hyat—, quizá sea esto lo que se pretende.

¿Para cegarme con palabras e ideas?, pensó Paul.

—Sólo hay que temer a las ideas cuando se convierten en acciones —dijo.

—Desechadme, Señor —dijo Hyat, y era de nuevo la voz de Duncan Idaho, llena de inquietud por su «joven dueño».

Paul se sintió atrapado por aquella voz. No podía desembarazarse de aquella voz, ni siquiera sabiendo que provenía de un ghola.

—Te quedarás —dijo—, y juntos practicaremos la cautela.

Hayt se inclinó en sumisión.

Paul levantó la vista hacia la ventana espía, con sus ojos suplicándole a Alia que tomara aquel *presente* de sus manos y le arrancara sus secretos. Los gholas eran fantasmas para asustar a los niños. Nunca había pensado que llegara a conocer ninguno. Al conocer a éste se daba cuenta de que debía situarse por encima de toda compasión... y no estaba seguro de conseguirlo. *Duncan... Duncan... ¿Dónde se hallaba Duncan en aquella carne hecha a la medida? No era carne... ¡era un sudario con la apariencia de carne! Idaho yacía muerto para siempre en el suelo de una caverna arrakena. Su fantasma era quien lo miraba ahora a través de aquellos ojos metálicos. Dos seres estaban ahora lado a lado en aquella carne resucitada. Y uno de ellos era una amenaza cuya fuerza y naturaleza quedaban ocultas tras un velo sin precedentes.

Cerrando los ojos, Paul dejó que viejas visiones se deslizaran a través de su consciencia. Sintió los espíritus del bien y del mal borboteando en un agitado mar donde no emergía ninguna roca por encima del caos. No había ningún lugar donde alguien pudiera ponerse a salvo del torbellino.

¿Por qué ninguna visión me ha mostrado de nuevo a Duncan Idaho?, se preguntó. *¿Qué me oculta el oráculo con respecto al Tiempo? Evidentemente otros oráculos.*

Paul abrió los ojos y preguntó:

—Hayt, ¿posees el poder de la presciencia?

—No, mi Señor.

La sinceridad hablaba por su voz. Claro que era posible que el ghola ignorara que poseía esta habilidad, por supuesto. Pero aquello alteraría sus cualidades de mentat. ¿Cuál era el oculto designio?

Viejas visiones surgieron alrededor de Paul. ¿Debería elegir aquel terrible camino? El distorsionado Tiempo señalaba a este ghola en aquel horrible futuro. ¿Estaban cerrados todos los demás caminos excepto aquél?

Retirarse... retirarse... retirarse...

El pensamiento resonaba en su mente.

Desde su lugar por encima de Paul, Alia permanecía sentada con la barbilla apoyada en sus manos, mirando fijamente al ghola. Una atracción magnética procedente de Hayt llegaba hasta ella. La restitución tleilaxu le había proporcionado juventud y una inocente intensidad que la atraían. Había comprendido la silenciosa súplica de Paul. Cuando los oráculos fallan, uno se vuelve hacia los espías reales y los poderes físicos. Pero ella estaba dispuesta, al igual que él, a aceptar aquel desafío. Sentía un positivo deseo de estar junto a aquel *nuevo* hombre, quizá incluso de tocarlo.

Es un peligro para los dos, pensó.

*La verdad sufre cuando es sometida a un
análisis excesivo.*

—Antiguo dicho Fremen

—Reverenda Madre, me estremezco al veros en tales circunstancias —dijo Irulan.

Permanecía de pie junto a la puerta de la celda, midiendo las características de la estancia a la manera Bene Gesserit. Era un cubo de tres metros de lado excavado con cortadores a rayos en la veteada roca amarronada bajo la Ciudadela de Paul. Como único mobiliario contenía un endeble sillón de mimbre ocupado ahora por la Reverenda Madre Gaius Helen Mohiam, un camastro con una manta marrón sobre la que se hallaba dispersa una baraja de cartas del nuevo Tarot de Dune, un grifo para agua sobre un cuenco de reciclado, y un retrete Fremen con sellos para la humedad. Todo ello era primitivo, colocado de cualquier manera. Una luz amarillenta surgía de cuatro globos anclados y protegidos por rejas, situados en las cuatro esquinas de la celda.

—¿Has avisado a Dama Jessica? —preguntó la Reverenda Madre.

—Sí, pero no confío en que levante un dedo contra su primogénito —dijo Irulan. Miró a las cartas. Hablaban de los poderosos dándoles la espalda a los suplicantes. La carta del Gran Gusano yacía junto a la de las Arenas Desoladas. Aconsejaban paciencia. *¿Tenía una que recurrir al tarot para ver esto?*, se dijo a sí misma.

Un guardia permanecía de pie en el exterior, observándolas a través de una ventanilla de metaglass en la puerta. Irulan sabía que había otros monitores registrando su encuentro. Había pensado y reflexionado largamente antes de decidirse a acudir allí. No haberlo hecho hubiera acarreado otros peligros.

La Reverenda Madre se había sumido en una meditación *prajna*, interrumpida tan sólo para examinar el tarot. Pese a que sabía que nunca abandonaría viva Arrakis, había conseguido mantener una cierta calma. Los poderes oraculares podían ser pequeños, pero el agua turbia no era más que agua turbia. Y siempre quedaba de todos modos la Letanía Contra el Miedo.

Tenía que asimilar aún la importancia de las acciones que la habían precipitado hasta aquella celda. Negras sospechas habían aflorado en su mente (y el tarot le había dado indicios que las confirmaban). ¿Era posible que la Cofradía hubiera planeado aquello?

Un Qizara vestido de amarillo, con un turbante en su afeitada cabeza, ojos como cuentas, totalmente azules, en un blando y redondeado rostro, piel curtida por el viento y el sol de Arrakis, la esperaba en el puente de recepción del crucero. La había mirado por encima de una cubeta de café de especia servida por un obsequioso camarero, estudiándola por un instante, y luego había dejado la cubeta de café.

—¿Sois la Reverenda Madre Gaius Helen Mohiam?

Repitiendo las palabras en su mente, vivió de nuevo aquella escena en sus recuerdos. Su garganta se constriñó en un incontrolado espasmo de miedo. ¿Cómo había sabido aquel esbirro del Emperador de su presencia en el crucero?

—Ha llegado hasta nosotros el hecho de que estábais a bordo —dijo el Qizara—. ¿Habéis olvidado que tenéis prohibido el poner el pie en el santo planeta?

—No estoy en Arrakis —dijo ella—. Soy un pasajero de un crucero de la Cofradía que se halla en espacio libre.

—No existe el espacio libre, Madame. —Podía leer en su tono el odio mezclado con una profunda sospecha—. Muad'dib reina en todas partes.

—Arrakis no es mi destino —insistió ella.

—Arrakis es el destino de todos —dijo él. Y ella temió por un momento que se lanzara a recitar el itinerario místico que seguían los peregrinos. (Aquella misma nave había transportado a cientos de ellos).

Pero el Qizara exhibió un amuleto dorado que llevaba bajo sus ropas, lo besó, tocó con él su frente y luego su oreja derecha, escuchó, y luego volvió a guardarlo en su lugar.

—Se os ordena que recojáis vuestro equipaje y me acompañéis a Arrakis.

—¡Pero tengo asuntos en otro lugar!

En aquel momento sospechó de la perfidia de la Cofradía... o alguna otra maniobra resultado del extraordinario poder del Emperador o de su hermana. Quizá el Navegante no había conseguido ocultar la conspiración, después de todo. La abominación, Alia, poseía seguramente las habilidades de una Reverenda Madre Bene Gesserit. ¿Qué ocurría cuando esos poderes eran acoplados a las fuerzas que trabajaban en su hermano?

—¡Inmediatamente! —restalló el Qizara.

Todo en ella gritaba en contra de poner de nuevo el pie en aquel maldito planeta desierto. Allí era donde Dama Jessica se había vuelto contra su Hermandad. Allí era donde habían perdido a Paul Atreides, el kwisatz haderach que era el producto final de largas generaciones de cuidadosa selección genética.

—Inmediatamente —aceptó.

—Hay poco tiempo —dijo el Qizara—. Cuando el Emperador ordena, todo el mundo obedece.

¡Así pues, la orden había salido del propio Paul!

Pensó en protestar ante el Navegante Capitán del crucero, pero la futilidad de tal acción la contuvo. ¿Qué podía hacer la Cofradía?

—El Emperador dijo que moriría si ponía de nuevo mi

pie en Dune —observó, haciendo un último esfuerzo desesperado—. Vos mismo habéis hablado de ello. Estáis condenándome si me hacéis bajar allí.

—No habléis más —ordenó el Qizara—. Todo está previsto.

Era así como se hablaba siempre de las órdenes imperiales, se dijo. *¡Previsto!* El jefe sagrado cuyos ojos podían penetrar el futuro había hablado. Lo que debía ser sería. ¿Lo había visto o no?

Con la mórbida sensación de haber sido atrapada en la tela que ella misma había tejido, se volvió para obedecer.

Y la tela se había convertido en esta celda donde Irulan había acudido a visitarla. Observó que Irulan había envejecido un poco desde su reunión en Wallach IX. Nuevas líneas de finas arrugas habían aparecido en los ángulos de sus ojos. Bien... era el momento de ver si aquella Hermana de la Bene Gesserit podía obedecer sus votos.

—He estado en apartamentos menos atrayentes —dijo—. ¿Vienes de parte del Emperador? —y movió sus dedos en una aparentemente desordenada agitación.

Irulan leyó el mensaje contenido en los agitados dedos y respondió del mismo modo al tiempo que decía:

—No... he venido tan pronto como he sabido que estabais aquí.

—¿No se irritará contigo el Emperador? —preguntó la Reverenda Madre. Sus dedos se agitaron de nuevo: imperativamente, con urgencia, exigiendo.

—Dejémosle que se irrite. Vos fuisteis mi preceptora en la Hermandad, al igual que fuisteis la preceptora de mi madre. ¿Cree que puedo volveros la espalda como lo ha hecho él? —y los dedos de Irulan pidieron excusas, suplicaron.

La Reverenda Madre suspiró. Aparentemente, no era más que el suspiro de un prisionero lamentándose de su suerte, pero en realidad era una respuesta al comentario de Irulan. Era fútil esperar que el precioso esquema genético del Emperador Atreides fuera preservado a través de aquel instrumento. Pese a su belleza, aquella Princesa era imperfecta. Tras aquella envoltura de atracción sexual vivía un ser retorcido que estaba más interesado en las pa-

100

labras que en las acciones. Sin embargo, Irulan seguía siendo una Bene Gesserit, y la Hermandad se reservaba algunas técnicas para garantizarse el que los objetivos vitales fueran cumplidos incluso en los casos en que tuvieran que trabajar con los vectores más débiles.

Bajo la apariencia de una conversación banal acerca del burdo camastro, de la comida, la Reverenda Madre levantó su arsenal de persuasión y dió sus órdenes: debían ser exploradas las posibilidades de cruce hermano-hermana. (Irulan estuvo a punto de desfallecer al recibir el encargo).

—¡Debo tener mi oportunidad! —suplicaron los dedos de Irulan.

—Has tenido tu oportunidad —hizo notar la Reverenda Madre. Y fue explícita en sus instrucciones: ¿Había manifestado alguna vez el Emperador irritación hacia su concubina? Sus poderes únicos lo convertían en un hombre solitario. ¿Con quién podía hablar con la esperanza de ser comprendido? Obviamente con su hermana. Ella era tan solitaria como él mismo. Había que explorar la profundidad de su comunión. Había que crear oportunidades para que pudieran encontrarse en privado. Podían arreglarse encuentros íntimos. Había que explorar la posibilidad de eliminación de la concubina. El dolor disolvía las barreras tradicionales.

Irulan protestó. Si Chani moría, las sospechas recaerían inmediatamente en la Princesa Consorte. Además, había otros problemas. Chani estaba siguiendo una antigua dicta Fremen que se suponía favorecía la fertilidad, y la dieta eliminaba cualquier oportunidad de administrarle drogas contraceptivas. La eliminación de supresivos haría a Chani aún más fértil.

La Reverenda Madre se enfureció y luchó dificultosamente por controlarse mientras sus dedos seguían lanzando sus preguntas. ¿Por qué esa información no le había sido facilitada al inicio de su conversación? ¿Cómo podía ser Irulan tan estúpida? ¡Si Chani concebía y daba a luz un hijo, el Emperador lo declararía inmediatamente su heredero!

Irulan protestó que conocía bien los peligros, pero que los genes no debían perderse totalmente.

¡Maldita estúpida!, se encolerizó la Reverenda Madre. ¿Quién sabía qué supresiones y variaciones genéticas introduciría Chani a causa de su salvaje origen Fremen? ¡La Hermandad debía poseer tan sólo la línea genética pura! Y un heredero renovaría las ambiciones de Paul, lanzándolo a nuevos esfuerzos en vista a consolidar su Imperio. La conspiración no podía permitir algo así.

Defensivamente, Irulan preguntó cómo podía ella impedir que Chani siguiera aquella dieta.

Pero la Reverenda Madre no estaba de humor para excusas. Irulan recibió instrucciones explícitas acerca de cómo afrontar aquella nueva amenaza. Si Chani concebía, habría que introducir un abortivo en su alimentación o en su bebida. De otro modo, habría que eliminarla. Un heredero al trono nacido de tal fuente debía ser evitado a toda costa.

Un abortivo podría ser tan peligroso como un ataque abierto a la concubina, objetó Irulan. Tembló ante el pensamiento de intentar matar a Chani.

¿El peligro iba a ser un freno para Irulan?, quiso saber la Reverenda Madre, con sus dedos moviéndose con profundo desprecio.

Furiosa, Irulan hizo notar que conocía cuál era su valía como agente en la casa real. ¿Estaba la conspiración dispuesta a prescindir de un agente tan valioso?

¿Iban a retirarla de su puesto? ¿De qué otro modo pensaban proseguir su vigilancia sobre los actos del Emperador? ¿Acaso habían conseguido introducir otro agente en la casa? ¿Era esto? ¿Iban a usarla de nuevo, desesperadamente y por última vez?

En una guerra, todos los valores adquieren nuevos vínculos, respondió la Reverenda Madre. Su mayor peligro era que la Casa de los Atreides se afianzara con una prolongación de la dinastía Imperial. La Hermandad no podía correr tal riesgo. Aquello iría mucho más allá que el peligro de perder el esquema genético de los Atreides. Dejar a Paul afianzar su familia en el trono era dejar que la Hermandad sufriera una disrupción en sus programas a lo largo de innumerables siglos.

Irulan comprendía la argumentación, pero no podía evitar el pensar que había sido decidido sacrificar a la Princesa Consorte por algo de un valor superior. ¿Había algo que debiera saber acerca del ghola?, aventuró.

La Reverenda Madre le preguntó si Irulan pensaba que la Hermandad estaba compuesta por estúpidos. ¿Cuándo se habían negado a revelarle a Irulan todo aquello que *debía* saber?

No era una respuesta, pero sí la administración de una ocultación, comprendió Irulan. Decía claramente que no iba a saber más de lo que necesitaba conocer.

¿Pero cómo podían estar seguros de que el ghola era capaz de destruir al Emperador?, preguntó Irulan.

La Reverenda Madre respondió que del mismo modo podía preguntar si la melange era capaz de destruir.

Era un reproche con un sutil mensaje, se dio cuenta Irulan. El «latigazo que instruye» Bene Gesserit le informaba que hacía tiempo que debería haber comprendido la similitud entre la especia y el ghola. La melange era valiosa, pero tenía también un precio... la adicción. Añadía años a la vida, décadas para algunos, pero no dejaba de ser por ello otra forma de morir.

El ghola era algo de un valor mortal.

El modo más obvio de impedir un nacimiento no deseado era matar a la presunta madre antes de la concepción, hizo notar la Reverenda Madre, volviendo al ataque.

Por supuesto, pensó Irulan. *Si habéis decidido gastar una cierta suma, deseáis obtener el máximo provecho por ella.*

Los ojos de la Reverenda Madre, oscuros con el brillo azul de su adicción a la melange, se clavaron en Irulan, midiendo, aguardando, observando.

Lee claramente en mí, se dijo Irulan con desaliento. *Ella me entrenó y me observó mientras me entrenaba. Sabe que comprendo cuál es la decisión que ha sido tomada ahora. Tan sólo me observa para ver cómo acepto este conocimiento. Bien, lo aceptaré como una Bene Gesserit y como una princesa.*

Consiguió sonreír, se irguió, pensando en el evocador pasaje de entrada de la Letanía contra el Miedo:

No conoceré el miedo. El miedo mata la mente. El miedo es la pequeña muerte que conduce a la destrucción total. Afrontaré mi miedo...

Cuando la calma regresó a ella, pensó: *Dejemos que me sacrifiquen. Les mostraré cuál es el valor de una princesa. Quizá les ofrezca más de lo que esperan.*

Tras un poco más de vacía conversación oral para poner fin a la entrevista, Irulan se marchó.

Cuando hubo silencio, la Reverenda Madre volvió a las cartas del tarot, disponiéndolas según el esquema del remolino del fuego. Inmediatamente, obtuvo el Kwisatz Haderach del Arcano Mayor, que se emparejó con el Ocho de Naves: la sibila cegada y traicionada. No eran cartas favorables: hablaban de recursos inesperados del enemigo.

Abandonó las cartas y se sentó, agitada, preguntándose si era posible que Irulan pudiera destruirlos aún.

Para los Fremen, ella es la Figura de la Tierra, una semidiosa cuya misión especial es proteger a las tribus contra los poderes de la violencia. Es la Reverenda Madre de las Reverendas Madres. Para los peregrinos que acuden a ella con sus peticiones para que les devuelva la virilidad o la fecundidad, es una forma de antimentat. Responde a ese fuerte deseo humano de misterio. Es la prueba viviente de que lo «analítico» tiene sus límites. Representa la tensión última. Es la virgen prostituta... espiritual, vulgar, cruel, tan destructiva en sus caprichos como una tormenta de coriolis.

—Sta. Alia del Cuchillo, tomado del Informe de Irulan

Alia permanecía inmóvil como un centinela vestido de negro en la plataforma sur de su templo, el Santuario del Oráculo que las cohortes Fremen de Paul habían edificado para ella contra una de las murallas de su fortaleza.

Ella odiaba aquella parte de su vida, pero sabía que no había forma de eludir el templo sin provocar la destrucción general. Los peregrinos (¡malditos todos!) eran más numerosos cada día. El porche inferior del templo estaba siempre abarrotado de ellos. Los buhoneros se movían entre los peregrinos, y había también brujos menores, curanderos, adivinos, todos ellos trabajando en una miserable imitación de Paul Muad'dib y su hermana.

Los paquetes rojos y verdes conteniendo el nuevo Tarot de Dune se hallaban en lugar preferente en los tenderetes de los buhoneros. Alia se preguntaba acerca del tarot. ¿Quién lo había introducido en el mercado arrakeno? ¿Por qué había conseguido aquella inmensa popularidad en aquel lugar y tiempo particulares? ¿Era debido a la opacidad del Tiempo? La adicción a la especia traía siempre consigo una cierta sensibilidad a la predicción. Los Fremen eran notoriamente crédulos. ¿Era un accidente el que la mayor parte de ellos se apasionaran con los portentos y presagios, aquí y ahora? Decidió buscar una respuesta a la primera oportunidad.

Había viento del sudeste, un ligero viento residual frenado por la escarpadura de la Muralla Escudo que se asomaba muy alta en las estribaciones del norte. La cordillera brillaba con un tono anaranjado entre el polvo que relucía bañado por los últimos rayos del sol de la tarde. Era un viento cálido contra sus mejillas que creaba en ella añoranzas de arena, de la seguridad de los espacios abiertos.

Los últimos fieles del día descendían los amplios escalones de piedra verde del porche inferior, solos y en grupos, haciendo pausas para contemplar los recuerdos y los amuletos santos de los tenderetes de los buhoneros, algunos de ellos consultando a uno de los últimos brujos menores. Peregrinos, suplicantes, gentes de la ciudad, Fremen, vendedores que cerraban su comercio por aquel día... todos ellos formaban una serpenteante línea que se arrastraba por la avenida bordeada de palmeras que conducía al corazón de la ciudad.

Los ojos de Alia distinguían al primer momento a los Fremen, con sus gélidas miradas de total superstición en sus rostros, la forma semisalvaje que tenían de mantenerse a distancia de los demás. Esta era su fuerza y su debilidad. Seguían capturando gusanos gigantes para su transporte, como deporte y para el sacrificio. Se mostraban hostiles a los peregrinos de otros mundos, toleraban difícilmente a las gentes de la ciudad, graben y *pan*, odiaban el cinismo que veían en los vendedores ambulantes. Nadie se atrevía a provocar a un Fremen, ni siquiera protegido por la multitud que se apretujaba en los alrededores del Santuario de Alia. Los cuchillos estaban prohibidos en los Lugares Santos, pero se habían hallado cuerpos... más tarde.

La partida de la multitud había levantado una nube de polvo. El olor a pedernal llegó hasta Alia, encendiendo otra oleada de añoranza del abierto *bled*. Su sentido del pasado, se dio cuenta, se había agudizado con la llegada del ghola. Había conocido mucha felicidad en los días apacibles que habían precedido a la ascensión de su hermano al trono... tiempo para bromear, tiempo para realizar pequeñas cosas, tiempo para gozar de una fresca mañana o un atardecer, tiempo... tiempo... tiempo... Incluso el peligro había sido algo bueno en aquellos días... un claro peligro de fuentes conocidas. Nunca entonces había necesitado empujar los límites de su presciencia, luchar contra los cada vez más densos velos que ocultaban los destellos de futuro.

Los salvajes Fremen lo expresaban así: «Hay cuatro cosas que no pueden ocultarse: el amor, el humo, una columna de fuego y un hombre caminado por el abierto bled».

Con un brusco sentimiento de revulsión, Alia retrocedió de la plataforma a las sombras del Santuario y anduvo a lo largo de la galería que dominaba la resplandeciente opalescencia de su Sala de los Oráculos. La arena crujía en el mosaico bajo sus pies. *¡Los suplicantes arrastran siempre arena consigo hasta las Cámaras Sagradas!* Ignoró servidores, guardias, postulantes, los omnipresentes sacerdotes parásitos Qizarate, y penetró en el pasadizo en espiral que ascendía retorcidamente hacia sus aposentos privados. Allí, avanzando entre divanes, mullidas alfombras, tapices y recuerdos del desierto, despidió a las amazonas Fremen que Stilgar le había asignado como sus guardias personales. *¡Como perros guardianes!* Cuando hubieron desaparecido, murmurando y protestando, pero más temerosas de ella de lo que habían estado nunca de Stilgar, se desvistió, dejando tan sólo su crys colgado de su cuello, y se dirigió hacia el baño.

Sabía que él estaba cerca... aquella silueta de un hombre que podía captar en su futuro, pero que no podía ver. Se irritaba consigo misma de que su poder de presciencia no pudiera vestir de carne a aquella sombra. Tan sólo podía captarla en los momentos más inesperados mientras sondeaba las vidas de otros. O se le aparecía como una silueta hecha de humo en medio de la solitaria oscuridad, cuando la inocencia se juntaba al deseo. Permanecía de pie más allá de un impreciso horizonte, y comprendía que si conseguía agudizar sus talentos y lograba una mayor intensidad podría verlo. Pero estaba *allí*... un constante asalto a su consciencia: terrible, peligroso, inmoral.

Un aire saturado de humedad la rodeaba en el baño. Era un hábito que había tomado de las memorias-entidades de las incontables Reverendas Madres que eran en su consciencia como perlas engarzadas en un hilo destellante. Agua, agua tibia en una depresión en el suelo, aceptando su cuerpo cuando se metió en ella. Losas verdes con figuras de peces rojos se agitaron con las pequeñas olas y turbulencias que formó el agua. Había tanta agua ocupando aquel espacio que los viejos Fremen se hubieran sentido ultrajados de ver que era usada tan sólo para lavar carne humana.

El estaba cerca.

Es tan sólo el deseo luchando con la castidad, pensó. Su carne deseaba un hombre. El sexo no albergaba el menor misterio para una Reverenda Madre que había presidido tantas orgías en el sietch. La percepción *tau* de sus *otros-yo* podía proporcionarle cualquier detalle que su curiosidad deseara conocer. Aquella impresión de profundidad no podía ser más que otra carne llamando a su carne.

La necesidad de acción se aletargó en el agua cálida.

Bruscamente, Alia saltó del baño y, desnuda y chorreante, penetró en la sala de entrenamientos anexa a su dormitorio. La estancia, oblonga y con el cielo por techo, contenía todos los instrumentos, de los más simples a los más sutiles, necesarios para mantener a una adepta Bene Gesserit en sus más perfectas condiciones de preparación física y mental. Había amplificadores mnemónicos, molinos digitales de Ix para fortalecer y sensibilizar dedos de manos y pies, sintetizadores olfativos, sensibilizadores táctiles, campos de gradiente de temperatura, detectores de esquemas repetitivos para prevenir hábitos, monitores de respuesta a ondas alfa, sincronizadores de parpadeo para afinar los análisis visuales en el espectro luz/oscuridad...

En letras de diez centímetros, a lo largo de una de las paredes, escrito por su propia mano con pintura mnemónica, se hallaba el recordatorio clave del Credo Bene Gesserit:

«Antes de nosotras, todos los métodos de enseñanza estaban curtidos por el instinto. Nosotras aprendimos cómo aprender. Antes de nosotras los investigadores llevados por el instinto poseían un margen limitado de atención... a menudo no superior al tiempo de una simple vida humana. Nunca se les ocurrió lanzarse a proyectos que necesitaran desarrollarse a través de varias generaciones. El concepto de educación total músculo/nervio no entró jamás en sus conciencias.»

Mientras penetraba en la sala de entrenamiento, Alia captó su propio reflejo multiplicado cientos de veces por los prismas de cristal del espejo de esgrima que giraba en el corazón del muñeco de ejercicios. Vio la larga espada aguardando en su funda junto al muñeco, y pensó: *¡Sí! Me ejercitaré hasta agotarme... vaciando mi carne y aclarando mi mente.*

Tomó el arma en su mano y la sopesó. Extrajo el crys de la funda en su cuello y lo empuñó con la izquierda, golpeó el botón activador del muñeco con la punta de la espada. Notó su resistencia cuando el aura del escudo se formó alrededor del muñeco, empujando su arma suave y firmemente hacia afuera.

Los prismas destellaron. El muñeco se deslizó hacia la izquierda.

Alia lo siguió con la punta de la larga espada, pensando, como hacía a menudo, que aquella cosa tenía algo de vivo. Pero era tan sólo un amasijo de servomotores y complejos circuitos de reflejo diseñados para fintar y esquivar y eludir el peligro, confundiendo y enseñando así a su contrincante. Era un instrumento preparado para reaccionar como ella reaccionaba, un anti-yo que se movía cuando ella se movía, esquivando sus ataques, haciendo girar las luces de sus prismas y contraatacando.

Varias espadas parecían amenazarla desde los prismas, pero tan sólo una era real. Paró ésta, y deslizó su propia espada a través del escudo con la velocidad necesaria para atravesarlo y alcanzar el blanco. Una señal luminosa se encendió, roja y parpadeante, entre los prismas... otro motivo de distracción.

La cosa atacó de nuevo, moviéndose un poco más rápidamente ahora, justo lo suficiente.

Ella paró y, abandonando toda precaución, penetró en la zona de peligro y golpeó con el crys.

Dos luces parpadearon en los prismas.

De nuevo el muñeco incrementó su velocidad, moviéndose sobre sus ruedas como si fuera un gigantesco imán atraído por su cuerpo y por la punta de su espada.

Ataque... parada... contraataque.

Ataque... parada... contraataque.

Había cuatro luces ahora, y la cosa iba haciéndose cada vez más peligrosa, moviéndose con mayor rapidez a cada luz, ofreciendo más áreas de confusión.

Cinco luces.

El sudor relucía en la desnuda piel de Alia. Vivía ahora en un universo cuyas dimensiones estaban delineadas por el relumbrar de la hoja de su espada, el blanco, sus desnudos pies sobre el suelo de prácticas, sentidos/nervios/músculos... movimiento contra movimiento.

Ataque... parada... contraataque.

Seis luces... siete...

¡Ocho!

Nunca hasta entonces había llegado a las ocho.

En un rincón de su miedo relumbró un sentimiento de urgencia, un grito salvaje de advertencia. Aquel instrumento de prismas que le servía de blanco no podía pensar, experimentar cautela o remordimientos. Y llevaba una auténtica espada. Sin ella el entrenamiento no tenía razón de ser. Aquella hoja que la atacaba podía herir y podía matar. Los más sofisticados espadachines del Imperio nunca se aventuraban más allá de las siete luces.

¡Nueve!

Alia experimentó un sentimiento de suprema exaltación. La hoja atacante y el blanco empezaban a ser como una imprecisa mancha de movimiento. Tuvo la sensación de que la espada en su mano empezaba a ser algo vivo. Ella era un antiblanco. No era ella quien guiaba la espada, sino esta la que la guiaba a ella.

¡Diez!

¡Once!

Algo llameó por encima de su hombro, redujo su velocidad al cruzar el aura alrededor del muñeco, penetró en ella y golpeó el mando de parada. Las luces se apagaron. Los prismas y el muñeco giraron por última vez y se inmovilizaron.

Alia se giró, furiosa por la intrusión, pero su reacción estaba mediatizada por su consciencia de la suprema habilidad con que había sido lanzado aquel cuchillo. Había sido un lanzamiento exquisitamente preciso... lo suficientemente veloz como para atravesar la zona del escudo, y lo suficientemente lento como para no ser rechazado por él.

Y había golpeado contra un mando de un milímetro de diámetro en un muñeco de entrenamiento moviéndose a la velocidad de once luces encendidas.

Alia dejó que sus emociones y tensiones se desvanecieran del mismo modo que se habían desvanecido las del muñeco. No se sorprendió en absoluto al ver quién era el que había lanzado el cuchillo.

Paul estaba de pie en el umbral de la sala de entrenamiento, con Stilgar a tres pasos tras él. Los ojos de su hermano estaban entrecerrados por la irritación.

Alia, consciente repentinamente de su desnudez, pensó por un momento en vestirse, luego sintió que la idea la divertía. No se podía borrar lo que los ojos habían visto. Lentamente, colocó de nuevo el crys en la funda de su cuello.

—Hubiera debido saberlo —dijo.

—Supongo que sabías lo peligroso que era lo que estabas haciendo —dijo Paul. Se tomó su tiempo para leer las reacciones del rostro y el cuerpo de ella: el flujo de su esfuerzo coloreando su piel, la humedad que empapaba sus labios. Había en ella ahora una turbadora feminidad que nunca había apreciado en su hermana. Era extraño que estuviera contemplando a una persona que siempre había estado tan cerca de él y que no la asimilara con la estructura familiar que había creído tan fija e inmutable.

—Esto era una locura —gruñó Stilgar, avanzando hasta situarse al lado de Paul.

Las palabras sonaban irritadas, pero Alia captaba admiración en su voz, la veía en los ojos del hombre.

—Once luces —dijo Paul, agitando la cabeza.

—Hubiera conseguido doce si tú no hubieras interferido —dijo ella. Palideció un poco bajo su escrutadora mirada y añadió—: ¿Por qué crees que esta condenada cosa tiene tantas luces si no se supone que pueden ser encendidas todas?

—¿Cómo puede una Bene Gesserit interrogarse acerca del razonamiento tras un sistema abierto? —preguntó Paul.

—¡Supongo que tú nunca has intentado ir más allá de las siete! —dijo ella, devolviéndole su irritación. Su atenta actitud empezaba a molestarla.

—Una vez —dijo Paul—, Gurney Halleck me sorprendió en la diez. Mi castigo fue lo suficientemente vergonzoso como para que no pueda contártelo. Y hablando de cosas vergonzosas...

—La próxima vez, quizá pienses que es mejor anunciarte —dijo ella. Pasó altivamente junto a Paul y penetró en su habitación, se echó por encima una túnica suelta de color gris, y empezó a cepillarse el cabello ante el espejo de la pared. Se sentía sudorosa y un poco triste, el tipo de melancolía que se puede experimentar tras un coito, sin más deseo que el de bañarse nuevamente... y dormir.

—¿Qué hacéis aquí? —preguntó.

—Mi Señor —dijo Stilgar. Había una extraña inflexión en su voz que hizo que Alia se girara para mirarle.

—Fue una sugerencia de Irulan —dijo Paul—, por extraño que pueda parecer. Cree, y parece que algunas informaciones que posee Stil lo confirman, que nuestros enemigos están preparando algo de gran envergadura contra...

—¡Mi Señor! —dijo Stilgar, con voz cortante.

Mientras su hermano se volvía interrogante, Alia siguió observando al viejo Naib Fremen. Algo en él le daba la intensa consciencia de que era uno de los primitivos. Stilgar creía en un mundo sobrenatural muy cercano a él. Un mundo que le hablaba en una simple lengua pagana que no ofrecía dudas. El universo natural en el cual se hallaba era cruel, imparable, y no tenía ninguna huella de la moralidad común al Imperio.

—¿Sí, Stil? —dijo Paul—. ¿Deseas decir por qué hemos venido aquí?

—Este no es el momento de hablar del porqué hemos venido —dijo Stilgar.

—¿Qué es lo que no funciona, Stil?

Stilgar seguía contemplando a Alia.

—Señor, ¿sois ciego?

Paul se volvió hacia su hermana, sintiendo que lo invadía un brusco sentimiento de intranquilidad. De todos sus colaboradores, tan sólo Stilgar se atrevía a hablarle en ese tono, pero incluso Stilgar medía cuidadosamente las ocasiones en que era necesario.

—¡Le hace falta un compañero! —exclamó bruscamente Stilgar—. ¡Van a surgir problemas si no se une pronto con alguien!

Alia saltó, con el rostro bruscamente encendido. *¿Cómo ha podido captarlo?*, se preguntó. Su autocontrol Bene Gesserit había sido impotente para prevenir aquella reacción. ¿Cómo había sido Stilgar capaz de conseguirlo? No poseía el poder de la Voz. Se sintió a la vez furiosa y consternada.

—¡Escuchad al gran Stilgar! —dijo, dándoles la espalda, consciente de lo ácido de su voz—. ¡Consejo a las muchachas de parte de Stilgar, el Fremen!

—Como os quiero a ambos, debo hablar —dijo Stilgar, con una profunda dignidad en el tono de su voz—. Nunca hubiera llegado a ser un jefe entre los Fremen si hubiera permanecido ciego a lo que mueve a los hombres y a las mujeres. Uno no necesita misteriosos poderes para eso.

Paul sopesó la declaración de Stilgar, pensando en lo que había visto allí y en su innegable reacción viril ante su propia hermana. Sí... había algo de hembra en celo en Alia, algo salvajemente desenfrenado. ¿Por qué tenía que haberse lanzado a sus prácticas de combate completamente desnuda? ¡Y arriesgar su vida de aquella estúpida manera! ¡Once luces en los prismas! Aquel autómata sin cerebro que era el muñeco de ejercicios tomaba en su mente todos los aspectos de una antigua criatura de horror. Su posesión era el símbolo de aquella era, pero también acarreaba consigo el veneno de la vieja inmoralidad. Antes los hombres se habían dejado guiar por la inteligencia artificial, los cerebros computadores. El Jihad Butleriano había puesto fin a aquello, pero no había acabado con el aura de aristocrático vicio que englobaban tales cosas.

Stilgar tenía razón, por supuesto. Alia necesitaba un compañero.

—Me ocuparé de ello —dijo Paul—. Alia y yo lo discutiremos más tarde... en privado.

Alia se volvió, mirando fijamente a Paul. Conociendo cómo trabajaba su mente, se dio cuenta de que había sido objeto de una decisión mentat, resultado de innumerables datos analizados por aquella computadora humana. Había una cualidad inexorable en aquella convicción... un movimiento parecido al movimiento de los planetas. Arrastraba consigo algo del orden del universo, inevitable y terrible.

—Señor —dijo Stilgar—, quizá debiéramos...

—¡No ahora! —restalló Paul—. Tenemos otros problemas por el momento.

Convencida de que no podía enfrentarse a su hermano en el plano de la lógica, Alia echó a un lado los últimos momentos, a la manera Bene Gesserit, y dijo:

—¿Os ha enviado Irulan? —sintiendo la amenaza que latía en aquel pensamiento.

—Indirectamente —dijo Paul—. La información que nos ha proporcionado confirma nuestras sospechas de que la Cofradía está intentando capturar un gusano de arena.

—Intentan capturar uno pequeño con la esperanza de iniciar el ciclo de la especie en algún otro mundo —dijo Stilgar—. Eso significa que han hallado un mundo en el que consideran que esto puede ser posible.

—¡Y eso significa también que poseen cómplices Fremen! —argumentó Alia—. ¡Nadie de otro mundo podría capturar un gusano!

—Eso no es necesario decirlo— murmuró Stilgar.

—No, no es necesario —dijo Alia. Se sentía irritada por tal torpeza—. Paul, seguramente tu...

—La corrupción se está instalando aquí —dijo Paul—. Lo sabemos desde hace tiempo. Nunca he *visto* ese otro mundo, sin embargo, y eso me preocupa. Si ellos...

—¿*Eso* te preocupa? —preguntó Alia—. Eso significa tan sólo que han conseguido ocultar su localización a través de Navegantes, del mismo modo en que ocultan sus refugios.

Stilgar abrió la boca y volvió a cerrarla antes de hablar. Tenía la turbadora sensación de que sus ídolos estaban admitiendo unas blasfemas debilidades.

Paul, notando la inquietud de Stilgar, dijo:

—¡Tenemos un problema inmediato! Necesito tu opinión, Alia. Stilgar sugiere que aumentemos nuestras patrullas en el bled y reforcemos la guardia del sietch. Es posible que así consigamos detectar la partida de desembarco y prevenir...

—¿Con un Navegante guiándoles? —preguntó Alia.

—*Están desesperados*, ¿no? —dijo Paul—. Es por *eso* por lo que estoy aquí.

—¿Qué han podido *ver* ellos que nosotros no hayamos podido ver? —murmuró Alia.

—Esta es la cuestión.

Alia asintió con la cabeza, recordando sus pensamientos acerca del nuevo Tarot de Dune. Rápidamente, explicó sus temores.

—Arrojando una venda sobre nosotros —dijo Paul.

—Con patrullas adecuadas —aventuró Stilgar—, podríamos prevenir...

—No podemos prevenir nada... para siempre —dijo Alia. No le gustaba la *sensación* que emanaba ahora de la mente de Stilgar. Había reducido su campo de visión, eliminando cosas obviamente esenciales. Aquel no era el Stilgar que ella recordaba.

—Hay que contar con el hecho de que consigan capturar un gusano —dijo Paul—. En cuanto a que puedan iniciar el ciclo de la melange en otro planeta, es otro asunto. Van a necesitar mucho más que un gusano.

Stilgar miró del hermano a la hermana. Algo del pensamiento ecológico de su vida en el sietch había quedado en él, y de un modo instintivo comprendía lo que ahora estaban dando a entender. Un gusano cautivo no podría sobrevivir excepto en una porción de Arrakis: plancton de arena, Pequeños Hacedores y todo lo demás. El problema de la Cofradía era enorme, aunque no imposible. Su propia incertidumbre se movía en otras áreas.

—Entonces, ¿vuestras visiones no detectan a la Cofradía realizando esa tarea? —preguntó.

—¡Maldita sea! —estalló Paul.

Alia estudió a Stilgar, captando el salvaje flujo de ideas que tomaba lugar en su mente. Se hallaba atrapado en un engranaje de portentos. ¡Magia! ¡Magia! Entrever el futuro era robar un terrible fuego de un sagrado altar. Aquello representaba la atracción del peligro definitivo, de las almas aventuradas y perdidas. Uno podía volver a veces de las informes y peligrosas distancias trayendo consigo algo de forma y poder. Pero Stilgar estaba empezando a detectar otras fuerzas, dotadas quizá de poderes mucho mayores, más allá de aquel desconocido horizonte. Su Reina Bruja, así como su Amigo Hechicero, revelaban de pronto peligrosas debilidades.

—Stilgar —dijo Alia, luchando por retenerlo—, tú estás en un valle entre dunas. Yo estoy en la cresta. Puedo ver hasta donde tú no ves. Y, entre otras cosas, puedo ver las montañas que oculta el horizonte.

—Hay cosas que permanecen ocultas para vosotros —dijo Stilgar—. Siempre lo habéis dicho.

—Todo poder es limitado —dijo Alia.

—Y el peligro puede acudir de más allá de las montañas —dijo Stilgar.

—Así es, de *algún modo* —dijo Alia.

Stilgar asintió, con su mirada clavada en el rostro de Paul.

—Pero cualquier cosa que llegue de más allá de las montañas tiene que cruzar primero las dunas —dijo.

*El juego más peligroso del universo es go-
bernar sobre una base oracular. Nosotros no
nos consideramos tan sabios o valerosos como
para aventurarnos a tal juego. Las medidas de-
talladas aquí para regular los problemas menores están cercanas a las limitaciones de nuestra
concepción del gobierno. Para nuestros propósitos, citaremos una definición de la Bene Gesserit
que considera los diversos mundos como yacimientos genéticos, fuentes de enseñanza y de
posibilidades. Nuestra meta no es gobernar, sino
controlar esos yacimientos genéticos, aprender,
y liberarnos de todas las constricciones impues-
tas por la dependencia y el gobierno.*

—«La Orgía como un Instrumento
de Poder», Capítulo Tercero de
la Guía del Navegante

—¿Es aquí donde murió vuestro padre? —preguntó
Edric, lanzando un rayo señalador desde su tanque hasta
el enjoyado marcador en uno de los mapas en relieve que
adornaban una pared del salón de recepciones de Paul.

—Este es el túmulo de su cráneo —dijo Paul—. Mi pa-

117

dre murió prisionero en una fragata Harkonnen, en el sink que hay más abajo de nosotros.

—Oh, sí: ahora recuerdo la historia —dijo Edric—. Algo acerca de intentar matar al viejo Barón Harkonnen, su mortal enemigo. —Intentando no traicionar demasiado el terror que le producía sentirse encerrado en una estancia tan pequeña, Edric se agitó en su gas anaranjado y miró a Paul, que se había sentado en un diván tapizado a rayas grises y negras.

—Mi hermana mató al Barón —dijo Paul, con voz y ademán secos— un poco antes de la batalla de Arrakeen.

¿Por qué, se preguntó, el hombre-pez de la Cofradía estaba reabriendo viejas heridas, en aquel lugar y momento?

El Navegante parecía estar luchando una batalla perdida para contener sus energías nerviosas. Lejos quedaban los lánguidos movimientos acuáticos de su primer encuentro. Los minúsculos ojos de Edric se movían violentamente hacia todas partes... investigando, midiendo. El servidor que lo había llevado hasta allí se había retirado aparte, no lejos de la línea de guardias personales situados junto a la pared a la izquierda de Paul. Aquel servidor inquietaba a Paul... corpulento, cuello grueso, rostro vacuo e inexpresivo. El hombre había entrado en el salón empujando el tanque de Edrid montado sobre sus soportes a escudo, andando de una forma extraña, con los brazos colgando.

Scytale, lo había llamado Edric, *Scytale, un asistente.*

El aspecto del asistente gritaba estupidez, pero sus ojos lo traicionaban. Se reían de todo lo que veían.

—Vuestra concubina pareció gozar con el espectáculo de los Danzarines Rostro —dijo Edric—. Me complace haberle podido proporcionar esa pequeña diversión. Me gustó particularmente su reacción al ver sus propios rasgos repetidos simultáneamente por todo el grupo.

—¿No hay alguna advertencia contra los Navegantes que llevan presentes consigo? —preguntó Paul.

Y pensó en el espectáculo que se había ofrecido en el Gran Salón. Los danzarines se habían presentado con el aspecto y vestidos con los trajes del Tarot de Dune, desplegándose en figuras alegóricas que evocaban vívidas lla-

mas y antiguos presagios. Luego habían venido los gobernantes... una parada de reyes y emperadores como efigies de monedas, formales y rígidos pero curiosamente fluidos. Y la diversión: una copia del rostro y el cuerpo de Paul, Chani repetida a través de todo el Salón, e incluso Stilgar, que había gruñido y rezongado mientras los demás se reían.

—Pero nuestros presentes tienen la mejor intención —protestó Edric.

—¿Qué entendéis por la mejor intención? —preguntó Paul—. El ghola que nos habéis traido confiesa que fue diseñado para destruirnos.

—¿Destruiros, Señor? —dijo Edric, todo él suave atención—. ¿Quién puede destruir a un dios?

Stilgar, que entraba con estas últimas palabras, se detuvo y miró a los guardias. Estaba mucho más lejos de Paul de lo que le hubiera gustado. Tuvo un gesto de irritación.

—Todo va bien, Stil —dijo Paul agitando una mano—. Tan sólo una amistosa discusión. ¿Por qué no acercas el tanque del Embajador al extremo de mi diván?

Stilgar, renuentemente, observó que si colocaba el tanque del Navegante entre Paul y el voluminoso asistente, Paul iba a quedar en cierto modo bloqueado, pero...

—Todo va bien, Stil —repitió Paul, e hizo la señal privada con la mano que indicaba que la orden era imperativa.

Moviéndose con obvia reluctancia, Stilgar empujó el tanque, acercándolo a Paul. No le gustaba el aspecto del contenedor, ni el denso aroma de melange que flotaba en torno a él. Tomó posición en un ángulo del tanque, bajo el orbitante instrumento a través del cual hablaba el Navegante.

—Matar a un dios —dijo Paul—. Es algo realmente interesante. ¿Pero quién dice que soy un dios?

—Aquellos que os adoran —dijo Edric, mirando ostensiblemente a Stilgar.

—¿Eso es lo que creéis? —preguntó Paul.

—Lo que yo creo no es pertinente ahora, Señor —dijo Edric—. De todos modos, se hace evidente a la mayor par-

te de observadores que conspiráis para hacer de vos mismo un dios. Y uno se pregunta si esto es algo que puede permitirse un mortal... con toda seguridad.

Paul estudió al hombre de la Cofradía. Era una criatura repelente, pero sensitiva. Aquella era una pregunta que Paul se había hecho muchas veces a sí mismo. Pero había visto tantas alternativas en las líneas del Tiempo en las que aceptar su deificación no era la peor de las posibilidades. Había muchas otras peores. De todos modos, aquellas no eran las avenidas normales que sondearía un Navegante. Curioso. ¿Por qué había sido planteada esa pregunta? Los pensamientos de Paul chasquearon (la asociación con los tleilaxu debía estar detrás de todo aquello)... chasquearon (la reciente victoria de Sembou del Jihad debía pesar en las acciones de Edric)... chasquearon (había algo de los varios credos Bene Gesserit asomándose allí)... chasquearon...

Un proceso que envolvía cientos de unidades de información chasqueó relampagueantemente en su consciencia computacional. Para ello necesitó quizá tres segundos.

—¿Acaso un Navegante duda de las líneas maestras de la presciencia? —preguntó Paul, empujando a Edric a terreno inestable.

Aquello alteró al Navegante, pero se sobrepuso bastante bien, murmurando algo que parecía como un largo aforismo:

—Ningún hombre inteligente dudaría del hecho de la presciencia, Señor. La visión oracular es conocida de los hombres desde los tiempos más antiguos. Así como su forma de manifestarse en los momentos más insospechados. Afortunadamente, existen otras fuerzas en el universo.

—¿Mayores que la presciencia? —preguntó Paul, empujándole de nuevo.

—Si tan sólo existiera la presciencia y fuera omnipotente, Señor, terminaría aniquilándose a sí misma. ¿Tan sólo presciencia? ¿En qué podría ser aplicada salvo en sus movimientos de degeneración?

—Siempre queda la situación humana —hizo notar Paul.

—Como máximo una cosa muy precaria —dijo Edric—,

120

contando con que no se vea confundida por las alucinaciones.

—¿Mis visiones no son más que alucinaciones? —preguntó Paul, con un asomo de falsa tristeza en su voz—. ¿O acaso implicáis que son mis seguidores los alucinados?

Stilgar, captando las crecientes tensiones, avanzó un paso, fijando su mirada en el hombre de la Cofradía reclinado en su tanque.

—Retorcéis mis palabras, Señor —protestó Edric. Un extraño eco de violencia quedó suspendido de aquella frase.

¿Violencia aquí?, se dijo Paul. *¡No se atreverán! A menos* (y miró a sus guardias) *que las fuerzas que le protegen sean usadas para reemplazarlo.*

—Pero estáis acusándome de conspirar para convertirme en un dios —dijo Paul, bajando el nivel de su voz de tal modo que sólo Edric y Stilgar podían oírle—. ¿Conspirar?

—Quizá la palabra haya estado mal elegida, mi Señor —dijo Edric.

—Pero es significativa —dijo Paul—. E implica que esperabais lo peor de mí.

Edric arqueó su cuello y miró hacia Stilgar con ojos aprensivos.

—La gente espera siempre lo peor de los ricos y los poderosos, Señor. Se dice que es fácil reconocer a un aristócrata: revela tan sólo aquellos de sus vicios que lo hacen popular.

Un estremecimiento cruzó el rostro de Stilgar.

Paul desvió la vista hacia él al captar el movimiento, notando los pensamientos y la irritación que zumbaban en la mente de Stilgar. ¿Cómo aquel hombre de la Cofradía se atrevía a hablarle así a Muad'dib?

—Por supuesto, no estáis bromeando —dijo Paul.

—¿Bromeando, Señor?

Paul notó su boca seca. Tenía la sensación de que había demasiada gente en aquella estancia, de que el aire que respiraba había pasado a través de demasiados pulmones. El perfume de melange que emanaba del tanque de Edric parecía amenazador.

—¿Pero quiénes son mis cómplices en tal conspiración?

—preguntó de pronto Paul—. ¿Estáis aludiendo a la Qizarate?

Edric se alzó de hombros, formando una nube de gas anaranjado alrededor de su cabeza. Ya no parecía preocupado por la presencia de Stilgar, pese a que el Fremen seguía observándole fijamente.

—¿Estáis sugiriendo que los misioneros de las Santas Ordenes, *todos ellos*, están predicando sutiles falsedades? —insistió Paul.

—Podría ser tan sólo una cuestión de interés personal y sinceridad —dijo Edric.

Stilgar posó una mano en el crys que llevaba bajo sus ropas.

Paul agitó la cabeza y dijo:

—Entonces me acusáis de insinceridad.

—No estoy seguro de que *acusar* sea la palabra adecuada, Señor.

¡Qué audacia la de esa criatura! pensó Paul. Y dijo:

—Acusar o no, estáis diciendo que mis obispos y yo no somos mejores que unos bandidos hambrientos de poder.

—¿Hambrientos de poder, Señor? —Edric miró de nuevo a Stilgar—. El poder tiende a aislar en demasía a aquellos que lo poseen. Finalmente, pierden el contacto con la realidad... y se desmoronan.

—Mi Señor —raspó Stilgar—, ¡habéis hecho ejecutar a hombres por menos de eso!

—Hombres, sí —admitió Paul—. Pero éste es un Embajador de la Cofradía.

—¡Os está acusando de un fraude sacrílego! —dijo Stilgar.

—Sus ideas me interesan, Stil —dijo Paul—. Contén tu rabia y permanece alerta.

—Como Muad'dib ordene.

—Decidme, Navegante —dijo Paul—, ¿cómo podríamos mantener este hipotético fraude por encima de tan enormes distancias de espacio y tiempo sin vigilar cada misionero, examinar cada detalle de cada capilla y templo Qizarate?

—¿Qué es el tiempo para vos? —preguntó Edric.

Stilgar frunció el ceño en obvia perplejidad. Y pensó:

Muad'dib ha dicho a menudo que ve a través de los velos del tiempo. ¿Qué es lo que está diciendo realmente el Navegante?

—¿Acaso la estructura de un tal fraude no debería mostrar sus debilidades? —preguntó Paul—. Discordias significativas, cismas... dudas, confesiones de culpabilidad... ningún fraude podría eliminar tales cosas.

—Aquello que la religión y el interés personal no pueden ocultar, puede hacerlo el gobierno —dijo Edric.

—¿Estáis probando los límites de mi tolerancia? —preguntó Paul.

—¿Acaso mis argumentos no tienen ningún valor? —contraatacó Edric.

¿Esta deseando que lo matemos?, se dijo Paul. *¿Se está ofreciendo a sí mismo en sacrificio?*

—Prefiero el punto de vista cínico —dijo Paul, tentativamente—. Es obvio que habéis sido entrenado en todas las falsas astucias del gobierno, los dobles sentidos y las palabras del poder. El lenguaje no es más que un arma para vos, y en esta ocasión estáis comprobando el espesor de mi armadura.

—El punto de vista cínico —dijo Edric, con una sonrisa deformando su boca—. Y los gobernantes han sido siempre notoriamente cínicos en lo relativo a la religión. La religión también es un arma. ¿Pero qué tipo de arma es la religión cuando se convierte en el gobierno?

Paul sintió que algo se inmovilizaba en su interior, que una profunda desconfianza se apoderaba de él. ¿A quién le estaba hablando Edric? Malditas palabras en clave, cargadas de palancas manipuladoras... aquel matiz profundo de confortable humor, el sugerido aire de secretos compartidos: sus maneras decían que él y Paul eran dos seres sofisticados, habitantes de un amplio universo, que podían comprender cosas que no estaban al alcance de la gente común. Con un sentimiento de sorpresa, Paul se dio cuenta de que él no era el blanco principal de toda aquella retórica. Todas aquellas palabras iban dirigidas a otras personas... a Stilgar, a los guardias personales quizá... incluso al robusto asistente...

—Me he visto investido con el *mana* religioso —dijo

Paul—, pero no le he buscado. —Y pensó: *¡Eso es! ¡Dejemos que ese hombre-pez piense que ha salido victorioso de nuestra batalla dialéctica!*

—¿Entonces por qué no lo habéis repudiado, Señor? —preguntó Edric.

—A causa de mi hermana Alia —dijo Paul, observando atentamente a Edric—. Ella es una diosa. Dejadme poneros en guardia con respecto a Alia: podría fulminaros con su mirada.

Una maligna sonrisa empezó a formarse en la boca de Edric, que fue reemplazada por una mirada de sorpresa.

—Estoy hablando terriblemente en serio —dijo Paul, estudiando el gesto de sorpresa y viendo a Stilgar asentir.

Con voz inexpresiva, Edric dijo:

—Habéis resquebrajado mi confianza en vos, Señor. Y no dudo que ésta era vuestra intención.

—No estéis seguro de conocer mis intenciones —dijo Paul, e hizo un seña a Stilgar de que la audiencia había terminado.

Al gesto interrogativo de Stilgar preguntando si Edric debía ser asesinado, Paul respondió con una seña negativa de su mano, amplificada con un imperativo gesto que impedía que Stilgar tomara iniciativas por su cuenta.

Scytale, el asistente de Edric, se acercó al tanque y lo empujó hacia la puerta. Al llegar allí se detuvo, se volvió y, dirigiendo una mirada divertida a Paul, dijo:

—Si mi Señor me permite...

—Sí, ¿qué ocurre? —preguntó Paul, observando como Stilgar se movía cautelosamente en respuesta a una implícita amenaza provinente de aquel hombre.

—Algunos —dijo Scytale— pretenden que la gente se aferra a un gobierno Imperial porque el espacio es infinito. Se sentirían solos y aislados sin un símbolo que los unificara. Para la gente que está sola y aislada, el Emperador es un lugar definido. Pueden volverse hacia él y decir: «Mirad, aquí está. El hace uno de todos nosotros.» Quizá la religión sirva para el mismo propósito, mi Señor.

Scytale inclinó cortésmente la cabeza y empujó otra vez el tanque de Edric. Salieron del Salón, Edric en posición supina en su tanque, con los ojos cerrados. El Navegante parecía agotado, con todas sus energías nerviosas exhaustas.

Paul observó la figura de Scytale hasta que desapareció, pensando en las palabras del hombre. Un personaje peculiar aquel Scytale, se dijo. Mientras hablaba, radiaba la sensación de ser mucha gente a la vez... como si toda su herencia genética estuviera expuesta en su piel.

—Extraño —dijo Stilgar, sin dirigirse a nadie en particular.

Paul se levantó del diván al tiempo que un guardia cerraba la puerta tras Edric y su escolta.

—Extraño —repitió Stilgar. Una vena palpitaba en su sien.

Paul disminuyó las luces del salón, dirigiéndose hacia una ventana que se abría a un lado de la colina donde había sido edificada su Ciudadela. Las luces parpadeaban allá a lo lejos... un minúsculo movimiento.. Un equipo de trabajo acarreaba allá abajo gigantescos bloques de plasmeld para reparar la fachada del templo de Alia que había resultado dañada tras una inesperada tormenta de arena.

—Fue un error invitar a esa criatura a estos salones, Usul —dijo Stilgar.

Usul, pensó Paul. *Mi nombre del sietch. Stilgar me recuerda que una vez él mandó sobre mí, que me salvó del desierto.*

—¿Por qué lo habéis hecho? —preguntó Stilgar, acercándose hasta situarse junto a Paul.

—Información —dijo Paul—. Necesito más datos.

—¿No es peligroso enfrentarse a esa amenaza *tan sólo* como un mentat?

Eso fue perspicaz, pensó Paul.

La computación del mentat había terminado. Uno no podía decir nada ilimitado con las limitaciones de cualquier lenguaje. Las habilidades de un mentat tenían sin embargo su utilidad. Eso es lo que dijo, dejando que Stilgar refutara su argumentación.

—Siempre hay algo fuera —dijo Stilgar—. Y algunas cosas es mejor que *permanezcan* fuera.

—O dentro —dijo Paul. Y aceptó por un momento su propia recapitulación oracular/mentat. Fuera, sí. Y dentro:

ahí yacía el verdadero horror. ¿Cómo podía protegerse de sí mismo? Era cierto que en algún lugar se estaban preparando para destruirlo, pero aquella situación estaba rodeada de otras posibilidades mucho más terribles aún.

Sus pensamientos fueron interrumpidos por el sonido de rápidos pasos. La figura de Korba el Qizara apareció en el umbral, una oscura silueta recortada contra el fondo luminoso. Entró como empujado por alguna fuerza invisible, y se detuvo en seco ante la penumbra que reinaba en el salón. Sus manos estaban llenas de bobinas de hilo shiga. Brillaban a la luz provinente del vestíbulo como pequeñas joyas redondeadas que se extinguieron cuando los guardias personales cerraron las puertas tras él.

—¿Sois vos, mi Señor? —preguntó Korba, escrutando las sombras.

—¿Qué ocurre? —preguntó Stilgar.

—¿Stilgar?

—Estamos aquí los dos. ¿Qué ocurre?

—Estoy desconcertado por esta recepción en honor del hombre de la Cofradía.

—¿Desconcertado? —preguntó Paul.

—El pueblo, mi Señor, dice que honráis a vuestros enemigos.

—¿Eso es todo? —dijo Paul—. ¿Son estas las bobinas que te había pedido? —señaló los carretes de hilo shiga en las manos de Korba.

—Bobinas... ¡oh! Sí, mi Señor. Esas son las historias. ¿Queréis verlas aquí?

—Ya las he visto. Son para Stilgar.

—¿Para mí? —preguntó Stilgar. Sintió un asomo de resentimiento hacia lo que interpretaba como un capricho por parte de Paul. ¡Historias! Stilgar estaba discutiendo con Paul sobre cálculos logísticos con relación a la conquista de Zabulon cuando la presencia del Embajador de la Cofradía los había interrumpido. Y ahora... ¡Korba con Historias!

—¿Cuánta historia conoces? —meditó Paul en voz alta, estudiando la sombría silueta que tenía a su lado.

—Mi Señor, puedo nombrar cada uno de los mundos

que nuestro pueblo ha tocado en sus migraciones. Conozco los límites del Imperio...

—¿Has estudiado alguna vez la Edad de Oro de la Tierra?

—¿La Tierra? ¿La edad de Oro? —Stilgar estaba a la vez irritado y confuso. ¿Pretendía Paul discutir mitos extraídos del alba de los tiempos? La mente de Stilgar estaba llena con los datos relativos a Zabulon... computaciones del equipo de mentats: doscientas cinco fragatas de ataque con treinta legiones cada una, batallones de soporte, cuadros de pacificación, misioneros Qizarate... todo el equipo alimenticio necesario (tenía todos los elementos grabados en su mente) y melange... armamento, uniformes, condecoraciones... urnas para las cenizas de los muertos... el número de especialistas en propaganda, escribientes, contables... espías y contraespías...

—He traído también el sincronizador de pulsaciones, mi Señor —aventuró Korba. Obviamente había captado la creciente tensión entre Paul y Stilgar, y se sentía incómodo.

Stilgar agitó la cabeza. ¿Un sincronizador de pulsaciones? ¿Para qué quería usar Paul un sistema de enmascaramiento mnemónico en un proyector de hilo shiga? ¿Para qué escudriñar buscando datos específicos en las historias? ¡Eso era tarea de un mentat! Como siempre, Stilgar no podía escapar a una profunda desconfianza hacia todo lo que fuera usar un proyector y sus distintos equipos. Esto le sumergía siempre en inquietantes sensaciones, un abrumador conjunto de datos de los que su mente surgía más tarde sorprendiéndole con información que nunca antes había sabido que poseía.

—Señor, tengo las computaciones referentes a Zabulon —dijo Stilgar.

—¡Deshidrata las computaciones de Zabulon! —restalló Paul, usando el obsceno término Fremen que significaba que aquella era una humedad que ningún hombre se rebajaría a tocar.

—¡Mi Señor!

—Stilgar —dijo Paul—, necesitas urgentemente un sentido del equilibrio que solamente podrás adquirir comprendiendo los efectos a largo plazo. Esta es la poca información que poseemos sobre los viejos tiempos, los exiguos datos que nos han dejado los Butlerianos y que Korba ha reunido para ti. Empezaremos con Genghis Khan.

—¿Genghis... Khan? ¿Pertenecía a los Sardaukar, mi Señor?

—Oh, mucho antes que esto. Mató... quizá cuatro millones de seres.

—Debió poseer un armamento formidable para matar a tantos, Señor. Cañones láser quizá, o tal vez...

—No los mató con su propia mano, Stil. Mató como lo hago yo, enviando a sus legiones. Y hay también otro emperador en el que quisiera que te fijaras... un tal Hitler. Mató a más de seis millones. Mucho para aquellos días.

—¿Matado... con sus legiones? —preguntó Stilgar.

—Sí.

—No son estadísticas muy impresionantes, mi Señor.

—De acuerdo, Stil —Paul miró a las bobinas que Korba mantenía en sus manos. Korba permanecía de pie con un solo pensamiento en su mente: dejar aquello y desaparecer—. Estadísticas: según una estimación más bien conservadora, yo habré matado a sesenta y un mil millones de seres, esterilizado noventa planetas, desmoralizado completamente otros quinientos. He exterminado también a los seguidores de cuarenta religiones que habían existido desde...

—¡Infieles! —protestó Korba—. ¡Todos ellos infieles!

—No —dijo Paul—. Fieles.

—Mi Señor está bromeando —dijo Korba, con voz temblorosa—. El Jihad ha reunido a diez mil mundos bajo la deslumbrante luz de...

—Bajo las tinieblas —dijo Paul—. Se necesitará un centenar de generaciones para recuperarse del Jihad de Muad'dib. Me cuesta imaginar que alguien pueda superar alguna vez esto—. Una ronca carcajada surgió de lo más profundo de su garganta.

—¿Qué es lo que divierte a Muad'dib? —preguntó Stilgar.

—No es diversión. Tan sólo he tenido la repentina visión del Emperador Hitler diciendo algo parecido. No hay la menor duda de que lo hizo.

—Ningún otro gobernante ha tenido nunca vuestros poderes —argumentó Korba—. ¿Quién se puede atrever a desafiaros? Vuestras legiones controlan todo el universo conocido y todo el...

—Las legiones controlan —dijo Paul—. Me pregunto si ellas lo saben.

—Vos controláis vuestras legiones, Señor —interrumpió Stilgar, y era obvio por el tono de su voz que súbitamente había sido consciente de su propia posición en aquella cadena de mando, su propia mano guiando todo aquel poder.

Habiendo conducido así los pensamientos de Stilgar a lo largo del camino que deseaba, Paul desvió toda su atención a Korba y dijo:

—Pon las bobinas aquí en el diván. —Mientras Korba obedecía, Paul preguntó—: ¿Cómo va la recepción, Korba? ¿Mi hermana lo mantiene todo perfectamente en sus manos?

—Sí, mi Señor —el tono de Korba era circunspecto—. Y Chani observa por la ventana de espionaje. Sospecha que haya Sardaukars en el séquito de la Cofradía.

—No tengo la menor duda de que está en lo cierto —dijo Paul—. Los chacales siempre van unidos.

—Bannerjee —dijo Stilgar, aludiendo al jefe de Seguridad interna de Paul— temía que algunos de ellos consiguieran penetrar en las áreas privadas de la Ciudadela.

—¿Lo han conseguido?

—Todavía no.

—Pero había una cierta confusión en los jardines públicos —dijo Korba.

—¿Qué tipo de confusión? —preguntó Stilgar.

Paul inclinó la cabeza.

—Extranjeros yendo y viniendo —dijo Korba—, aplastando las plantas, susurrando conversaciones... se me ha informado de algunas observaciones poco placenteras.

—¿Como cuáles? —preguntó Paul.

—¿Esta es la forma en que son dilapidados nuestros impuestos? Se me ha dicho que fue el propio Embajador quien formuló la observación.

—No me sorprende —dijo Paul—. ¿Cuántos extranjeros había en los jardines?

—Docenas, mi Señor.

—Bannerjee situó piquetes de tropas en las puertas vulnerables, mi Señor —dijo Stilgar. Se giró mientras hablaba, de tal modo que la única fuente de luz del salón iluminaba la mitad de su rostro. Aquella peculiar iluminación, aquel rostro, tocó un nodo en los recuerdos de la mente de Paul... algo provinente del desierto. Paul no intentó precisar aquel recuerdo, con toda su atención centrada en cómo Stilgar había regresionado mentalmente. El Fremen había sido siempre un hombre de proceder limpio, franco y directo... ahora en cambio mostraba su desconfianza, una profunda desconfianza hacia el extraño comportamiento de su Emperador.

—No me gusta la intrusión en los jardines —dijo Paul—. La cortesía hacia nuestros huéspedes es una cosa, así como el protocolo formal, pero...

—Me encargaré de echarlos —dijo Korba.

—¡Espera! —ordenó Paul, cuando Korba ya se iba.

En el repentino silencio que siguió, Stilgar se movió hasta una posición desde donde podía estudiar el rostro de Paul. Fue un movimiento hábil. Paul admiró la forma en que había sido efectuado, sin ninguna premeditación. Era algo estrictamente Fremen: marcado por el respeto hacia la intimidad de los otros, un movimientos guiado tan sólo por la necesidad.

—¿Qué hora es? —preguntó Paul.

—Casi medianoche, Señor —dijo Korba.

—Korba, creo que tú podrías ser mi más elaborada creación —dijo Paul.

—¡Señor! —había un tono ultrajado en la voz de Korba.

—¿Tienes algún tipo de respeto hacia mí? —preguntó Paul.

—Vos sois Paul-Muad'dib, que fue Usul en nuestro sietch —dijo Korba—. Vos conocéis mi devoción hacia...

—¿Has tenido alguna vez la sensación de ser un apóstol? —preguntó Paul.

Obviamente Korba interpretó mal aquellas palabras, pero interpretó correctamente el tono.

—¡Mi Emperador sabe que tengo la conciencia limpia!

—Que Shai-hulud nos salve —murmuró Paul.

El interrogativo silencio del momento fue roto por el sonido de alguien silbando abajo, en el otro salón. El silbido se cortó cuando uno de los guardias personales reclamó silencio al otro lado de la puerta.

—Korba, creo que puedes sobrevivir a todo esto —dijo Paul. Y leyó la repentina luz de la comprensión en el rostro de Stilgar.

—¿Los extranjeros en los jardines, Señor? —preguntó Stilgar.

—Ah, sí —dijo Paul—. Haz que Bannerjee los eche, Stil. Korba le ayudará.

—¿Yo, Señor? —Korba traicionaba su inquietud.

—Algunos de mis amigos han olvidado que antes fueron Fremen —dijo Paul, hablándole a Korba, pero dirigiendo sus palabras a la atención de Stilgar—. Señalarás a todos aquellos a quienes Chani identifique como Sardaukar, y harás que mueran. Lo harás personalmente. Quiero que sea hecho discretamente y sin que produzca problemas. Debemos tener en mente que los actos de la religión y del gobierno se extienden mucho más allá de los tratados y sermones.

—Obedeceré las órdenes de Muad'dib —susurró Korba.

—¿Las computaciones sobre Zabulon? —preguntó Stilgar.?

—Mañana —dijo Paul—. Y cuando los extranjeros hayan sido echados de los jardines, anuncia que la recepción ha terminado. La fiesta ha terminado, Stil.

—Comprendo, mi Señor.

—Estoy seguro de ello —dijo Paul.

Aquí yace un dios caído...
Su caída no fue pequeña.
Tan sólo hemos construido su pedestal,
Y su pedestal es estrecho y muy alto.

—**Epigrama tleilaxu**

Alia se acuclilló, con el cuerpo apoyado sobre sus talones, el mentón entre las manos, contemplando el cuerpo en la duna... unos pocos huesos y alguna carne momificada que en otro tiempo habían sido una mujer joven. Las manos, la cabeza, la mayor parte del tronco habían desaparecido... carcomidos por el viento de coriolis. La arena a todo su alrededor mostraba las huellas de los médicos e investigadores de su hermano. Todos se habían retirado ahora, con excepción de los ayudantes funerarios que aguardaban de pie a un lado con Hayt, el ghola, esperando a que ella terminara su misteriosa lectura de todo lo que estaba escrito allí.

El cielo color trigo englobaba la escena con su glauca luz común a la media tarde en aquellas latitudes.

El cuerpo había sido descubierto algunas horas antes por un correo volando bajo, cuyos instrumentos habían detectado la presencia de un débil rastro de agua en un lugar donde no podía haberlo. Los expertos habían sido avi-

133

sados. Y estos habían podido comprobar... ¿qué? Que aquel cuerpo había sido el de una mujer de unos veinte años, Fremen, adicta a la semuta... y que había muerto allí, en aquel lugar del desierto, de los efectos de un sutil veneno de origen tleilaxu.

Morir en el desierto era algo habitual. Pero una Fremen adicta a la semuta era algo lo suficientemente raro como para que Paul hubiera acudido allí para examinar la escena a la manera que su madre le había enseñado.

Alia se decía que ella tampoco había conseguido nada, excepto alimentar con su propia aura el misterio de una escena que ya era misteriosa antes de que ella hiciera acto de presencia. Oyó los pasos del ghola haciendo crujir la arena, y miró hacia él. Su atención se centró por unos momentos en la escolta de tópteros que trazaban círculos sobre ellos como una bandada de cuervos.

Hay que desconfiar de los presentes de la Cofradía, pensó Alia.

El tóptero funerario y su propio aparato estaban posados en la arena, junto a una roca que afloraba tras el ghola. Viendo los tópteros girando sobre el lugar, Alia sintió el irresistible deseo de estar allá, en el aire, volando lejos de aquel lugar.

Pero Paul había creído que ella podía ver allí algo que los demás no habían sabido ver. Se agitó en su destiltraje. Se sentía incómoda dentro de él, tras todos aquellos meses de vida en la ciudad. Estudió al ghola, preguntándose si sabía algo importante acerca de aquella extraña muerte. Observó que un mechón de rizado cabello negro surgía del capuchón de su destiltraje. Notó su mano deseosa de tomar aquel mechón de cabello y colocarlo en su sitio.

Como si hubiera captado sus pensamientos, aquellos ojos grises metálicos se volvieron hacia ella. Se estremeció, y apartó sus ojos de los de él.

Una mujer Fremen había muerto allí a causa de un veneno llamado «la garganta del infierno».

Una Fremen adicta a la semuta.

Compartió la inquietud de Paul ante aquella conjunción de detalles.

Los ayudantes funerarios aguardaban pacientemente. Aquellos restos no contenían la suficiente agua como para que valiera la pena recuperarla. No necesitaban apresurarse. Y realmente creían que Alia, a través de algún arte glíptico, estaba leyendo alguna extraña verdad en aquellos despojos.

Pero ninguna extraña verdad llegaba hasta ella.

Tan sólo había un distante sentimiento de irritación profundamente enterrado en su interior ante lo que todo el mundo esperaba de ella. No era más que un producto de aquel condenado misterio religioso. Ella y su hermano no podían ser considerados como *gente*. Debían ser algo más. La Bene Gesserit había hecho todo lo necesario manipulando a los antepasados Atreides. Su madre había contribuido a ello lanzándose por los caminos de la brujería.

Y Paul perpetuaba la diferencia.

Las Reverendas Madres encapsuladas en los recuerdos de Alia se despertaron, provocando destellos de pensamientos adab: «*¡Paz, pequeña! Eres quien eres. Hay compensaciones.*»

¡Compensaciones!

Llamó al ghola con un gesto.

El se inmovilizó a su lado, atento, paciente.

—¿Qué puedes ver en esto? —preguntó ella.

—Puede que jamás lleguemos a saber quién ha muerto aquí —dijo él—. La cabeza, los dientes, han desaparecido. Las manos... Desafortunadamente es probable que sea alguien que nunca haya poseído un registro genético que nos hubiera permitido identificarla a través de sus células.

—Un veneno tleilaxu —dijo ella—. ¿Qué piensas de ello?

—Mucha gente utiliza tales venenos.

—Cierto. Y esta carne está demasiado muerta como para hacerla revivir como se hizo con tu cuerpo.

—Incluso si creéis lo que dicen los tleilaxu al respecto —dijo él.

Ella asintió con la cabeza y se puso en pie.

—Me conducirás ahora a la ciudad —dijo.

Cuando estuvieron en el aire y hubieron tomado la dirección hacia el norte, ella dijo:

—Pilotas exactamente igual a como lo hacía Duncan Idaho.

El la miró especulativamente.

—Otros me han dicho esto mismo.

—¿En qué estás pensando ahora? —preguntó ella.

—En muchas cosas.

—¡No intentes eludir mi pregunta, maldita sea!

—¿Qué pregunta?

Ella le miró furiosamente.

El le devolvió la mirada, y se alzó de hombros.

Era un gesto característico de Duncan Idaho, pensó ella. Acusadoramente, con voz sofocada y aire de desafío, dijo:

—Desearía tan sólo que tus reacciones respondieran a mis pensamientos sobre esto. La muerte de esa joven me inquieta.

—No estaba pensando en eso.

—¿En qué estabas pensando entonces?

—En las extrañas emociones que experimento cuando la gente habla de aquél que puedo haber sido.

—¿Que puedes haber sido?

—Los tleilaxu son realmente hábiles.

—No tan hábiles como eso. Tú fuiste Duncan Idaho.

—Muy probablemente. Esta es la primera posibilidad.

—¿Y así te vuelves emotivo?

—Hasta un cierto punto. Me siento vehemente. Incómodo. Tengo tendencia a temblar, y debo hacer esfuerzos para controlarme. Y tengo también... breves destellos de visiones.

—¿Qué visiones?

—Todo es demasiado rápido para poder reconocerlo. Es como destellos. Espasmos... casi recuerdos.

—¿Te sientes curioso acerca de tales recuerdos?

—Por supuesto. Es la curiosidad la que me empuja, pero debo luchar contra una densa reluctancia. Pienso: «¿Y si yo fuera aquél que todos creen que soy?». Y no me gusta ese pensamiento.

—¿Y esto es todo en lo que estabas pensando?

—Vos lo sabéis mejor que yo, Alia.

¿Cómo se atreve a pronunciar mi nombre? Sintió que

la irritación surgía de entre los recuerdos inmediatos de las palabras que había oído: el tono en que él había hablado, con una casual confianza viril de suaves y sinceras resonancias. Un músculo palpitó a lo largo de su mejilla. Encajó los dientes.

—¿No es El Kuds eso de ahí abajo? —preguntó él, inclinando brevemente un ala del aparato y provocando una repentina agitación en su escolta.

Ella miró hacia abajo, a sus sombras deslizándose a través del promontorio que dominaba el Paso de Harg, y el risco y la roca en forma de pirámide conteniendo el cráneo de su padre. *El Kuds... el Lugar Sagrado.*

—Es el Lugar Sagrado —dijo ella.

—Tengo que visitar ese lugar algún día —dijo él—. Quizá la presencia de los restos de vuestro padre me ayude a capturar mis recuerdos.

Ella se dio cuenta de pronto de cuán fuerte debía ser aquel deseo de conocer lo que había sido. Había una fuerte compulsión en él. Miró hacia abajo, hacia las rocas, el macizo que había frente a la playa seca y al mar de arena... rocas de color de arena emergiendo de las dunas como arrecifes entre las inmóviles olas.

—Volvamos atrás —dijo ella.

—La escolta...

—Nos seguirá. Manténte bajo ella.

El obedeció.

—¿Debes servir realmente a mi hermano? —preguntó ella, mientras él orientaba el nuevo rumbo y la escolta les seguía.

—Sirvo a los Atreides —dijo él, en un tono formal.

Y ella observó el pequeño gesto de su mano derecha... apenas el esbozo del antiguo saludo de Caladan. Una mirada pensativa cruzó el rostro de él. Ella siguió la dirección de sus ojos hacia la roca en forma de pirámide que había allá abajo.

—¿Qué te preocupa? —preguntó.

Los labios de él se movieron. Su voz surgió al fin, débil, temblorosa:

—Era... era... —una lágrima rodó a lo largo de su mejilla.

Alia se sintió presa de la antigua emoción Fremen. ¡Estaba dando su agua al muerto! Compulsivamente, tocó la mejilla de él con un dedo, detuvo la lágrima.

—Duncan —susurró.

El parecía estar clavado a los controles del tóptero, la mirada fija en la tumba de allá abajo.

—¡Duncan! —ella aumentó el tono de su voz.

El parpadeó, agitó la cabeza, miró hacia ella, con sus metálicos ojos brillando.

—Yo... he sentido... un brazo... en mis hombros —susurró—. ¡Lo he sentido! Un brazo —tragó saliva—. Era... un amigo. Era... mi amigo.

—¿Quién?

—No lo sé. Creo que era... No lo sé.

Una luz empezó a parpadear frente a Alia: su capitán de la escolta deseaba saber por qué regresaban al desierto. Ella tomó el micrófono y explicó que habían querido rendir un breve homenaje a la tumba de su padre. El capitán le recordó que era ya tarde.

—Regresamos a Arrakeen ahora mismo —dijo ella, depositando de nuevo el micrófono.

Hayt inspiró profundamente y condujo de nuevo su tóptero hacia el norte.

—Era el brazo de mi padre el que has sentido, ¿no es cierto? —preguntó ella.

—Quizá. —Su voz era la de un mentat computando las probabilidades, y ella vio que había recompuesto su apariencia.

—¿Sabes cómo conocí yo a mi padre? —preguntó ella.

—Tengo alguna idea.

—Déjame explicártelo —dijo ella. Brevemente, le contó cómo había recibido la consciencia de una Reverenda Madre antes de su nacimiento, el aterrorizado feto en que se había convertido, con todo el conocimiento de incontables vidas impregnando sus células nerviosas... y todo ello después de la muerte de su padre.

—Conozco a mi padre tanto como lo conoció mi madre —dijo—. En los últimos detalles de cada una de las experiencias que vivieron juntos. En un cierto sentido, soy mi madre. Poseo todos sus recuerdos hasta el momento en que bebió el Agua de Vida y entró en el trance de la transmigración.

—Vuestro hermano me explicó algo de ello.

—¿Lo hizo? ¿Por qué?

—Yo se lo pregunté.

—¿Por qué?

—Un mentat necesita datos.

—Oh —ella miró hacia abajo, hacia la extensión de la Muralla Escudo... una masa de torturadas rocas, pozos y hendiduras.

El siguió la dirección de su mirada y dijo:

—Un lugar muy expuesto.

—Pero un lugar donde es fácil ocultarse —dijo ella. Levantó la vista hacia él—. Me recuerda a una mente humana... con todos sus escondrijos.

—Ahhh —dijo él.

—¿Ahhh? ¿Qué quieres decir con «ahhh»? —Se sintió repentinamente irritada, sin saber exactamente la razón.

—Desearíais saber qué es lo que esconde mi mente —dijo él. Era una constatación, no una pregunta.

—¿Cómo puedes saber que no he llegado hasta lo más profundo de lo que tú eres utilizando mis poderes de presciencia? —preguntó ella.

—¿Lo habéis hecho? —parecía genuinamente curioso.

—¡No!

—Las sibilas tienen sus límites —dijo él.

Parecía divertido, y aquello redujo la cólera de Alia.

—¿Eso te divierte? ¿No sientes respeto hacia mis poderes? —preguntó. La pregunta sonaba tristemente argumentativa incluso a sus propios oídos.

—Respeto vuestros presagios y vuestros portentos quizá más de lo que creéis —dijo él—. Estaba entre la gente en vuestro Ritual Matutino.

—¿Y eso qué significa?

—Poseéis una gran habilidad con los símbolos —dijo él, sin abandonar su atención a los controles del tóptero—. Es algo Bene Gesserit. Eso creo al menos. Pero, como muchas otras hechiceras, sois negligente con vuestros poderes.

—¿Cómo te atreves? —rugió ella, sintiendo un espasmo de miedo.

—Me atrevo mucho más de lo que anticiparon mis creadores —dijo él—. Y es debido a esa extraña circunstancia que permanezco con vuestro hermano.

Alia estudió las esferas de acero que eran sus ojos: no había ninguna expresión humana allí. La capucha del destiltraje ocultaba la línea de su mandíbula. Su boca, sin embargo, era firme. Había una gran fuerza en ella... y determinación. Sus palabras estaban henchidas de intensa resolución. «...me atrevo mucho más...». Era algo que hubiera podido decir muy bien Duncan Idaho. Y los tleilaxu habían tallado a su ghola mucho mejor de lo que creían... o bien todo esto era tan sólo una estratagema y formaba parte de su propio condicionamiento.

—Explícate, ghola —ordenó ella.

—Conócete a ti mismo... ¿no es esta vuestra orden? —respondió él.

De nuevo, ella adivinó su tono divertido.

—¡No juegues con las palabras conmigo, especie de... de... *cosa!* —exclamó. Puso su mano junto al crys en la funda de su cuello—. ¿Por qué te han ofrecido a mi hermano?

—Vuestro hermano me dijo que vos habíais espiado la presentación —dijo él—. Me oísteis responder a esta misma pregunta.

—¡Respóndela de nuevo... para mí!

—Se supone que debo destruirlo.

—¿Es esta la forma de hablar de un mentat?

—Conocéis la respuesta a esto sin necesidad de que os la ofrezca —reprochó él—. Y sabéis también que un presente así no era necesario. Vuestro hermano se está destruyendo a sí mismo muy adecuadamente.

Ella sopesó aquellas palabras, con su mano sujetando la empuñadura de su cuchillo. Era una respuesta engañosa, pero había sinceridad en su voz.

—Entonces, ¿por qué ese presente? —preguntó.

—Es posible que ello divirtiera a los tleilaxu. Y es cierto que la Cofradía me solicitó como tal presente.

—¿Por qué?

—La misma respuesta.

—¿En qué soy negligente con mis poderes?

—¿Cómo los estáis usando? —preguntó a su vez él.

Su pregunta penetró a través de todas sus dudas. Apartó la mano de su cuchillo y preguntó:

—¿Por qué dices que mi hermano se está destruyendo a sí mismo?

—¡Oh, ya basta, niña! ¿Dónde están esos alardeados poderes? ¿No poseéis la habilidad de razonar?

Controlando su ira, ella dijo:

—Razona *por* mí, mentat.

—Muy bien —él echó una mirada circular a su escolta, y volvió su atención al rumbo. La llanura de Arrakeen estaba empezando a verse tras el borde norte de la Muralla Escudo. El diseño de los pueblos en los pan y graben quedaba difuminado bajo las nubes de polvo—. Síntomas —dijo—. Vuestro hermano mantiene a su lado a un oficial Panegirista qué...

—¡Qué fue un presente de los Naibs Fremen!

—Un extraño presente por parte de unos amigos —dijo él—. ¿Por qué querrían rodearlo de adulaciones y servilismo? ¿Habéis escuchado realmente a ese Panegirista? «*El pueblo está iluminado por Muad'dib. El Regente Umma, nuestro Emperador, ha salido de las tinieblas para brillar resplandeciente ante todos los hombres. El es nuestro Señor. Es el agua preciosa de una inagotable fuente. Derrama alegría para que todo el universo pueda beberla.*» ¡Puah!

Hablando muy suavemente, Alia dijo:

—Si repitiera tus palabras a nuestra escolta Fremen, te convertirían en alimento para los pájaros.

—Entonces repetídselas.

—¡Mi hermano gobierna por las leyes naturales del cielo!

—Vos no creéis esto; entonces ¿por qué lo decís?

—¿Cómo sabes lo que yo creo? —Sentía un temblor que ningún poder Bene Gesserit podía controlar. Aquel ghola tenía sobre ella un efecto que no había anticipado.

—Me habéis ordenado que razonara como un mentat —le recordó él.

—¡Ningún mentat sabe lo que yo creo! —Inspiró por dos veces, profunda, temblorosamente—. ¿Cómo te atreves a juzgarnos?

—¿Juzgaros? Yo no os juzgo.

—¡No tienes la menor idea de cómo hemos sido educados!

—Ambos habéis sido educados para gobernar —dijo él—. Habéis sido condicionados a una avidez extrema de poder. Habéis sido imbuidos con un sutil conocimiento de la política y un profundo conocimiento de los usos de la guerra y del ritual. ¿Ley natural? ¿Qué ley natural? Ese mito ha obsesionado la historia humana. ¡Obsesionado! Es un fantasma. Es insustancial, irreal. ¿Es vuestro Jihad una ley natural?

—Parloteo de mentat —dijo ella despectivamente.

—Soy un servidor de los Atreides, y hablo con sinceridad —dijo él.

—¿Servidor? Nosotros no tenemos servidores, sólo discípulos.

—Y yo soy un discípulo de la consciencia —dijo él—. Comprended esto, niña, y...

—¡No me llames niña! —restalló ella. Extrajo a medias su crys de la funda.

—Lo retiro. —La miró, sonrió, y volvió su atención al control del tóptero. La dentada estructura de la Ciudadela de los Atreides era ya visible ahora, dominando los suburbios del norte de Arrakeen—. Hay algo antiguo en vuestra carne que es más que una niña —dijo—. Y la carne se ha visto alterada por el nacimiento de la mujer.

—No sé por qué te estoy escuchando —gruñó ella, pero volvió a dejar el crys en su funda y secó sus palmas contra su ropa. Sus palmas, húmedas de transpiración, alteraban su sentido de frugalidad Fremen. ¡Qué despilfarro de humedad corporal!

—Escucháis porque sabéis que soy devoto a vuestro hermano —dijo él—. Mis acciones son claras y fácilmente comprensibles.

—Nada en ti es claro y fácilmente comprensible. Eres la criatura más compleja que jamás haya visto. ¿Cómo puedo saber lo que los tleilaxu han ocultado dentro de ti?

—Involuntariamente o a conciencia —dijo él—, me han dejado libre de modelarme a mí mismo.

—Te escudas en parábolas Zensunni —acusó ella—. El hombre sabio se moldea a sí mismo... el estúpido vive tan sólo para morir —su voz estaba saturada de burlona imitación—. ¡Discípulo de la consciencia!

—Los hombres no pueden separar los medios y la iluminación —dijo él.

—¡Estás hablando con acertijos!

—Hablo a la mente abierta.

—Voy a repetirle todo esto a Paul.

—Ya lo ha oído en su mayor parte.

Ella se sintió prendida por la curiosidad.

—¿Cómo es posible que sigas vivo... y libre? ¿Qué te dijo él al respecto?

—Se echó a reír. Y dijo: «La gente no quiere a un contable por Emperador; quiere un dueño, alguien que les proteja del cambio». Pero admitió que la destrucción del Imperio podía surgir de él mismo.

—¿Cómo pudo decirte tales cosas?

—Porque lo convencí de que comprendía su problema y podía ayudarle.

—¿Qué pudiste decirle para ello?

El permaneció silencioso, conduciendo el tóptero en un suave descenso que lo conducía hacia la zona de aterrizaje en el área de la guardia, en el techo de la Ciudadela.

—¡Te he pedido que me dijeras lo que le habías dicho a él!

—No estoy seguro de que vos lo podáis captar.

—¡Yo seré el único juez al respecto! ¡Te ordeno que me respondas ahora mismo!

—Permitidme que aterrice primero —dijo él. Y sin esperar su permiso, conectó el sistema de aterrizaje, desplegó las alas a su altura óptima, y se posó suavemente en la brillante marca anaranjada en el techo del edificio.

—Ahora —dijo Alia—, habla.

—Le dije que soportarse uno a sí mismo podía ser la tarea más pesada de todo el universo.

Ella agitó la cabeza.

—Esto es... esto es...

—Una amarga píldora —dijo él, observando como los guardias corrían hacia ellos por el techo y se situaban en sus posiciones de escolta.

—¡Un amargo desatino!

—El más grande conde del palatinado y el más humilde de los siervos asalariados deben enfrentarse al mismo problema. No podéis alquilar a un mentat o a cualquier otro intelecto para que lo resuelva por vos. No hay ningún mandamiento de investigación o llamamiento o testimonio que proporcione respuestas. Ningún servidor, o discípulo, puede ocultar la herida. Debéis hacerlo vos misma, o continuar sangrando a la vista de todos.

Ella se volvió, consciente en aquel mismo momento de que su acción traicionaba sus sentimientos. Sin ningún ardid de voz o engaño forjado por brujerías, él había alcanzado una vez más lo más profundo de su psique. ¿Cómo lo había conseguido?

—¿Qué le has aconsejado que hiciera? —murmuró.

—Le dije que juzgara, para imponer un orden.

Alia miró hacia la guardia, observando cuán pacientemente aguardaban... cuán ordenadamente.

—Para dispensar justicia —murmuró ella.

—¡No es esto! —restalló él—. Le sugerí que juzgara tan sólo guiado por un principio quizá...

—¿Y?

—Conservar a sus amigos y destruir a sus enemigos.

—Juzgar injustamente, entonces.

—¿Qué es la justicia? Dos fuerzas en colisión. Cada una de ellas posee el derecho dentro de su propia esfera. Y las soluciones que impone un Emperador obedecen a un orden. Las colisiones que no puede prevenir... debe resolverlas.

—¿Cómo?

—Del modo más simple: decidiendo.

—Conservando a sus amigos y destruyendo a sus enemigos.

—¿No es esto la estabilidad? El pueblo quiere el orden, de este tipo o de cualquier otro. Vive en la prisión de sus apetitos y contempla como la guerra se convierte en un deporte para los ricos. Es una peligrosa forma de sofisticación. Es el desorden.

—Sugeriré a mi hermano que tú eres demasiado peligroso y que debes ser destruido —dijo ella, girándose para hacerle frente.

—Una solución que ya le he sugerido —dijo él.

—Y es por eso por lo que eres peligroso —dijo ella, midiendo sus palabras—. Has dominado tus pasiones.

—No es por *eso* por lo que soy peligroso. —Antes de que ella pudiera moverse, se había inclinado, había sujetado su mentón con una mano, y había depositado sus labios en los de ella.

Fue un beso suave y breve. El retrocedió y ella se le quedó mirando sorprendida, notando las sonrisas en los rostros de los guardias que aguardaban en ordenada atención, brusca y espasmódicamente disimuladas.

Alia puso un dedo contra sus labios. Había algo tan familiar en aquel beso. Los labios de él tenían un sabor a futuro que ella había entrevisto en alguna de las alternativas prescientes. Con el aliento entrecortado, dijo:

—Debería hacerte azotar.

—¿Porque soy peligroso?

—¡Porque presumes demasiado!

—No presumo nada. No tomo nada que no me haya sido ofrecido antes. —Abrió la portezuela del aparato, saltó afuera—. Venid. Nos hemos retrasado demasiado vagabundeando como estúpidos. —Se dirigió a largas zancadas hacia el domo de entrada más allá de la zona de aterrizaje.

Alia saltó afuera también, y tuvo que correr para ponerse a su altura.

—Le diré todo lo que me has dicho y todo lo que has hecho —murmuró.

—Muy bien. —Mantuvo la puerta abierta para ella.

—Ordenará que seas ejecutado —dijo ella, entrando en el domo.

—¿Por qué? ¿Porque he tomado el beso que deseaba? —La siguió, obligándola a avanzar un poco con su movimiento. La puerta se cerró tras él.

—¡El beso que *tú* deseabas! —Se sintió ultrajada.

—De acuerdo, Alia. Digamos entonces el beso que vos queríais. —La hizo avanzar hacia el campo del descensor.

Y este movimiento la propulsó hacia una mayor consciencia, y se dio cuenta de su sinceridad... de la profunda veracidad de sus palabras. *El beso que yo deseaba*, se dijo a sí misma. *Es cierto*.

—Tu sinceridad, esto es lo que te hace peligroso —dijo, siguiéndole.

—Volvéis a los caminos de la sabiduría —dijo él, sin interrumpir su marcha—. Un mentat no hubiera podido decirlo más directamente. Ahora: ¿qué es lo que habéis visto en el desierto?

Ella aferró su brazo, obligándole a detenerse. Había ocurrido de nuevo: la había sorprendido penetrando agudamente en su consciencia.

—No puedo explicarlo —dijo—, pero no puedo dejar de pensar en los Danzarines Rostro. ¿Por qué?

—Esta es la razón por la que vuestro hermano os ha enviado al desierto —dijo él, asintiendo con la cabeza—. Habladle de este persistente pensamiento.

—¿Pero por qué? —Ella agitó su cabeza—. ¿Por qué los Danzarines Rostro?

—Es una mujer joven la que ha sido hallada muerta allá —dijo él—. Pero quizá no haya sido informada la desaparición de ninguna mujer joven entre los Fremen.

Pienso que es una alegría saberse vivo, y me pregunto si alguna vez podré sumergirme dentro de mí mismo hasta las raíces de esta carne y conocer quién fui realmente. Ahí están las raíces. Si alguno de mis actos llegará a descubrírmelo alguna vez es algo que permanece enmarañado en el futuro. Pero todas las cosas que un hombre puede hacer son mías. Cada uno de mis actos puede conseguirlo.

—El Ghola habla. Comentarios de Alia

Inmerso en el penetrante olor de la especia, derivando en las profundidades interiores del trance oracular, Paul vio la luna transformarse en una esfera alargada. Rodó y se retorció, silbó profundamente... el terrible silbido de una estrella extinguiéndose en un mar infinito... cayendo... cayendo... cayendo... como una pelota arrojada por un niño.

Desapareció.

Aquella luna ya no estaba allí. La comprensión lo invadió. Había desaparecido: ya no había más luna. La tierra se estremeció como un animal mudando la piel. El terror lo arrastró.

Paul se irguió en su camastro, los ojos enormemente

abiertos, alucinados. Parte de él miraba hacia afuera, parte hacia adentro. Afuera, vio la reja de plasmeld que cerraba su estancia privada, y supo que yacía junto a uno de los abismos de piedra de su Ciudadela. Adentro, continuaba viendo caer la luna.

¡Afuera! ¡Afuera!

Su reja de plasmeld dominaba, bajo la cegadora luz del mediodía, todo Arrakeen. Adentro... la noche era terriblemente oscura. Un ramillete de suaves olores ascendía hasta sus sentidos desde un jardín en terrazas, pero ningún perfume floral podía alejar aquella luna que seguía cayendo.

Paul apoyó sus pies en la fría superficie del suelo, miró al otro lado de la reja. Podía ver directamente a través del gracioso arco de una pasarela construida con cristales estabilizados de oro y platino. Joyas de fuego traídas del lejano Cedon decoraban el puente. Conducía hasta las galerías de la ciudad interior a través de un estanque y una fuente repletas de flores acuáticas. Si se inclinaba hacia afuera, sabía Paul, podría mirar hacia abajo entre pétalos rojos como la sangre fresca, retorciéndose y ondulando aquí y allí... manchas de dolor agitándose en un torrente de color esmeralda.

Sus ojos absorbían la escena sin conseguir sustraerse a la presa de la especia.

Aquella terrible visión de una luna aniquilada.

La visión sugería una monstruosa pérdida de seguridad individual. Quizá había visto la caída de su civilización, derribada por sus propias pretensiones.

Una luna... una luna... una luna cayendo.

Había tomado una dosis masiva de esencia de especia para penetrar en el muro de lodo levantado por el tarot. Y no había visto más que aquella luna cayendo y aquel odiado camino que conocía desde el principio. Comprar un fin para el Jihah, apagar el volcán de la carnicería, desacreditarse a sí mismo.

Retirarse... retirarse... retirarse...

El perfume floral de la terraza jardín le recordó a Chani. Deseó estar ahora entre sus brazos, entre los acariciantes brazos de amor y olvido. Pero ni siquiera Chani podía exorcisar aquella visión. ¿Qué diría Chani si acudía a ella con la afirmación de que llevaba una muerte particular en su mente? ¿Sabiendo que era inevitable, por qué no elegir una muerte aristocrática, terminando su vida en un secreto toque decorativo que dispersaría todos aquellos años aún por venir? ¿Morir antes de que llegara el fin de la fuerza de voluntad no era acaso una elección aristocrática?

Avanzó a través de la abertura en la reja y salió al balcón, contemplando las flores y enredaderas del jardín. Su boca tenía la sequedad propia de una marcha por el desierto.

La luna... la luna... ¿dónde está esa luna?

Pensó en la descripción de Alia, el cuerpo de aquella joven hallada en las dunas. ¡Una Fremen adicta a la semuta! Todo encajaba en el horrible esquema que había entrevisto.

Uno no recibe nada de este universo, pensó. *Tan sólo nos concede lo que él quiere.*

Observó una concha de los lejanos mares de la Madre Tierra colocada en una mesa baja junto al balcón. Tomó la lustrosa suavidad entre sus manos, intentando retroceder en el Tiempo. La perlina superficie reflejaba rutilantes lunas de luz. Levantó sus ojos hacia el cielo, más allá de los jardines, contemplando las franjas de polvoriento arcoiris que brillaban en el plateado sol.

Mis Fremen se llaman a sí mismos «Hijos de la Luna», pensó.

Dejó de nuevo la concha sobre la mesa y avanzó a lo largo del balcón. ¿Rechazaba aquella terrible luna toda esperanza de escapar? Buscó un significado en la región de la comunión mística. Se sentía débil, desamparado, atrapado aún por la especie.

En el extremo norte de su abismo de plasmeld, se detuvo y contempló los bajos edificios de la administración del gobierno. El tráfico peatonal era intenso en las terrazas. Le pareció que la gente se movía como un friso contra el fondo de las puertas, paredes y el dibujo de las tejas. ¡La gente era como tejas! Cuando parpadeó, la imagen no se borró de su mente. Un friso.

Una luna cae y desaparece.

Hasta él llegó el sentimiento de que la ciudad más allá de su fortaleza había sido traducida a un símbolo extraño para aquel universo. Los edificios que podía ver habían sido erigidos en la llanura donde sus Fremen habían aniquilado a las legiones Sardaukar. El antiguo ruido de las batallas se había transformado ahora en el sordo rumor del comercio.

Deteniéndose en el otro extremo del balcón, Paul observó a su alrededor. Desde allí su vista dominaba un suburbio donde las edificaciones se perdían entre rocas y las últimas lenguas de arena del desierto. El templo de Alia dominaba el conjunto; colgaduras verdes y negras a lo largo de los dos mil metros de sus paredes desplegaban el símbolo de la luna de Muad'dib.

Una luna cayendo.

Paul se pasó una mano por su frente y ojos. La metrópoli-símbolo le oprimía. Despreciaba sus propios pensamientos. Tal vacilación en otra persona hubiera provocado su ira.

¡Odiaba aquella ciudad!

Una rabia nacida del hastío llameaba y hervía muy profundamente en él, nutrida por decisiones que no había podido evitar. Sabía qué senda debían seguir sus pies. La había visto innumerables veces. ¿La había *visto?* Una vez... hacía mucho tiempo, había pensado en sí mismo como en el inventor de un sistema de gobierno. Pero su invento había caído en los viejos esquemas. Era como algún horrible artilugio con memoria plástica. Se puede modelar como uno desee, pero basta un momento de relajación y regresa inmediatamente a las antiguas formas. Fuerzas que trabajaban más allá de su alcance, en los corazones humanos, lo eludían y desafiaban.

Paul paseó su mirada a lo largo de los techos. ¿Cuántos tesoros de vidas no confinadas albergaban aquellos techos? Entreveía lugares verdes llenos de vida, plantaciones al aire libre, entre las superficies rojo teja y dorado de los techos. Verde, el regalo de Muad'dib y su agua. Huertos y arboledas descansaban en el interior de aquella senda... jardines al aire libre que rivalizaban con los del legendario Líbano.

—Muad'dib derrocha el agua como un loco —decían los Fremen.

Paul se llevó de nuevo las manos a los ojos.

La luna cayendo.

Apartó sus manos, miró a su metrópoli con una visión más clara. Los edificios tenían ahora un aura de monstruosa barbarie imperial. Se veían enormes y brillantes bajo el sol de septentrión. ¡Coloso! Cada extravagancia arquitectónica que pudiera producir una demencial historia se extendía bajo sus ojos: terrazas con las proporciones de una meseta, plazas tan amplias como algunas ciudades, parques, locales, lugares donde el desierto había sido cultivado.

El más soberbio arte se había abocado a inexplicables prodigios de atroz mal gusto. Detalles que nunca antes había apreciado tan nítidamente aparecían ahora ante él: una puerta trasera extraída de la antigua Bagdad... un domo soñado en un mítico Damasco... un arco de baja gravedad de Atar... armónicas elevaciones y curiosos pozos. Todo ello creando un efecto de inigualada magnificencia.

¡Una luna! ¡Una luna! ¡Una luna!

La frustración lo confundía. Notó la presión de las masas del inconsciente, aquel germinante barrer de la humanidad a través del universo. Embestían contra él con la fuerza de una poderosa marea. Sintió las vastas migraciones que regían las cosas humanas: remolinos, corrientes, flujos de genes. Ningún dique de abstinencia, ninguna magnitud de impotencia o maldiciones podía detenerlas.

El Jihad de Muad'dib no era más que un parpadeo en aquel amplio movimiento. Nadando en aquella marea, la Bene Gesserit, aquella entidad que manipulaba en los genes, estaba atrapada también en el mismo torrente que él. Visiones de una luna cayendo debían ser medidas frente a otras leyendas, otras visiones en un universo donde incluso las aparentemente eternas estrellas se desvanecían, declinaban, morían...

¿Qué importancia podía tener una simple luna en tal universo?

Lejos en el interior de la fortaleza de su ciudadela, tan

profundamente que algunas veces se perdía en el flujo de los ruidos de la ciudad, el sonido de una rebaba de diez cuerdas compuso las notas de una canción del Jihad, un lamento por una mujer dejada atrás en Arrakis:

Sus caderas son dunas curvadas por el viento,
Sus ojos relucen como el calor del verano.
Dos trenzas cuelgan a lo largo de su espalda...
¡Su pelo es rico en anillos de agua!
Mis manos recuerdan su piel,
Su fragancia de ámbar, su olor a flores.
Mis párpados tiemblan con el recuerdo...
¡La llama blanca del amor agita mi cuerpo!

La canción lo enfermó. ¡Una tonada para criaturas estúpidas anegadas en sentimentalismo! Dedicada quizá al cuerpo en las dunas que Alia había ido a examinar.

Una silueta se movió en las sombras al otro lado de la reja que daba al balcón. Paul se volvió rápidamente.

El ghola emergió al resplandor del sol. Sus metálicos ojos brillaron.

—¿Eres Duncan Idaho o el hombre llamado Hayt? —preguntó Paul.

El ghola se detuvo a dos pasos frente a él.

—¿Cuál de ellos prefiere mi Señor? —su voz arrastraba un suave tono de prudencia.

—Que hable el Zensunni —dijo Paul amargamente. *¡Insinuaciones dentro de insinuaciones!* ¿Qué podía un filósofo Zensunni decir o hacer para cambiar un ápice de la realidad que se desplegaba ante él?

—Mi Señor está preocupado.

Paul se volvió y fijó sus ojos en la lejana escarpadura de la Muralla Escudo, observando los arcos y contrafuertes excavados por el viento, una terrible parodia de aquella ciudad. ¡La naturaleza burlándose de él! *¡Mira lo que yo puedo edificar!* Reconoció un corte en el lejano macizo, un lugar donde la arena se derramaba de una hendidura, y pensó: *¡Ahí! ¡Ahí fue donde nos enfrentamos a los Sardaukar!*

—¿Qué preocupa a mi Señor? —preguntó el ghola.

—Una visión —murmuró Paul.

—Ahhhhh, cuando los tleilaxu me despertaron la primera vez, tuve visiones. Me sentía inquieto, solo... aunque sin saber realmente si estaba solo. No entonces. ¡Mis visiones no me revelaron nada! Los tleilaxu me dijeron que era tan sólo una intrusión de la carne que sufrimos tanto los hombres como los gholas, una dolencia nada más.

Paul se volvió y estudió al ghola en los ojos, aquellas aceradas esferas desprovistas de expresión. ¿Qué visiones podían haber contemplado aquellos ojos?

—Duncan... Duncan... —murmuró Paul.

—Soy llamado Hayt.

—Vi una luna cayendo —dijo Paul—. Desapareció. Destruida. Oí un gran silbido. La tierra se estremeció.

—Habéis bebido demasiado en el tiempo —dijo el ghola.

—¡Le pregunto al Zensunni y me responde el mentat! —dijo Paul—. ¡Muy bien! Habla de mi visión a través de tu lógica, mentat. Analízala y redúcela a simples palabras aptas para un funeral.

—Un funeral, efectivamente —dijo el ghola—. Pero vos corréis huyendo de la muerte. Os distendéis hacia el próximo instante, rehusando vivir aquí y ahora. ¡Un augurio! ¡Qué soporte para un Emperador!

Paul se sentía fascinado por un bien recordado lunar en el mentón del ghola.

—Intentando vivir en este futuro —dijo el ghola—, ¿le proporcionáis alguna sustancia a tal futuro? ¿Lo hacéis real?

—Si sigo la senda de mi visión del futuro, estaré vivo *entonces* —murmuró Paul—. ¿Qué te hace pensar que quiero vivir allí?

El ghola se alzó de hombros.

—Me habéis pedido una respuesta sustancial.

—¿Dónde está esa sustancia en un universo compuesto por acontecimientos? —preguntó Paul—. ¿Hay una respuesta final? ¿Acaso cada solución no produce nuevas preguntas?

—Habéis digerido tal cantidad de tiempo que tenéis

ilusiones de inmortalidad —dijo el ghola—. Incluso *vuestro* Imperio, mi Señor, debe vivir su tiempo y morir.

—No exhibas altares ennegrecidos por el humo ante mí —gruñó Paul—. He oído suficientes historias tristes acerca de dioses y mesías. ¿Por qué tendría que necesitar poderes especiales para prever mis propias ruinas al igual que las de todos los demás? —Agitó la cabeza—. ¡La luna cayendo!

—No habéis dado reposo a vuestra mente desde el principio —dijo el ghola.

—¿Es así como me destruyes? —preguntó Paul—. ¿Impidiéndome ordenar mis pensamientos?

—¿Puede ordenarse el caos? —preguntó el ghola—. Nosotros, los Zensunni, decimos: «No ordenar, esta es la unión última». ¿Qué podéis unir sin uniros primero a vos mismo?

—¡Estoy hechizado por una visión, y tú escupes tonterías! —se encolerizó Paul—. ¿Qué sabes tú de presciencia?

—He visto trabajar al oráculo —dijo el ghola—. He visto a aquellos que buscan signos y presagios para su provecho personal. Sienten temor a lo que buscan.

—Mi luna cayendo es real —susurró Paul. Inspiró temblorosamente—. Se mueve. Se mueve.

—Los hombres han sentido siempre temor de las cosas que se mueven por sí mismas —dijo el ghola—. Vos sentís temor de vuestros propios poderes. Las cosas que caen en vuestra cabeza no vienen de ninguna parte. Cuando caen fuera, ¿dónde van a parar?

—Me consuelas clavándome espinas —gruñó Paul.

Una iluminación interior resplandeció en el rostro del ghola. Por un momento, fue puro Duncan Idaho.

—Os doy todo el consuelo que me es posible —dijo.

Paul pensó en aquel momentáneo espasmo. ¿Había descubierto Hayt una de sus propias visiones?

—Mi luna tiene un nombre —murmuró Paul.

Dejó que la visión fluyera en él. Todo su ser gritaba, pero ningún sonido escapó de su boca. Sentía miedo de hablar, temía que su voz le traicionara. El aire de aquel terrible futuro estaba lleno con la ausencia de Chani. Su carne que había gritado en el éxtasis, sus ojos que habían ardido con el deseo, su voz que le había hechizado porque jamás había jugado con las trampas de los sutiles artificios... todo ello había desaparecido, había regresado al agua y a la arena.

Lentamente, Paul se volvió, mirando al presente de la plaza ante el templo de Alia. Tres peregrinos de afeitadas cabezas habían penetrado en ella, procedentes de la avenida procesional. Llevaban ropas amarillas, y se apresuraban con las cabezas bajas contra el viento de la tarde. Uno de ellos cojeaba, arrastrando su pierna izquierda. Siguieron su camino contra el viento, giraron una esquina y desaparecieron de su vista.

Exactamente igual que había desaparecido su luna. Su visión seguía aún en él. Su terrible finalidad no le dejaba ninguna elección.

La carne se rinde, pensó. *La eternidad se retira. Nuestros cuerpos agitan brevemente estas aguas, danzan con una cierta intoxicación ante el amor a la vida y a sí mismos, se fijan con algunas extrañas ideas, luego se someten a los instrumentos del Tiempo. ¿Qué podemos decir al respecto? He sobrevenido. No soy... y sin embargo, he sobrevenido.*

Uno no implora la misericordia del sol.

**—Los Trabajos de Muad'dib, de los
Comentarios de Stilgar**

Un momento de incompetencia puede ser fatal, se recordó a sí misma la Reverenda Madre Gaius Helen Mohiam.

Renqueaba, aparentemente tranquila, dentro de un anillo de guardias Fremen. Uno de ellos a su lado, lo sabía, era sordomudo, inmune a cualquier ardid de la Voz. Era indudable que había sido encargado de matarla a la menor provocación.

¿Por qué la había llamado Paul?, se preguntó. ¿Era para comunicarle su sentencia? Recordó aquel otro día, hacía tanto tiempo, en que era ella quien le había probado a él... al chico kwisatz haderach. Había sido una terrible prueba.

¡Maldita fuera su madre por toda la eternidad! Había sido por su culpa que la Bene Gesserit había perdido el control de aquella línea genética.

El silencio la rodeaba a medida que cruzaba los abovedados pasadizos. Sintió que algo la precedía en aquel silencio... un mensaje. Paul debía estar escuchando el silencio. Quería saber cuándo llegaba antes de que fuera anunciada. Quiso engañarse a sí misma diciéndose que sus poderes eran superiores a los de él.

¡Maldito fuera!

Era consciente del peso que la edad imponía sobre ella: las doloridas articulaciones, reflejos más lentos de lo que hubiera deseado, los músculos no tan elásticos como eran en su juventud. Tras ella quedaban una larga jornada y una larga vida. Había consumido aquel día con el Tarot de Dune, en una fútil búsqueda de algún indicio acerca de su destino. Pero las cartas no querían trabajar.

Los guardias la condujeron, tras pasar un recodo, a lo largo de otro corredor abovedado que parecía no tener fin. Ventanas triangulares de metaglass, a su izquierda, revelaban a su paso un paisaje de viñas y flores color índigo entre las crecientes sombras formadas por el último sol de la tarde. Las losas bajo sus pies estaban decoradas con criaturas acuáticas de exóticos planetas. El agua estaba presente en todas partes. Abundancia... riqueza.

Siluetas embozadas pasaron cruzando otra estancia frente a ella, lanzando furtivas miradas a la Reverenda Madre. Era obvio que sabían quién era por sus actitudes... y por su tensión.

Concentró toda su atención en el agudo perfil de la cabeza del guardia que tenía frente a ella: carne joven, piel rosada por encima del cuello del uniforme.

La inmensidad de aquella ciudadela ighir empezaba a impresionarla. Corredores... corredores... Pasaron ante una puerta abierta de donde surgía el sonido de un timbur y una flauta interpretando una suave y antigua música. Su mirada tropezó con la mirada de unos ojos Fremen completamente azules observándola desde la estancia. Captó en aquellos ojos el fermento de las legendarias revueltas impregnando sus salvajes genes.

Allí estaba la medida del peso que llevaba ella, se dijo. Una Bene Gesserit no podía escapar a la consciencia de los genes y de su posibilidad. Se sintió impresionada por un profundo sentimiento de pérdida: ¡aquel testarudo estúpido de Atreides! ¿Cómo podía negar las joyas de posteridad que llevaba en su interior? ¡Un kwisatz haderach! Nacido fuera de su tiempo, es cierto, pero real... tan real como aquella abominación de su hermana... y ahí residía lo peligrosamente desconocido. Una Reverenda Madre salvaje producida sin ninguna de las inhibiciones Bene Gesserit, libre de toda lealtad al ordenado desarrollo de los genes. Poseía sin duda los mismos poderes que su hermano... y algunos más.

El tamaño de la ciudadela que la rodeaba la oprimía cada vez más. ¿Nunca iban a terminar aquellos corredores? Del lugar emanaba un terrible poder físico. Ningún planeta, ninguna civilización en toda la historia humana había visto nunca antes tal inmensidad hecha por manos humanas. ¡Hubiera podido albergar dentro de sus murallas a una docena de antiguas ciudades!

Cruzaron puertas ovaladas donde parpadeaban luces. Las reconoció como una creación ixiana: orificios de transporte neumático. ¿Por qué entonces la obligaban a andar toda aquella distancia? La respuesta empezó a definirse en su mente: para impresionarla como preparación a su audiencia con el Emperador.

Un indicio pequeño, pero que se unía a otras sutiles indicaciones... la relativa supresión y selección de palabras de su escolta, las huellas de primitivo respeto en sus ojos cuando la llamaban su *Reverenda Madre*, la fría y aséptica naturaleza de aquellos lugares... todo ello combinado para revelar cosas que una Bene Gesserit podía interpretar fácilmente. ¡Paul esperaba algo de ella!

Albergó un sentimiento de alivio. Existía algo que cambiar, una palanca. Necesitaba tan sólo saber la naturaleza de tal palanca y probar su fuerza. Algunas palancas habían movido cosas más grandes que aquella ciudadela. El toque de un dedo había bastado a veces para trastocar civilizaciones.

La Reverenda Madre se recordó entonces a sí misma la afirmación de Scytale: *Cuando una criatura se ha desarrollado de un modo determinado, elegirá morir antes que cambiar a su opuesto.*

Los pasadizos a través de los cuales iba siendo escoltada se hacían más amplios y sutilmente más altos... un cambio en las arcadas, una progresiva ampliación de las columnas que las sustentaban, la sustitución de las ventanas triangulares por huecos más amplios y oblongos. Frente a ella, finalmente, observó una doble puerta en el centro de la pared más alejada de una gran antesala. Tuvo la sensación de que las puertas eran *realmente* grandes, y tuvo que esforzarse por contener una exclamación cuando su entrenada consciencia midió sus proporciones reales. Las puertas tenían al menos ochenta metros de alto por la mitad de ancho.

A medida que se acercaba con su escolta, las puertas se abrieron hacia adentro... un inmenso y silencioso movimiento de una oculta maquinaria. Reconoció de nuevo un artilugio ixiano. Atravesando aquella imponente puerta, penetró entre sus guardias en la Gran Sala de Recepción del Emperador Paul Atreides... «Muad'dib, ante quien todo el mundo es pequeño». Ahora sabía el porqué de aquel dicho popular.

Mientras avanzaba hacia Paul, sentado en el distante trono, la Reverenda Madre se sintió mucho más impresionada por las sutilezas arquitectónicas que la rodeaban que por su inmensidad. El espacio era enorme: toda una ciudadela de cualquier gobernante a lo largo de toda la historia humana hubiera podido ser edificada allí. La vastedad de la sala decía mucho acerca de ocultas fuerzas estructurales exquisitamente equilibradas. Los tensores y columnas de sustentación tras aquellas paredes, y el distante domo del techo, superaban cualquier cosa hecha hasta entonces. Todo allí hablaba de genio arquitectónico.

Sin hacerse evidente, las paredes se aproximaban entre sí en su lejano final, a fin de que Paul no se viera aplastado por la magnitud de la estancia. Una inteligencia no entrenada, asombrada por las inmensas proporciones, lo vería así al primer momento como una figura varias veces mayor que su tamaño real. Los colores jugaban también con la psique no preparada: El trono verde de Paul había sido tallado en una única esmeralda de Hagar. Sugería cosas creciendo y, según los mitos Fremen, reflejaba el color de la aflicción. Susurraba que aquél que se sentaba allí podía provocar el dolor de uno... vida y muerte en un solo símbolo, una clave sutil de oposiciones. Tras el trono, los cortinajes caían en una cascada de colores: naranja llameante, el dorado de la arena de Dune, y salpicaduras del canela de la melange. Para un ojo entrenado el simbolismo era obvio, pero para el no iniciado contenían violentos martillos que golpeaban el inconsciente.

El tiempo también jugaba allí su papel.

La Reverenda Madre midió los minutos que necesitaba para aproximarse a la Presencia Imperial, su paso renqueante. Una tenía tiempo de impresionarse. Cualquier tendencia al resentimiento era desechada cuando la desenfrenada potencia mantenía los ojos enfocados en la persona de una durante tanto tiempo. Una iniciaba su larga marcha hacia aquel trono como un ser humano lleno de dignidad, pero la terminaba como un insecto.

Ayudantes y servidores de pie alrededor del Emperador en una secuencia curiosamente ordenada: los atentos guardias personales a lo largo de las paredes llenas de tapices; aquella abominación, Alia, dos peldaños por debajo de Paul y a su izquierda; Stilgar, el lacayo imperial, un peldaño directamente por debajo de Alia; y a la derecha, a un peldaño por encima del suelo de la sala, una figura solitaria: el reencarnado espectro de Duncan Idaho, el ghola. Observó viejos Fremen entre los guardias personales, barbudos Naibs con las huellas de los destiltrajes en su rostro, enfundados crys en sus cinturas, algunas pistolas maula, incluso algunas pistolas láser. Tenían que ser hombres de entera confianza, pensó, para llevar pistolas láser en presencia de Paul cuando obviamente éste debía llevar un generador a escudo. Pudo ver el temblor característico de su campo alrededor de él. Un impacto de láser en aquel campo, y toda la ciudadela se convertiría en un enorme cráter en el suelo.

Su guardia se detuvo a diez pasos de los peldaños del estrado y se apartó, dejando el camino expedito hacia el Emperador. Notó entonces la ausencia de Chani e Irulan, y meditó sobre ello. Se decía que no podía haber audiencia importante sin ellas.

Paul inclinó la cabeza en su dirección, silencioso, midiendo.

Inmediatamente, ella decidió pasar a la ofensiva.

—Así, el gran Paul Atreides se digna recibir a aquella a la que desterró —dijo.

Paul sonrió irónicamente, pensando: *Sabe que espero algo de ella.* Aquel conocimiento era inevitable y a todas luces evidente. Reconocía sus poderes. La Bene Gesserit no elegía al azar a sus Reverendas Madres.

—¿Podríais ahorrarme este juego de esgrima? —preguntó.

¿*Tan seguro está de sí mismo?*, se dijo a sí misma. Y en voz alta:

—Decidme lo que queréis.

Stilgar se envaró y dirigió una cortante mirada a Paul. Al lacayo imperial no le gustaba aquel tono.

—Stilgar quiere que os eche —dijo Paul.

—¿No desea mi muerte? —preguntó ella—. Esperaba algo más directo de parte de un Naib Fremen.

Stilgar frunció el ceño.

—A menudo —dijo— debo hablar de modo distinto a como pienso. A eso se le llama diplomacia.

—Entonces ahorrémonos también la diplomacia —dijo ella—. ¿Era necesario hacerme caminar toda esa distancia hasta aquí? Soy una mujer vieja.

—Era preciso mostraros lo duro que puedo ser —dijo Paul—. Así apreciaréis mejor mi magnanimidad.

—¿Os permitís tales torpezas con una Bene Gesserit? —preguntó ella.

—Los actos más burdos llevan también su propio mensaje —dijo Paul.

Ella vaciló, sopesando las palabras. Así... él podía liberarla... evidentemente, siempre que ella... si ella ¿qué?

—Decid lo que deseáis de mí —gruñó.

Alia miró a su hermano, inclinó la cabeza hacia los cortinajes tras el trono. Comprendía el razonamiento de Paul al respecto, pero no le gustaba. Podía llamarse a aquello una *profecía salvaje*: sentía en su interior el germen de la reluctancia a tomar parte en aquel trato.

—Cuidad el modo cómo me habláis, vieja mujer —dijo Paul.

Así me llamó también cuando era tan sólo un mocoso, pensó la Reverenda Madre. ¿*Quiere recordarme de nuevo la acción de mi mano en aquel pasado? ¿Debo tomar de nuevo la decisión que tomé entonces?* Sintió el terrible peso de la decisión como algo físico que hizo temblar sus rodillas. Sus músculos gritaban su fatiga.

—Ha sido una larga caminata —dijo Paul—, y puedo ver que estáis agotada. Nos retiraremos a mi sala privada tras el trono. Allí podréis sentaros —hizo una seña con la mano a Stilgar, y se puso en pie.

Stilgar y el ghola convergieron sobre ella, la ayudaron a subir los peldaños, siguieron a Paul a través de un corredor oculto por los cortinajes. Comprendió entonces por qué había sido recibida en la gran sala: una pantomima para los guardias y Naibs. Así pues, en cierto grado él les temía. Y ahora, ahora, desplegaba su benevolencia, atreviéndose a tales artimañas con una Bene Gesserit. ¿O estaba jugando con ella? Sintió otra presencia a su espalda, miró hacia atrás y vió a Alia siguiéndoles. Los ojos de la joven relucían sombríos y hostiles. La Reverenda Madre se estremeció.

La estancia privada al final del corredor era un cubo de plasmeld de veinte metros de lado, iluminado con globos amarillos, con las paredes tapizadas con la tela color naranja profundo de las destiltiendas del desierto. Contenía divanes, blandos almohadones, un débil olor a especia, jarras de cristal con agua en una mesita baja. Parecía pequeña, atestada, tras la otra vasta sala.

Paul hizo que se sentara en un diván y permaneció de pie ante ella, estudiando el viejo rostro... dientes artificiales de acero, ojos que ocultaban más de lo que revelaban, piel profundamente arrugada. Señaló una de las jarras de agua. Ella agitó negativamente la cabeza, revelando un mechón de cabellos grises.

Con voz muy baja, Paul dijo:

—Deseo tratar con vos acerca de la vida de mi amada.

Stilgar carraspeó.

Alia crispó sus dedos en el mango del crys en la funda colgada de su cuello.

El ghola permaneció en la puerta, con el rostro impasible, sus ojos de metal clavados en el vacío por encima de la cabeza de la Reverenda Madre.

—¿Habéis tenido una visión de mi mano en relación con su muerte? —preguntó la Reverenda Madre. No podía apartar su atención del ghola, su cualidad de algo extraño la impresionaba. ¿Pero qué podía temer del ghola? Era tan sólo un instrumento de la conspiración.

—Sé lo que esperáis de mí —dijo Paul, eludiendo su pregunta.

Entonces tan sólo sospecha, pensó ella. Bajó la vista hacia la punta de sus zapatos que emergían de los pliegues de su ropa. Negro... negro... Tanto los zapatos como la ropa mostraban las huellas de su confinamiento: manchas, arrugas. Levantó la barbilla, captó un destello de irritación en los ojos de Paul. La exultación surgió a través de todos sus poros, pero ocultó su emoción tras un fruncir de labios y párpados.

—¿Qué podéis ofrecer vos? —preguntó.

—Podréis obtener mi simiente, pero no mi persona —dijo Paul—. Irulan será repudiada y podrá ser inseminada artificialmente...

—¡Cómo os atrevéis! —la Reverenda Madre se envaró, con ojos refulgentes.

Stilgar avanzó medio paso.

De forma desconcertante, el ghola sonrió. Alia lo estudiaba con atención.

—No vamos a discutir las cosas que prohibe vuestra Hermandad —dijo Paul—. No queremos saber nada de pecados, abominaciones o creencias dejadas por los pasados Jihads. Podréis tener mi simiente para vuestros planes, pero ningún hijo de Irulan se sentará en mi trono.

—Vuestro trono —se mofó ella.

—*Mi* trono.

—¿Quién dará a luz entonces al heredero Imperial?

—Chani.

—Es estéril.

—Lleva un hijo en su seno.

Un involuntario contener la respiración evidenció su sorpresa.

—¡Estáis mintiendo! —restalló.

Paul levantó una imperiosa mano cuando Stilgar iba a lanzarse sobre ella.

—Hace dos días que sabemos que lleva un hijo mío.

—Pero Irulan...

—Tan sólo por medios artificiales. Esta es mi oferta.

La Reverenda Madre cerró los ojos para no ver el rostro de Paul. ¡Maldición! ¡Lanzar así los dados genéticos! La repugnancia ardía en su pecho. Las enseñanzas de la Bene Gesserit, las lecciones del Jihad Butleriano... todo ello prohibía una tal acción. Uno no podía manchar de este modo las más altas aspiraciones de la humanidad. Ninguna máquina podía funcionar del mismo modo que una mente humana. Ninguna palabra o acto podían implicar que el hombre podía ser conducido al nivel de los animales.

—Vuestra decisión —dijo Paul.

Ella agitó la cabeza. Los genes, los preciosos genes de los Atreides... sólo eso era importante. La necesidad iba más allá de las prohibiciones. Para la Hermandad, la fecundación era mucho más que la unión de la esperma y un óvulo. Había que capturar la psique.

La Reverenda Madre comprendía ahora las sutiles profundidades de la oferta de Paul. Aceptar representaría que la Bene Gesserit tomaba parte en un acto que provocaría el furor popular... si alguna vez era descubierto. La gente no aceptaría tal paternidad si el Emperador la negaba. Aquel trato perpetuaría los genes de los Atreides para la Hermandad, pero no les abriría el camino al trono.

La Reverenda Madre recorrió la estancia con la mirada, estudiando cada rostro: Stilgar, ahora pasivo y aguardando; el ghola, congelado en algún lugar interior; Alia espiando al ghola... y Paul... la cólera bajo una máscara transparente.

—¿Esa es vuestra única oferta? —preguntó ella.

—Mi única oferta.

Ella miró brevemente al ghola, percibiendo un breve movimiento de sus músculos a lo largo de sus mejillas. ¿Emoción?

—Tú, ghola —dijo—. ¿Puede hacerse una tal oferta? Y habiéndola hecho, ¿puede aceptarse? Funciona como mentat para nosotros.

Los metálicos ojos se volvieron hacia Paul.

—Responde como mejor creas —dijo Paul.

El ghola volvió de nuevo su atención a la Reverenda Madre, sorprendiéndola una vez más con una sonrisa.

—Una oferta es buena tan sólo en la medida de lo que ofrece —dijo—. El cambio ofrecido aquí es vida-por-vida, una transacción del más alto nivel.

Alia apartó un mechón de cabellos cobrizos de su frente y dijo:

—¿Y qué es lo que se oculta tras esa transacción?

La Reverenda Madre rehusó mirar a Alia, pero aquellas palabras quemaban en su mente. Sí, allí yacían profundas implicaciones. La hermana era una abominación, eso era cierto, pero no podía negar su status de Reverenda Madre, con todo lo que este título implicaba. Gaius Helen Mohiam se sentía en aquel momento no una sola persona, sino la suma de todas aquellas entidades contenidas en una Sacerdotisa de la Hermandad. Alia debía hallarse ahora en la misma situación que ella.

—¿Qué otra cosa? —preguntó el ghola—. Uno se pregunta por qué las brujas de la Bene Gesserit no han usado los métodos tleilaxu.

Gaius Helen Mohiam y todas las Reverendas Madres dentro de ella se estremecieron. Sí, los tleilaxu hacían cosas repulsivas. Si dejaban desmoronarse las barreras de la inseminación artificial, ¿iba a ser el próximo un paso tleilaxu... la mutación controlada?

Paul, observando el juego de emociones a su alrededor, se dio cuenta bruscamente de que ya no conocía a aquellos seres. Tan sólo podía ver extraños. Incluso Alia era una extraña.

—Si dejamos que los genes de los Atreides sean arrastrados por la corriente del río Bene Gesserit —dijo Alia—, ¿quién sabe cuál va a ser el resultado?

Gaius Helen Mohiam giró violentamente la cabeza, enfrentando la mirada de Alia. Por el instante de un relámpago, hubo allí tan sólo dos Reverendas Madres, comulgando con un mismo pensamiento: *¿Qué se oculta tras un acto tleilaxu? El ghola era una criatura tleilaxu. ¿Era él quien había puesto aquel plan en la mente de Paul?*

¿Tenía Paul intención de tratar directamente con la Bene Tleilax?

Apartó su mirada de la de Alia, consciente de sus ambivalencias e insuficiencias. La trampa del adiestramiento Bene Gesserit, se recordó a sí misma, se hallaba en los poderes que confería; tales poderes engañan a aquel que los usa. Uno tiende a creer que el poder puede superar cualquier barrera... incluida la de su propia ignorancia.

Tan sólo una cosa seguía siendo de importancia capital para la Bene Gesserit aquí, se dijo a sí misma: la pirámide de generaciones que había alcanzado su cúspide en Paul Atreides... y en la abominación de su hermana. Una elección equivocada, y toda aquella pirámide debería ser reconstruida... empezando de nuevo, generaciones atrás, en líneas paralelas pero con especímenes de distintas características que tal vez no fueran las ideales.

Mutación controlada, pensó. *¿La practican realmente los tleilaxu? ¡Qué tentador sería!* Agitó la cabeza, intentando apartar tales pensamientos.

—¿Rechazáis mi propuesta? —preguntó Paul.

—Estoy pensando —dijo ella.

Y miró de nuevo a la hermana. El cruce óptimo para aquella hembra Atreides se había perdido... matado por Paul. Sin embargo, quedaba aún otra posibilidad... una que podría *cimentar* las características deseadas en una descendencia. ¡Paul se atrevía a ofrecer métodos de cruce animal a la Bene Gesserit! ¿Cuánto estaba dispuesto a pagar realmente por la vida de su Chani? ¿Aceptaría un cruce con su propia hermana?

En busca de tiempo, la Reverenda Madre dijo:

—Decidme, oh intachable ejemplar de todo lo que es sagrado, ¿no tiene Irulan nada que decir acerca de vuestra proposición?

—Irulan hará lo que vos le digáis que haga —gruñó Paul.

Completamente cierto, pensó Mohiam. Encajó las mandíbulas, ofreció un nuevo gambito:

—Hay dos Atreides.

Paul, captando algo de lo que yacía oculto en la mente

de la vieja bruja, sintió que la sangre afluía a su rostro.

—Ciudad vuestras insinuaciones —dijo.

—Vos tan sólo estáis *usando* a Irulan para vuestros propios fines, ¿no? —dijo ella.

—¿No fue entrenada acaso para ser usada? —preguntó Paul.

Y fuimos nosotras quienes la entrenamos; eso es lo que está diciendo, pensó Mohiam. *Bien... Irulan es una moneda de doble valor. ¿Hay otra forma de gastar una moneda así?*

—¿Pondréis al hijo de Chani en el trono? —preguntó la Reverenda Madre.

—En *mi* trono —dijo Paul. Miró a Alia, preguntándose de pronto si ella conocía las divergentes posibilidades de aquel intercambio. Alia permanecía de pie con los ojos cerrados, con una extraña inmovilidad en todo su cuerpo. ¿Con qué fuerza interior estaba en comunión? Viendo así a su hermana, Paul se sintió lanzado a la deriva. Alia permanecía inmóvil sobre un escollo, y él se iba alejando inexorablemente de ella.

La Reverenda Madre tomó su decisión y dijo:

—Es algo demasiado importante para que decida una sola persona. Debo consultar con mi Consejo en Wallach. ¿Me permitís enviar un mensaje?

¡Como si necesitara mi permiso!, pensó Paul.

—De acuerdo —dijo—. Pero no os demoréis mucho. No esperaré sentado ociosamente mientras dicutís.

—¿Trataréis con la Bene Tleilax? —preguntó el ghola, y su voz fue una afilada instrusión.

Alia abrió bruscamente los ojos y miró al ghola como si fuera un peligroso intruso.

—No he tomado tal decisión —dijo Paul—. Voy a ir al desierto tan pronto como todo quede arreglado. Nuestro hijo nacerá en el sietch.

—Una sabia decisión —entonó Stilgar.

Alia rehusó mirar a Stilgar. Era una decisión equivocada. Lo sentía en cada una de sus células. También Paul *debía* saberlo. ¿Por qué se metía por su propio pie en aquel sendero?

—¿Ha ofrecido la Bene Tleilax sus servicios? —preguntó Alia. Vio que Mohiam espiaba la respuesta.

Paul agitó la cabeza.

—No. —Miró brevemente a Stilgar—. Stil, haz lo necesario para que el mensaje llegue a Wallach.

—Inmediatamente, mi Señor.

Paul se volvió y esperó a que Stilgar llamara a los guardias y saliera con la vieja bruja. Sintió a Alia debatiéndose con su deseo de hacerle más preguntas. Su hermana se volvió sin embargo hacia el ghola.

—Mentat —dijo—, ¿intentarán los tleilaxu ponerse en contacto con mi hermano?

El ghola se alzó de hombros.

Paul sintió que su atención vagaba. *¿Los tleilaxu? No... no en la forma que supone Alia.* Su pregunta, sin embargo, revelaba que ella no había visto las alternativas de todo aquello. Bien... la visión variaba de una a otra sibila. ¿Por qué no podían haber variaciones entre hermano y hermana? Vagando... vagando... Retazos de la conversación que se mantenía a su lado llegaban hasta él.

—...debe saber lo que los tleilaxu...

—...la totalidad de los datos es siempre...

—...considerables dudas en cuanto a...

Paul se volvió y miró a su hermana, captando su atención. Sabía que ella iba a ver las lágrimas en su rostro y a preguntarse sobre ellas. Que lo hiciera. Preguntarse era bueno ahora. Observó al ghola, viendo tan sólo a Duncan Idaho pese a los ojos metálicos. Tristeza y compasión luchaban en su interior. ¿Qué registraban aquellos ojos de metal?

Hay muchos grados de visión y muchos grados de ceguera, pensó Paul. Su mente recordó un párrafo de un pasaje de la Biblia Católica Naranja. *¿Qué sentidos nos fallan cuando no podemos ver el otro mundo que nos rodea por completo?*

¿Eran aquellos ojos de metal otro sentido distinto al de la vista?

Alia se acercó a su hermano, notando su absoluta tristeza. Tocó una lágrima de su mejilla con un gesto Fremen de emoción y dijo:

—No debemos llorar a aquellos que nos son queridos antes de su pérdida.

—Antes de su pérdida —susurró Paul—. Dime, hermanita, ¿qué es *antes*?

¡Ya estoy harto de todas esas historias de dioses y sacerdotes! ¿Crees que no puedo ver a través de mis propios mitos? Consulta tus datos una vez más, Hayt. Mis ritos han penetrado hasta en los más elementales actos humanos. ¡La gente come en nombre de Muad'dib! Hace el amor en mi nombre, nace en mi nombre... ¡No puede techarse el más miserable cobertizo en un mundo tan lejano como Gangishree sin invocar la bendición de Muad'dib!

—Libro de las Diatribas, de la Crónica de Hayt

—Arriesgáis mucho abandonando vuestro puesto y acudiendo a verme a esta hora —dijo Edric, mirando a través de las paredes de su tanque al Danzarín Rostro.

—Qué frágil y angosto es vuestro pensamiento —dijo Scytale—. ¿Quién ha venido a visitaros?

Edric vaciló, observando la tosca silueta de gruesas cejas y rostro abotagado. Era temprano aún, y el metabolismo de Edric todavía no había completado su ciclo nocturno y se había adentrado en el consumo de especia.

—Supongo que ésta no es la forma en la que recorríais las calles —dijo.

—Nadie miraría dos veces a algunas de las formas que he adoptado hoy —dijo Scytale.

El camaleón piensa que un cambio de apariencia basta para ocultarlo de todo, pensó Edric con una rara clarividencia. Y se preguntó si su presencia en la conspiración bastaría para ocultarla de todos los poderes oraculares. La hermana del Emperador, por ejemplo...

Edric agitó la cabeza, creando turbulencias en el gas anaranjado de su tanque, y dijo:

—¿Por qué habéis venido?

—El presente debe ser estimulado a un mayor ritmo de acción —dijo Scytale.

—Esto es imposible.

—Hay que hallar un medio —insistió Scytale.

—¿Por qué?

—Las cosas no están yendo como me gustaría. El emperador está intentando dividirnos. Se ha dirigido a la Bene Gesserit.

—Oh, *eso*.

—¡Eso! Debéis hacer que el ghola...

—Vosotros los tleilaxu fuisteis quienes lo modelasteis —dijo Edric—. Vosotros podéis responder a esto mejor que yo. —Hizo una pausa, acercándose a la pared transparente de su tanque—. ¿A menos que nos hayáis mentido en cuanto a ese presente?

—¿Mentido?

—Habéis dicho que ésa era un arma que bastaba apuntarla hacia su objetivo y dejarla que actuara por sí misma... nada más. Desde el momento en que el ghola fue entregado no deberíamos preocuparnos de él.

—Todo ghola puede ser desequilibrado —dijo Scytale—. Bastaría tan sólo que fuera interrogado acerca de su existencia original.

—¿Para qué?

—Eso lo incitaría a acciones que servirían a nuestros propósitos.

—Se trata de un mentat con poderes de lógica y de razonamiento —objetó Edric—. Podría adivinar lo que estoy intentando... o hacerlo la hermana. Si su atención está centrada en...

—¿Acaso no sois vos quien nos ocultáis de la sibila? —preguntó Scytale.

—No temo a los oráculos —dijo Edric—. Me preocupan la lógica, los espías reales, con poderes físicos, del Imperio, el control de la especia, la...

—Uno puede contemplar al Emperador y sus poderes confortablemente si tan sólo recuerda que todas las cosas son finitas —dijo Scytale.

De forma sorprendente, el Navegante se agitó, desplegando sus miembros como si fuera un tritón. Scytale dominó un sentimiento de repulsión ante aquel espectáculo. El Navegante de la Cofradía llevaba su habitual malla oscura abultada en la cintura por los varios contenedores de que iba provisto. Sin embargo... daba la impresión de estar desnudo cuando se movía. Todos sus movimientos, decidió Scytale, eran los de un nadador intentando atrapar algo que estaba fuera de su alcance, y revelaban una vez más los delicados lazos que unían su conspiración. No eran un grupo compatible. Y esto era una debilidad.

La agitación de Edric disminuyó. Miró fijamente a Scytale, con su visión coloreada por el gas anaranjado que lo sustentaba. ¿Qué complot había maquinado el Danzarín Rostro para tener en reserva a fin de protegerse a sí mismo?, se preguntó Edric. El tleilaxu no estaba actuando de forma predecible. Era un mal presagio.

Algo en las acciones y en la voz del Navegante le decían a Scytale que el hombre de la Cofradía temía a la hermana mucho más que al Emperador. Fue un brusco pensamiento destellando de pronto en la pantalla de su consciencia. Intranquilizador. ¿Habían pasado por alto algo importante acerca de Alia? ¿Era el ghola un arma suficiente para destruirlos a ambos?

—¿Sabéis lo que se dice de Alia? —preguntó Scytale.

—¿Qué queréis decir? —el hombre-pez estaba nuevamente agitado.

—La cultura y la filosofía nunca han tenido tal protectora —dijo Scytale—. El placer y la belleza unidos en...

—¿Qué hay de duradero en la belleza y el placer? —preguntó Edric—. Destruiremos a ambos Atreides. ¡Cultura! Derraman cultura tan sólo para gobernar mejor. ¡Belleza! Promocionan la belleza con la esclavitud. Crean una ignorancia ilustrada... la más manejable de todas. No dejan nada al azar. ¡Cadenas! En todos lugares forjan cadenas, esclavos. Pero los esclavos se rebelan siempre.

—La hermana podría concebir y dar a luz un hijo —dijo Scytale.

—¿Por qué habláis de la hermana? —preguntó Edric.

—El Emperador puede buscarle un compañero —dijo Scytale.

—Dejemos que lo haga. De todos modos, ya es demasiado tarde.

—Ni siquiera vos podéis inventar el próximo instante —hizo notar Scytale—. No sois un creador... como tampoco lo son los Atreides. —Agitó la cabeza—. Debemos evitar el ser demasiado presuntuosos.

—No somos de los que le damos a la lengua hablando de la creación.—protestó Edric—. No pertenecemos a esa chusma que intenta hacer un mesías de Muad'dib. ¿A qué viene esa estupidez? ¿Por qué estáis planteando tales cuestiones?

—A causa de este planeta —dijo Scytale—. *El* plantea cuestiones

—¡Los planetas no hablan!

—Este sí.

—¿Oh?

—Habla de creación. La arena agitándose en la noche es creación.

—La arena agitándose...

—Cuando uno se despierta, la naciente luz le muestra un mundo nuevo... virgen y dispuesto a recibir sus huellas.

¿Una arena sin huellas?, pensó Edric. *¿Creación?* Se sentía paralizado por una repentina ansiedad. El confinamiento en su tanque, la habitación que lo rodeaba, todo se cerraba sobre él, constriñéndolo.

Huellas en la arena.

—Habláis como un Fremen —dijo.

—Este es un pensamiento Fremen, y es instructivo —admitió Scytale—. Hablan del Jihad de Muad'dib diciendo que deja sus huellas en el universo del mismo modo que los Fremen dejan las huellas de sus pasos en la arena virgen. Huellas que se marcan en las vidas de los hombres.

—¿Y?

—Entonces llega la noche —dijo Scytale—. Y el viento sopla.

—Sí —dijo Edric—, el Jihad es finito. Muad'dib ha usado su Jihad y...

—No ha usado el Jihad —dijo Scytale—. El Jihad lo ha usado a él. Creo que él, si hubiera podido, lo hubiera parado.

—¿Si hubiera podido? Todo lo que tenía que hacer era...

—¡Oh, ya basta! —exclamó Scytale—. Uno no puede parar una epidemia mental. Se extiende de persona a persona a lo largo de parsecs. Es devastadoramente contagiosa. Golpea en los puntos menos protegidos, en los lugares donde se alojan los fragmentos de otras plagas semejantes. ¿Quién puede parar algo así? Muad'dib no posee el antídoto. Sus raíces se hunden hasta el caos. ¿Pueden las órdenes alcanzarlas allí?

—¿Acaso habéis sido contaminado también? —preguntó Edric. Giró lentamente en su gas anaranjado, preguntándose por qué las palabras de Scytale estaban cargadas con un tono tan inmenso de miedo. ¿Había roto el Danzarín Rostro con la conspiración? No había forma de horadar el futuro y examinar aquello ahora. El futuro se había convertido en una lodosa corriente, repleta de protestas.

—Todos estamos contaminados —dijo Scytale, y se recordó a sí mismo que la inteligencia de Edric tenía severos límites. ¿Cómo podía ser planteada aquella cuestión de modo que el hombre de la Cofradía pudiera comprenderla?

—Pero cuando lo hayamos destruido —dijo Edric—, el contagio...

—Debería dejaros en vuestra ignorancia —dijo Scytale—, pero mi deber no me lo permite. Además, se trata de algo peligroso para todos nosotros.

Edric se envaró, batiendo de tal modo un pie que levantó un torbellino de gas naranja en torno a sus piernas.

—Habláis extrañamente —dijo.

—Todo esto es explosivo —dijo Scytale, con voz muy calmada—. Está a punto de estallar. Cuando lo haga, va a dispersar sus fragmentos a lo largo de siglos. ¿Podéis comprender esto?

—Ya nos hemos enfrentado con religiones antes —protestó Edric—. Si esta nueva...

—¡No es *tan sólo* una religión! —exclamó Scytale, preguntándose acerca de lo que hubiera dicho la Reverenda Madre de la primaria educación de su camarada conjurado—. Un gobierno religioso es algo distinto. Muad'dib ha lanzado a sus Qizarate por todas partes, desplazando las antiguas funciones del gobierno. Pero no dispone de ningún servicio civil permanente, de ninguna embajada. Tan sólo tiene obispados, islotes de autoridad. En el centro de cada islote hay un hombre. Los hombres aprenden cómo adquirir y conservar un poder personal. Los hombres son celosos.

—Cuando los hayamos dividido, los absorberemos uno a uno —dijo Edric con una complaciente sonrisa—. Basta con cortar la cabeza, y el cuerpo se derrumba a los pocos momentos...

—Ese cuerpo tiene dos cabezas —dijo Scytale.

—La hermana... que puede unirse en matrimonio.

—Que seguramente se unirá en matrimonio.

—No me gusta vuestro tono, Scytale.

—Y a mí no me gusta vuestra ignorancia.

—¿Y qué ocurrirá si ella se une en matrimonio? ¿En qué perturba nuestros planes?

—Puede perturbar el universo.

—Pero ellos no son únicos. Yo, por ejemplo, poseo poderes con los cuales...

—Vos sois un niño. Titubeáis cuando ellos echan a correr.

—¡Ellos *no* son únicos!

—Olvidáis, Navegante, que hemos creado un kwisatz haderach. Está henchido con el espectáculo del Tiempo. Es una forma de existencia que no puede amenazar sin amenazarse a sí misma en idéntica forma. Muad'dib sabe que vamos a atacar a su Chani. Debemos movernos más rápidos de lo que él se mueva. Debéis poneros en contacto con el ghola, estimulándolo como os he indicado.

—¿Y si no lo hago?

—Podremos oír el estallido.

Oh, gusano de innumerables dientes,
¿Puedes tú negar lo que no tiene cura?
La carne y. el aliento que te atraen
Hacia las profundidades donde todo comienza,
¡Se alimentan de monstruos retorciéndose en
                              [una puerta de fuego!
No encontrarás nada que pueda cubrirte
De las intoxicaciones de la divinidad.
¡U ocultarte de las quemaduras del deseo!

—Canción del Gusano, del Libro de Dune

Paul había estado ejercitándose hasta el agotamiento en el salón de ejercicios, utilizando el crys y la espada corta contra el ghola. Ahora permanecía de pie junto a una ventana orientada a la plaza del templo, intentando imaginar la escena de Chani en la clínica. Había tenido que ser trasladada rápidamente allí a media mañana, en su sexta semana de embarazo. Los médicos que la atendían eran los mejores. Debían llamarle cuando tuvieran noticias.

Lóbregas nubes de media tarde, preñadas de arena, oscurecían el sol sobre la plaza. Los Fremen llamaban a este tiempo «aire sucio».

¿Por qué los médicos no habían llamado? Cada segundo

se deslizaba penosamente hacia el pasado, resistiéndose a entrar en aquel universo.

Esperar... esperar... La Bene Gesserit no había respondido una palabra desde Wallach. Por supuesto, estaban ganando deliberadamente tiempo.

Su visión presciente había registrado estos momentos, pero había aislado su consciencia del oráculo, prefiriendo el papel de ser un Pez del Tiempo dejándose arrastrar por las corrientes que lo conducían. El destino no permitía forcejeos ahora.

El ghola se dedicaba a colocar las armas en su sitio y a examinar el equipo. Paul suspiró, llevando una mano a su cinturón para desactivar el escudo. La eliminación del campo provocó un breve estremecimiento en su piel.

Haría frente a los acontecimientos cuando Chani regresara, se dijo a sí mismo. Entonces tendría tiempo de aceptar el hecho de que todo lo que le había ocultado a ella había prolongado su vida. ¿Era tan malo, se preguntó, preferir a Chani a un heredero? ¿Tenía derecho a elegir por ella? ¡Qué estúpidos pensamientos! ¿Quién podía vacilar enfrentándose a tales alternativas... pozos de esclavos, tortura, agonizante dolor... y cosas aún peores?

Oyó abrirse la puerta y los pasos de Chani.

Se volvió.

La muerte estaba en el rostro de Chani. El cinturón Fremen que sujetaba la cintura de sus ropas doradas, los anillos de agua que llevaba formando collar, una mano en su cadera (no lejos del cuchillo), la cortante mirada con la que inspeccionó la habitación... todo en la forma en que permanecía de pie allí hablaba de violencia.

El abrió sus brazos y la cobijó entre ellos, apretando muy fuerte.

—Alguien —gimió ella, hablando contra su pecho— me ha estado administrando un contraceptivo durante largo tiempo... antes de que empezara la nueva dieta. El nacimiento va a traer problemas a causa de ello.

—¿Pero hay algún remedio? —preguntó él.

—Remedios peligrosos. Conozco la fuente de ese veneno. Tendré su sangre.

—Mi Sihaya —susurró él, apretándola más fuerte para

180

calmar su repentino temblor—. Darás a luz a aquel que ambos queremos. ¿No te parece bastante?

—Mi vida arde más aprisa —dijo ella, apretándose contra él—. Ahora el nacimiento controla mi vida. Los médicos me han dicho que está viniendo a un terrible paso. Debo comer y comer... y tomar más especia... comerla, beberla. ¡La mataré por esto!

Paul acarició su mejilla.

—No, mi Sihaya. No matarás a nadie. —Y pensó: *Irulan prolongó tu vida, amor. Para ti, el momento del nacimiento será el momento de tu muerte.*

Sintió que el dolor tanto tiempo oculto fluía ahora de lo más profundo de su médula, vaciando su vida en una jarra negra.

Chani se apartó bruscamente de él.

—¡No puede ser perdonada!

—¿Quién ha dicho algo de perdón?

—¿Entonces por qué no puedo matarla?

Era una pregunta tan llanamente Fremen que Paul tuvo que contenerse para no exteriorizar su histérico deseo de echarse a reír.

—No nos ayudará en nada hacerlo —dijo.

—¿Has *visto* tú eso?

Paul sintió que sus entrañas se retorcían con el recuerdo de aquella visión.

—Lo que vi... lo que vi... —murmuró. Cada aspecto de los acontecimientos se correspondía con un presente que lo paralizaba. Se sentía encadenado a un futuro que, expuesto demasiado a menudo, lo había ligado a algo parecido a un súcubo insaciable. Una ardiente sequedad se adueñó de su garganta. ¿Había sido hechizado hasta tal punto por su propio oráculo, se preguntó, que se había convertido en presa de un despiadado presente?

—Dime lo que has visto —dijo Chani.

—No puedo.

—¿Por qué no puedo matarla?

—Porque yo te lo pido.

Observó que ella aceptaba aquello. Lo hizo del mismo modo que la arena acepta el agua: absorbiéndola y ocultándola. ¿Había obediencia bajo aquella superficie de ardiente cólera?, se preguntó. Y comprendió que la vida en la Ciudadela real no había cambiado a Chani. Ella simplemente se había detenido por un tiempo, sin llegar a ocupar aquella estación de tránsito en su largo viaje con su hombre. Nada de las costumbres del desierto había cambiado en su interior.

Chani retrocedió unos pasos, miró al ghola, que permanecía inmóvil junto al diamantino círculo de la zona de prácticas.

—¿Has cruzado tus hojas con él? —preguntó.

—Y eso me ha hecho sentirme mejor.

La mirada de ella siguió el círculo en el suelo, luego se clavó en los metálicos ojos del ghola.

—No me gusta —dijo.

—No usará la violencia contra mí —dijo Paul.

—¿Has visto *eso?*

—¡No lo he *visto!*

—¿Entonces cómo puedes saberlo?

—Porque es más que un ghola; es Duncan Idaho.

—Lo creó la Bene Tleilax.

—Crearon algo que va más allá de lo que pretendían.

Ella agitó la cabeza. Una esquina de su pañuelo nezhoni rozó el cuello de su ropa.

—¿Cómo puedes cambiar el hecho de que sigue siendo un ghola?

—Hayt —dijo Paul—, ¿eres tú el instrumento de mi destrucción?

—Si la sustancia de aquí y ahora es modificada, el futuro es modificado —dijo el ghola.

—¡Esto no es una respuesta! —objetó Chani.

Paul alzó la voz:

—¿Cómo voy a morir, Hayt?

Una luz destelló en los ojos artificiales.

—Se dice, mi Señor, que moriréis de riqueza y poder.

Chani se envaró.

—¿Cómo se atreve a hablarte así?

—El mentat dice la verdad —observó Paul.

—¿Era Duncan Idaho un auténtico amigo? —preguntó ella.

—Ofrendó su vida por mí.

—Se dice —murmuró Chani— que un ghola no puede ser restaurado a su entidad original.

—¿Me convertiríais? —preguntó el ghola, dirigiendo su vista a Chani.

—¿Qué quiere decir? —preguntó Chani.

—Convertir es cambiar —dijo Paul—. Pero no volver atrás.

—Cada hombre arrastra consigo su pasado —dijo Hayt.

—¿Y cada ghola? —preguntó Paul.

—En cierto modo, mi Señor.

—¿Y qué hay de ese pasado en el secreto de tu carne? —preguntó Paul.

Chani se dio cuenta de que la pregunta inquietaba al ghola. Sus movimientos se hicieron más rápidos, sus manos se cerraron en puños. Ella miró a Paul, preguntándose qué había querido probar él. ¿Acaso existía algún medio de restaurar aquella criatura convirtiéndola de nuevo en el hombre que había sido?

—¿Ha recordado alguna vez un ghola su pasado real? —preguntó Chani.

—Muchos lo han intentado —dijo Hayt, con la vista fija en el suelo junto a sus pies—. Ningún ghola ha regresado a su existencia anterior.

—Pero a ti te gustaría conseguirlo —dijo Paul.

Los inexpresivos ojos del ghola se clavaron en Paul con una apremiante intensidad.

—¡Sí!

—Si existe un medio... —dijo Paul en voz muy baja.

—Esta carne —dijo Hayt, tocándose la frente con su mano izquierda en un curioso movimiento que recordaba un saludo— no es la carne de mi nacimiento original. Es... renacida. Tan sólo la forma es familiar. Un Danzarín Rostro podría hacerlo tan bien como esto.

—No tan bien —dijo Paul—. Y tú no eres un Danzarín Rostro.

—Eso es cierto, mi Señor.

—¿De dónde proviene tu forma?

—De la huella genética de las células originales.

—En algún lugar —dijo Paul— había algo plástico que conservaba el recuerdo de la forma de Duncan Idaho. Se dice que los antiguos experimentaron esas regiones antes incluso del Jihad Butleriano. ¿Cuál es la extensión de este recuerdo, Hayt? ¿Qué aprendió del original?

El ghola se alzó de hombros.

—¿Y si no fuera Idaho? —preguntó Chani.

—Lo era.

—¿Puedes estar seguro? —preguntó ella.

—Es Duncan bajo cada uno de sus aspectos. No puedo imaginar una fuerza lo suficientemente intensa como para mantener constantemente esta forma sin ninguna relajación o desviación.

—¡Mi Señor! —objetó Hayt—. El hecho de que no podáis imaginar una cosa no la excluye de la realidad. Hay cosas que debo hacer como ghola que nunca hubiera hecho como hombre.

—¿Comprendes? —dijo Paul, volviendo su atención a Chani.

Ella asintió con la cabeza.

Paul se volvió, luchando con una profunda tristeza. Avanzó hacia la puerta que daba al balcón, apartó los cortinajes. La luz penetró bruscamente en la estancia. Ajustó el ceñidor de su ropa, escuchando los sonidos tras él.

Nada.

Se volvió. Chani permanecía de pie, inmóvil, como en trance, con su mirada fija en el ghola.

Hayt, se dio cuenta Paul, se había retirado a alguna parcela interior de su ser... un recóndito lugar propio del ghola.

Chani se volvió al oír regresar a Paul. Sintió la esclavitud de aquel instante que Paul había precipitado. Por un breve momento, el ghola se convirtió en un ser humano lleno de una intensa vida. Durante aquel momento no experimentó el menor miedo hacia él... sino más bien afecto y admiración. Ahora comprendía el propósito de Paul con aquella prueba. Había intentado hacerle ver el *hombre* dentro de aquella carne de ghola.

Miró a Paul.

—¿Ese hombre, era ese Duncan Idaho?

—Era Duncan Idaho. Sigue estando presente aquí.

—¿Habría *él* concedido la vida a Irulan? —preguntó Chani.

El agua no ha calado lo bastante profundo, pensó Paul.

—Si yo se lo hubiese órdenado —dijo.

—No lo comprendo —dijo ella—. ¿Acaso tú no estás furioso?

—Estoy furioso.

—No suenas... furioso. Suenas más bien triste.

El cerró los ojos.

—Sí. También estoy triste.

—Tú eres mi hombre —dijo ella—. Lo sé, pero repentinamente no te comprendo.

Bruscamente, Paul tuvo la sensación de que andaba a través de una larga caverna. Su carne se movía... un pie tras otro pie... pero sus pensamientos estaban en otro sitio.

—Ni yo mismo me comprendo —murmuró. Cuando abrió los ojos, se dio cuenta de que se había alejado de Chani.

—Mi amor —dijo ella, desde algún lugar tras él—, no te preguntaré de nuevo qué es lo que has *visto*. Sólo sé que voy a darte el heredero que deseas.

El asintió.

—Lo sabía desde el principio —dijo. Se volvió y la estudió. Chani parecía estar muy lejos.

Ella se irguió, puso una mano sobre su abdomen.

—Tengo hambre. Los médicos me han dicho que debo comer tres o cuatro veces más de lo que comía antes. Tengo miedo, mi amor. Eso va demasiado aprisa.

Demasiado aprisa, admitió él. *El feto sabe de la necesidad de apresurarse.*

La naturaleza audaz, de las acciones de Muad'dib puede contemplarse en el hecho de que sabía desde un principio que estaba encadenado, pero pese a ello no se movió ni un paso fuera de su camino. Lo dejó bien claro cuando dijo: «Os digo que llega ahora mi tiempo de prueba, que mostrará que soy el Ultimo Servidor». Así nos une a todos en Uno, amigos y enemigos, para que le adoremos. Es por esta razón y solamente por esta razón que sus Apóstoles oran: «Señor, sálvanos de los otros caminos que Muad'dib cubrió con las Aguas de Su Vida». Esos «otros caminos» tan sólo pueden ser imaginados con la más profunda revulsión.

—Del Yiam-el-Din (Libro del Juicio)

El mensajero era una mujer joven: su rostro, nombre y familia eran conocidos de Chani, y por ello pudo penetrar a través de la Seguridad Imperial.

Chani no hizo más que identificarla para un Oficial de Seguridad llamado Bannerjee, que preparó luego la entrevista con Muad'dib. Bannerjee actuó por instinto y con la seguridad que le daba el que el padre de la joven había sido un miembro de los Comandos de la Muerte del Emperador, los temibles Fedaykin, en·los días anteriores al Jihad. De otro modo, hubiera ignorado su petición de que· el mensaje debía ser escuchado tan sólo por los oídos de Muad'dib.

Fue, por supuesto, sondeada y registrada antes de introducirla en la oficina privada de Paul. Incluso así, Bannerjee la acompañó, una mano en su cuchillo, la otra sujetando su brazo.

Era casi mediodía cuando penetraron en la estancia... un extraño cubículo mezcla del desierto de los Fremen y la· aristocracia de las Familias. Tapices hiereg colgaban de tres de las paredes: delicadas colgaduras adornadas con figuras de la mitología Fremen. Una pantalla visora cubría la cuarta pared, una superficie gris plateada frente a un escritorio ovalado en cuya superficie tan sólo había un objeto, un reloj de arena Fremen construido dentro de un planetario. El planetario, un mecanismo a suspensor de Ix, mostraba las dos lunas de Arrakis en el clásico Trígono del Gusano, alineadas con el sol.

Paul, sentado tras el escritorio, contempló a Bannerjee. El Oficial de Seguridad era uno de aquellos que había llegado a su status a través de los rangos de la Guardia Fremen, alcanzando su puesto gracias a su inteligencia y probada lealtad pese a su ascendencia contrabandista evidenciada por su nombre. Era un hombre recio, más bien grueso. Mechones de cabello castaño colgaban sobre su frente como la cresta de algún pájaro exótico. Sus ojos eran totalmente azules, y observaban con la misma impasividad las escenas más emotivas como las más terribles atrocidades. Tanto Chani como Stilgar tenían plena confianza en él. Paul sabía que si le ordenaba a Bannerjee degollar a aquella muchacha inmediatamente, Bannerjee lo haría sin la menor vacilación.

—Señor, esta es la chica mensajera —dijo Bannerjee—. Mi Dama Chani dice que desea hablar con vos.

—Sí —asintió Paul brevemente.

De forma extraña, la muchacha no miraba hacia él. Su atención permanecía centrada en el planetario. Era de piel oscura, no muy alta, y las ropas que cubrían su cuerpo, de color vino y corte sencillo, hablaban de una cierta posición social. Sus cabellos negroazulados estaban sujetos por una estrecha banda de un material haciendo conjunto. Las ropas ocultaban sus manos. Paul sospechó que debían estar crispadas. Era algo que correspondía a su carácter. Cada cosa en ella correspondía a su carácter... incluso las ropas: un atuendo cuidadosamente reservado para tal circunstancia.

Paul indicó a Bannerjee que se retirara a un lado. Este vaciló antes de obedecer. Entonces la muchacha se movió... un paso hacia adelante. Su movimiento estaba lleno de gracia. Pero sus ojos seguían sin mirar hacia él.

Paul carraspeó.

Entonces la muchacha levantó los ojos, y aquellas pupilas sin blanco a su alrededor estaban impregnadas del respeto que se suponía debían mostrar. Tenía una carita extraña con un delicado mentón, un sentido de reserva en la forma en que fruncía su pequeña boquita. Los ojos parecían anormalmente grandes sobre sus inclinados pómulos. Había en ella un cierto aire de melancolía, algo que evidenciaba que reía muy raras veces. Las comisuras de sus ojos revelaban una ligera huella amarillenta que tan sólo podía ser explicada por la irritación debida a la arena o por una adicción a la semuta.

Todo correspondía a su personaje.

—Has pedido verme —dijo Paul.

El momento de la prueba definitiva para la imagen de la muchacha había llegado. Scytale había creado la forma, los ademanes, el sexo, la voz... todo lo que sus habilidades podían captar y asumir. Pero aquella era una mujer a la que Muad'dib había conocido en los días del sietch. Era tan sólo una niña entonces, pero ella y Muad'dib habían vivido experiencias comunes. Algunas áreas de la memoria debían ser eludidas cuidadosamente. Era el papel más delicado que Scytale hubiera emprendido nunca.

—Soy Lichna de Otheym de Berk al Dib.

La voz de la muchacha era débil, pero firme, al dar su nombre, el de su padre y el de su ascendencia.

Paul asintió. Ahora comprendía por qué Chani había sido engañada. El timbre de la voz, todo estaba reproducido con exactitud. De no haber sido por su propio adiestramiento Bene Gesserit con respecto à la voz, y por la trama del *dao* que sus visiones oraculares habían tejido en torno a él, aquel Danzarín Rostro le hubiera engañado incluso a él mismo.

Su adiestramiento ponía en evidencia ante él algunas discrepancias: la edad de la muchacha era ligeramente mayor de lo que le correspondía con respecto a la niña que había conocido tiempo atrás; había un excesivo control en el tono de sus cuerdas vocales; la configuración del cuello y hombros adoptaban una pose sutilmente distinta en altura a la de un Fremen. Pero también había otros detalles dignos de admiración: las ricas ropas habían sido cuidadosamente elegidas para evidenciar el actual status... y los rasgos habían sido copiados con una maravillosa exactitud. Todo ello hablaba de una cierta simpatía del Danzarín Rostro con respecto al papel que estaba representando.

—Reposa en mi hogar, hija de Otheym —dijo Paul, utilizando el saludo formal Fremen—. Eres bienvenida como el agua tras una seca jornada por el desierto.

Un ligero asomo de relajación evidenció la confianza que proporcionaba aquella aparente aceptación.

—Traigo un mensaje —dijo ella.

—El mensajero de un hombre es como si fuera el mismo hombre —dijo Paul.

Scytale respiraba pausadamente. Todo iba bien, pero ahora venía la tarea crucial: el Atreides debía ser guiado hacia aquel camino en particular. Debía perder a su concubina Fremen en tales circunstancias que sólo él pudiera sentirse responsable por ello. El fallo sólo podría atribuirse al *omnipotente* Muad'dib. La suprema consciencia de su responsabilidad ante tal fallo lo conduciría a aceptar la alternativa tleilaxu.

—Soy el humo que desvanece el sueño en la noche —dijo Scytale, empleando una frase en clave Fedaykin: *Traigo malas noticias.*

Paul luchó por mantener su calma. Se sentía desnudo, con su alma abandonada en un incierto tiempo oculto a toda visión. Poderosos oráculos ocultaban a aquel Danzarín Rostro. Sólo hilachas de aquellos momentos eran conocidas por Paul. Sabía tan sólo lo que *no* debía hacer. No podía matar a aquel Danzarín Rostro. Aquello no haría más que precipitar el futuro que debía ser evitado a toda costa. De algún modo, debía abrirse camino entre las tinieblas y cambiar aquel terrible esquema.

—Dame tu mensaje —dijo Paul.

Bannerjee se movió de modo que pudiera observar el rostro de la muchacha. Ella pareció darse cuenta de su presencia por primera vez, y su mirada se posó en el mango del cuchillo situado junto a la mano del Oficial de Seguridad.

—El inocente no cree en el mal —dijo, mirando de frente a Bannerjee.

Ahhh, muy hábil, pensó Paul. Aquello era lo que hubiera dicho la auténtica Lichna. Sintió una momentánea tristeza hacia la auténtica hija de Otheym... muerta ahora, tan sólo unos restos en la arena. Pero no había tiempo para tales emociones, pensó. Frunció el ceño.

Bannerjee concentraba toda su atención en la muchacha.

—Debo entregar mi mensaje en secreto —dijo ella.

—¿Por qué? —preguntó Bannerjee con voz áspera, insinuante.

—Porque esta es la voluntad de mi padre.

—Es mi amigo —Paul señaló al Oficial de Seguridad—. ¿No soy yo un Fremen? Entonces mi amigo puede oír todo lo que yo oiga.

Scytale luchó por mantener su apariencia de muchacha. ¿Era aquella realmente una costumbre Fremen... o era una prueba?

—El Emperador puede dictar sus propias reglas —dijo Scytale—. Este es el mensaje: Mi padre desea que vayáis a verle, llevando a Chani.

—¿Por qué debo llevarle a Chani?

—Ella es vuestra mujer y una Sayyadina. Es un asunto de Agua, según las reglas de nuestras tribus. Ella deberá atestiguar que mi padre habla de acuerdo con la Manera Fremen.

Realmente, hay gente Fremen en la conspiración, pensó Paul. Aquel momento encajaba con el esquema de las cosas a venir. Y no tenía otra alternativa salvo avanzar en aquella dirección.

—¿De qué quiere hablarme tu padre? —preguntó.

—Quiere hablaros de un complot contra vos... un complot entre los Fremen.

—¿Por qué no ha acudido a dar el mensaje en persona? —preguntó Bannerjee.

Ella mantuvo su mirada fija en Paul.

—Mi padre no puede venir aquí. Los del complot sospechan de él. No llegaría vivo aquí.

—¿Por qué no te explicó a ti el complot? —preguntó Bannerjee—. ¿Cómo se ha atrevido a arriesgar a su propia hija en tal misión?

—Los detalles están contenidos en un mensajero distrans que sólo Muad'dib puede abrir —dijo ella—. Eso es todo lo que sé.

—¿Entonces por qué no enviar el distrans? —preguntó Paul.

—Es un distrans humano —dijo ella.

—Entonces iré —dijo Paul—. Pero iré solo.

—¡Chani debe venir con vos!

—Chani espera un hijo.

—¿Desde cuando una mujer Fremen se niega a...?

—Mis enemigos le han administrado un sutil veneno —dijo Paul—. El nacimiento será difícil. Su salud no le permitirá acompañarme.

Antes de que Scytale pudiera reaccionar, extrañas emociones cruzaron los ragos de la muchacha: frustración, cólera. Scytale se recordó que cada víctima debía disponer de una vía de escape... incluso una víctima como Muad'dib. La conspiración no había fracasado, de todos modos Aquel Atreides permanecía atrapado en la red. Era una criatura que se había desarrollado firmemente dentro de un esquema. Se destruiría a sí mismo antes que cambiar a lo opuesto de tal esquema. Así había ocurrido con el kwisatz haderach tleilaxu. Así ocurriría también con éste. Y además... había el ghola.

—Dejadme pedirle a Chani que decida ella —dijo.

—Ya he decidido yo —dijo Paul—. Me acompañarás tú en lugar de Chani.

—¡Es necesaria la presencia de una Sayyadina del Rito!

—¿No eres tú amiga de Chani?

¡Tocado!, pensó Scytale. *¿Sospecha algo? No. Está tomando precauciones Fremen. Y el contraceptivo es un hecho. Bueno... hay otros caminos.*

—Mi padre me dijo que no regresara —dijo Scytale—, que encontraría asilo junto a vos. Me dijo que no me dejaríais correr más riesgos.

Paul asintió. Aquella era una buena prueba de habilidad. No podía negarle aquel asilo. Ella argüiría la obediencia Fremen que debía a las órdenes de su padre.

—Haré que me acompañe Harah, la mujer de Stilgar —dijo Paul—. Tú nos dirás el camino para llegar hasta tu padre.

—¿Cómo sabéis que podéis confiar en la mujer de Stilgar?

—Lo sé.

—Pero yo no.

Paul frunció los labios.

—¿Vive aún tu madre?

—Mi verdadera madre fue a reunirse con el Shai-hulud. Mi segunda madre vive y cuida de mi padre. ¿Por qué?

—¿Pertenece al Sietch Tabr?

—Sí.

—La recuerdo —dijo Paul—. Servirá en lugar de Chani. —Señaló a Bannerjee—. Haz que los lacayos acompañen a Lichna de Otheym a sus apartamentos.

Bannerjee asintió. *Lacayos.* La palabra clave que indicaba que aquel mensajero debía ser mantenido bajo vigilancia especial. La sujetó por el brazo. Ella se resistió.

—¿Cómo llegaréis hasta mi padre? —observó.

—Le explicarás el camino a Bannerjee —dijo Paul—. Es mi amigo.

—¡No! ¡Mi padre me dio órdenes estrictas! ¡No puedo!

—¿Bannerjee? —dijo Paul.

Bannerjee hizo una pausa. Paul supo que el hombre estaba rebuscando en aquella memoria enciclopédica que le había permitido alcanzar su actual posición de mando.

—Conozco a un guía que puede llevaros hasta Otheym —dijo Bannerjee.

—Entonces iré solo —dijo Paul.

—Señor, si vos...

—Así lo desea Otheym —dijo Paul, ocultando a duras penas la ironía que lo consumía.

—Señor, es muy peligroso —protestó Bannerjee.

—Incluso un Emperador debe aceptar algunos riesgos —dijo Paul—. Mi decisión está tomada. Haz como te he ordenado.

Reluctante, Bannerjee sacó al Danzarín Rostro de la estancia.

Paul se volvió hacia la vacía pantalla frente a su escritorio. Tenía la impresión de estar esperando la llegada de una enorme roca cayendo desde alguna ignota altura sobre aquella ciega jornada.

¿Debía comunicarle a Bannerjee la auténtica naturaleza del mensajero?, se preguntó. ¡No! Un tal incidente no estaba escrito en ningún lugar de la pantalla de su visión. Cualquier desviación en aquel momento podía precipitar la violencia. Debía descubrir un momento crucial, un lugar a partir del cual pudiera arrancarse de la visión.

Siempre que tal momento existiera...

No importa cuán exótica se vuelva la civilización humana, no importa el desarrollo de la vida y la sociedad ni la complejidad de las relaciones máquina/hombre; sea como sea, siempre se producen interludios de solitario poder durante los cuales el curso de la humanidad, el auténtico futuro de la humanidad, depende de las acciones relativamente simples de una sola individualidad.

—Del Libro Santo Tleilaxu

Mientras cruzaba el alto puente para peatones que unía su Ciudadela al Edificio Administrativo de la Qizarate, Paul añadió una leve cojera a su paso. Era casi el crepúsculo, y andaba a través de largas sombras que ayudaban a ocultarlo, pero unos ojos atentos podían detectar algo en su porte que lo identificara. Llevaba un escudo, pero no estaba activado, puesto que sus ayudantes habían decidido que su brillo podía despertar sospechas a su alrededor.

Paul miró a su izquierda. Ristras de nubes cargadas de arena derivaban hacia poniente como el enrejado de una contraventana. El aire tenía una sequedad hiereg incluso a través de los filtros de su destiltraje.

No estaba en realidad solo, pero Seguridad nunca le había dejado tan libre, ni siquiera cuando paseaba solo por las calles en la noche. Ornitópteros con detectores nocturnos planeaban en aparente desorden sobre él, todos ellos conectados con sus movimientos a través de un transmisor oculto entre sus ropas. Hombres cuidadosamente seleccionados paseaban dispersos por las calles a su alrededor. Otros patrullaban la ciudad sabiendo exactamente el disfraz que llevaba su Emperador: ropas Fremen bajo el destiltraje y botas del desierto temag, piel ennegrecida, mejillas distorsionadas con ayuda de tampones de plastene, un tubo reciclador colgando a lo largo de su mejilla izquierda.

Al alcanzar el lado opuesto del puente, Paul miró hacia atrás, notando un movimiento tras la celosía de piedra que ocultaba uno de los balcones de sus apartamentos privados. Chani, sin duda.

—Vas a cazar arena en el desierto —había calificado ella a su aventura.

Qué pequeña era su comprensión de la amarga elección que él había tenido que hacer. Elegir entre distintos tipos de agonía, pensó, era una de las agonías más intolerables que uno pudiera imaginar.

Por un impreciso y emocionalmente doloroso momento, revivió su partida. En el último instante, Chani captó una fugaz visión tau de sus sentimientos, pero la interpretó mal. Creyó que sus emociones eran las que experimenta alguien que abandona a su bienamada para adentrarse en un peligroso desconocido.

Hubiera preferido no darme cuenta de ello, pensó.

Dejó atrás el puente y entró en la calzada para peatones superior que atravesaba el edificio administrativo. La gente se apresuraba hacia sus asuntos bajo la luz de los globos fijados aquí y allá. La Qizarate nunca dormía. Paul examinó los rótulos que presidían las distintas puertas, pensando que era como si los viera por primera vez: *Mercaderes de Drogas. Alambiques y Retortas. Prospecciones Proféticas. Pruebas de Fe. Ornamentos Religiosos. Armería. Propagación de la Fe...*

El más honesto de los rótulos era el que rezaba: *Propagación de la Burocracia*, pensó.

Un tipo muy determinado de funcionario religioso civil había invadido todo el universo. Aquel nuevo hombre de la Qizarate era a menudo mucho más que un converso. Raramente habían desplazado a los Fremen de los puestos clave, pero habían rellenado los intersticios. Usaban la melange tanto para demostrar que podían permitirse este lujo como por sus poderes geriátricos. Se mantenían aparte de sus gobernantes: Emperador, Cofradía, Bene Gesserit, Landsraad, Familias o Qizarate. Sus dioses eran la Rutina y los Registros. Se servían de mentats y de prodigiosos sistemas de archivo. La eficacia era el primer punto de su catecismo, aunque por supuesto invocaban los servicios de los preceptos Butlerianos. Las máquinas no podían ser construidas a imagen de la mente humana, decían, pero cada uno de sus actos revelaba que preferían las máquinas a los hombres, las estadísticas a lo individual, los puntos de vista generales al toque personal que requería imaginación e iniciativa.

Al emerger a la rampa del otro lado del edificio, Paul oyó las campanas que llamaban al Rito del Atardecer en el Santuario de Alia.

Había un extraño sentimiento de permanencia en las campanas.

El templo, al otro lado de la atestada plaza, era nuevo, contemporáneo a los ritos que albergaba, pero había algo en su ubicación en una depresión del desierto al extremo de Arrakeen... algo en la forma en que la arena había erosionado las paredes de piedra y plastene, algo en la disposición de los edificios que habían ido surgiendo alrededor del Santuario. Todo conspiraba para producir la impresión de que era un lugar muy antiguo, lleno de tradiciones y misterio.

De repente se halló inmerso en la multitud... rodeado. El único guía que sus Fuerzas de Seguridad habían conseguido hallar había insistido en que debía ser así. A Seguridad no le había gustado que Paul aceptara inmediatamente. A Stilgar tampoco. Y Chani había sido quien más objeciones había puesto.

La multitud le empujaba por todos lados, le rodeaba, le concedía una breve mirada antes de pasar de largo, le proporcionaba una curiosa sensación de libertad de movimientos. Sabía que era así como habían sido condicionados a tratar a los Fremen. Su apariencia era la de un hombre del desierto profundo. Tales hombres se irritaban rápidamente.

A medida que se acercaba entre la multitud a las escalinatas del templo, los apretujones eran mayores. Aquellos que le empujaban involuntariamente a su alrededor se disculpaban en forma ritual: «Perdonad, noble señor. No he podido evitar esta descortesía». «Perdón, señor; esta aglomeración de gente es la mayor que nunca haya visto». «Me inclino ante vos, sagrado ciudadano. Ha sido un estúpido quien me ha empujado».

A los pocos momentos Paul ignoró todas aquellas disculpas. No evidenciaban más sentimiento que un miedo ritual. Se descubrió a sí mismo pensando en el largo camino que había recorrido desde sus días infantiles en su natal Castel Caladan. ¿Cuánto había puesto por primera vez el pie en aquel sendero que conducía hasta aquel lugar atestado de gente en un planeta tan lejos de Caladan? ¿Había puesto realmente su pie alguna vez en aquel camino? No sabía decir si en alguna ocasión, en algún determinado momento de su vida, había actuado por alguna razón específica. Las motivaciones y violentas fuerzas que lo habían afrontado habían sido complejas... posiblemente mucho más complejas que todas las demás de la historia humana. Sentía la vehemente sensación de que podía escapar al destino que tan claramente veía al final de su sendero. Pero la multitud seguía empujándole hacia adelante, y experimentó la vertiginosa sensación de que había perdido su camino, había perdido la última posibilidad de dirigir su propia vida.

La gente lo arrastraba consigo, escalinatas arriba, hacia el pórtico del templo. Las voces disminuían en intensidad. El olor del miedo era cada vez más intenso... acre, penetrante. Los acólitos habían comenzado ya el servicio en el interior del templo. El lamento de su canto dominaba todos los demás sonidos —cuchicheos, roce de ropas, arrastrar de pies, toses—, contando la historia de los Lejanos Lugares visitados por la Sacerdotisa en su sagrado trance.

«¡Oh, ella cabalga el gusano del espacio!
Nos conduce a través de todas las tormentas
Hacia el país de los suaves vientos.
Dormimos en el antro de la serpiente,
Pero ella guarda nuestras durmientes almas.
Nos refugia en una fresca oquedad,
Para protegernos del calor del desierto.
El destello de sus blancos dientes
Nos guía en nuestro camino en la noche.
¡Ascendemos hasta el cielo
A través de las trenzas de su pelo!
Su dulce fragancia, su perfume de flores
Nos rodean cuando estamos en su presencia.»

¡Bakal!, se dijo Paul, pensando en Fremen. *¡Atención! Ella también puede llenarnos con una airada pasión.*

El pórtico del templo estaba iluminado con altos y delgados globos que imitaban antorchas. Su luz oscilaba. Sus oscilaciones despertaron ancestrales recuerdos en Paul, cuya finalidad sabía muy bien. Era un atavismo sutilmente concebido, efectivo. Odiaba su participación en la edificación de todo aquello.

La muchedumbre franqueó con él las altas puertas de metal y penetró en la gigantesca nave, un lugar cavernoso con oscilantes luces muy por encima de sus cabezas y un brillantemente iluminado altar allá al fondo. Tras el altar, un sencillo ornamento tallado en madera negra e incrustado con escenas de la mitología Fremen, invisibles luces jugaban en el campo de una puerta de prudencia, creando la ilusión de una aurora boreal. Las siete hileras de acólitos que cantaban bajo aquella luz espectral ofrecían una imagen siniestra: ropas negras, rostros pálidos, labios moviéndose al unísono.

Paul estudió a los peregrinos que lo rodeaban, repentinamente envidioso de no ser como ellos, de no percibir las verdades que ellos escuchaban con sus oídos. Le parecía que ellos se beneficiaban de algo que a él le estaba negado, algo misteriosamente consolador.

Intentó acercarse un poco más al altar, y fue detenido por una mano en su brazo. Miró rápidamente a su alrededor, y tropezó con la inquisidora mirada de un viejo Fremen... ojos completamente azules bajo unas espesas cejas, y una mirada de reconocimiento en ellos. Un nombre destelló en la mente de Paul: Rasir, un compañero de los días del sietch.

Entre los empujones de aquella multitud, Paul se dio cuenta de que era completamente vulnerable si Rasir había planeado usar la violencia.

El viejo se le acercó, con una mano oculta bajo su ropa sucia de arena... sin duda empuñando el mango de un crys. Paul se preparó lo mejor que pudo para afrontar el ataque. El viejo acercó su cabeza al oído de Paul y susurró:

—Unámonos a los demás.

Era la señal de identificación de su guía. Paul asintió con la cabeza. Rasir se volvió hacia el altar.

—Ella viene de oriente —cantaban los acólitos—. El sol se mantiene inmóvil tras ella. Todas las cosas se hallan expuestas. Bajo el intenso resplandor de su luz... nada escapa a sus ojos, ni en la luz ni en la oscuridad.

El lamento de una rebaba se oyó por encima de las voces, las dominó, las redujo al silencio. Con una brusquedad casi eléctrica, la multitud avanzó varios metros. Estaban ahora prensados en una enormemente densa masa de carne, en un aire pesadamente cargado de transpiración y olor a especia.

—¡Shai-hulud escribe en la arena virgen! —clamaron los acólitos.

Paul sintió su propia respiración yendo al compás de los que le rodeaban. Un coro femenino empezó a cantar débilmente desde las sombras tras la resplandeciente puerta de prudencia:

—Alia... Alia... Alia... —Aumentaron más y más en intensidad, hasta cortarse bruscamente.

Y entonces, de nuevo... voces recitando suavemente:

«Ella calma las tormentas...
Sus ojos matan a nuestros enemigos,
Y atormentan a los infieles.
Desde las espiras de Tuono
Donde nace la aurora
Y corre la limpia agua,
Uno puede ver su sombra.
En el brillante calor del verano
Ella nos sirve pan y leche...
Frescos, fragantes de especias.
Sus ojos barren a nuestros enemigos,
Atormentan a nuestros opresores
Y traspasan todos los misterios.
Ella es Alia... Alia... Alia... Alia...»

Lentamente, las voces se apagaron.

Paul se sentía asqueado. *¿Qué estamos haciendo?*, se preguntó a sí mismo. Alia había sido una niña bruja, pero había crecido y se había hecho mayor. Y pensó: *Crecer es hacerse cada vez más perverso.*

La atmósfera mental colectiva del templo se infiltraba en su psique. Podía sentir aquel elemento de sí mismo que se hacía uno con todos los que le rodeaban, pero las diferencias formaban una mortal contradicción. Permanecía de pie, inmerso, aislado en un pecado personal que jamás podría expiar. La inmensidad del universo fuera del templo invadía su consciencia. ¿Cómo podía un hombre, un ritual, esperar tallar una tal inmensidad hasta reducirla a las medidas del ser humano?

Paul se estremeció.

El universo se le oponía a cada paso. Eludía su abrazo, concebía incontables sutilezas para engañarlo. Aquel universo nunca se doblegaría a ninguna de las formas que intentara darle él.

Un profundo silencio se fue adueñando del templo.

Alia emergió de la oscuridad tras la brillante aurora boreal. Llevaba una túnica amarilla bordada con el verde de los Atreides... amarillo por la luz del sol, verde por la muerte que producía vida. Paul experimentó el repentinamente sorprendente pensamiento de que Alia había emergido allí para él, tan sólo para él. Observó a su hermana en el templo a través de la multitud. *Era* su hermana. Conocía el ritual y sus raíces, pero nunca antes lo había observado así, mezclado entre los peregrinos, viéndolo a través de esos ojos. Ahora, aquí, descubriéndola en el misterio de aquel lugar, comprendía que ella formaba parte de aquel universo que se oponía a él.

Los acólitos le entregaron a Alia un cáliz dorado.

Ella tomó el cáliz y lo levantó.

Con parte de su consciencia, Paul supo que el cáliz contenía melange inalterada, el sutil veneno, su sacramento del oráculo.

Con la mirada fija en el cáliz, Alia habló. Su voz acarició los oídos, un sonido de flores, vibrante y musical.

—En un principio, estábamos vacíos —dijo.

—Ignorantes de todas las cosas —cantó el coro.

—No conocíamos el Poder que reside en cualquier lugar —dijo Alia.

—Y en cualquier Tiempo —cantó el coro.

—Aquí está el Poder —dijo Alia, levantando ligeramente el cáliz.

—Y nos llena de alegría —cantó el coro.

Y nos llena de aflicción, pensó Paul.

—Despierta la consciencia del alma —dijo Alia.

—Dispersa todas las dudas —cantó el coro.

—En esos mundos, perecemos —dijo Alia.

—En el Poder, sobrevivimos —cantó el coro.

Alia posó sus labios en el cáliz, bebió.

Para su sorpresa, Paul se dio cuenta de que estaba conteniendo el aliento como el más humilde peregrino de aquella multitud. Pese a los jirones de conocimiento personal acerca de la experiencia que estaba viviendo Alia, se sentía preso en la trama del tao. Se descubrió a sí mismo recordando cómo había actuado aquel veneno en su propio cuerpo. La memoria sumergiéndose en aquella región donde el tiempo se detenía y donde la consciencia se convertía en una mota que transformaba el veneno. Experimentó nuevamente el despertar de su consciencia a un no-tiempo donde cualquier cosa era posible. *Conocía* la presente experiencia de Alia, pero al mismo tiempo se daba cuenta de que no la comprendía. El misterio cegaba sus ojos.

Alia tembló, cayó de rodillas.

Paul exhaló a coro con los demás extasiados peregrinos. Inclinó la cabeza. Parte del velo empezaba a rasgarse ante él. Absorbido en la dicha de una visión, había olvidado que cada visión pertenece a todos aquellos que se hallan en el camino del aún por venir. En la visión, uno atravesaba una zona de tinieblas, donde era imposible distinguir la realidad del accidente insustancial. Uno se sentía hambriento de absolutos que nunca llegarían a ser.

Con tal hambre, uno perdía el presente.

Alia vaciló con el choque de la transformación de la especia.

Paul sintió que alguna presencia trascendental le hablaba, diciendo: «¡Observa! ¡Mira aquí! ¡Contempla lo que has ignorado!» En ese instante, pensó que estaba mirando a través de otros ojos, que estaba viendo imágenes y ritmos en aquel lugar que ningún artista ni poeta podría reproducir. Era algo vital y hermoso, una deslumbrante luz que revelaba la voracidad del poder... incluso del suyo propio.

Alia habló. Su voz amplificada resonó por toda la nave.

—Luminosa noche —gritó.

Un lamento sordo recorrió como una ola la masa de peregrinos.

—¡Nada puede ocultarse en una noche así! —dijo Alia—. ¿Qué extraña luz brilla en esa noche? ¡Uno no puede fijar en ella su mirada! Los sentidos no pueden percibirla. Ninguna palabra puede describirla. —Su voz descendió de tono—. El abismo permanece. Está preñado de cosas aún por nacer. ¡Ahhh, qué suave violencia!

Paul se dio cuenta de que estaba esperando alguna señal privada de su hermana. Podía ser un acto o una palabra, algún tipo de elemento místico o de brujería, una efusión que lo envolvería y que lo lanzaría como una flecha en un arco cósmico. Aquel instante permanecía en su consciencia como una gota de tembloroso mercurio.

—Habrá también tristeza —entonó Alia—. Os recuerdo que todas las cosas son tan sólo un comienzo, únicamente un comienzo, por siempre. Los mundos aguardan a ser conquistados. Algunos que oís el sonido de mi voz conoceréis exaltantes destinos. Negaréis el pasado, olvidaréis lo que os estoy diciendo ahora: dentro de toda diferencia hay la unidad.

Paul contuvo un grito de decepción cuando Alia bajó su cabeza. No había dicho lo que él esperaba oír. Su cuerpo era ahora como una concha vacía, un cascarón abandonado por algún insecto del desierto.

Algunos otros debían sentir algo parecido, pensó. Captó la tensión a su alrededor. Bruscamente, una mujer en medio de la multitud, alguien que estaba lejos a su izquierda, gritó muy alto un incontenible sonido de angustia.

Alia levantó la cabeza, y Paul tuvo la vertiginosa sensación de que la distancia entre ellos desaparecía, que estaba mirando directamente a los ojos de ella, tan sólo a unos pocos centímetros.

—¿Quién me llama? —preguntó Alia.

—Yo —gritó la mujer—. Yo te llamo, Alia. Oh, Alia, ayúdame. Dicen que mi hijo fue muerto en Muritan. ¿Se ha ido? ¿Nunca más volveré a ver a mi hijo... nunca más?

—Estás intentando volver sobre tus pasos en la arena —entonó Alia—. Nadie está perdido. Todo regresa más tarde, pero uno a veces no sabe reconocer los cambios que se producen en un tal regreso.

—¡Alia, no lo comprendo! —imploró la mujer.

—Vives en el aire, pero no puedes verlo —dijo Alia con voz cortante—. ¿Eres acaso un lagarto? Tu voz tiene acento Fremen. ¿Debe un Fremen intentar hacer volver a los muertos? ¿Qué necesitamos de nuestros muertos excepto su agua?

En el centro de la nave, un hombre vestido con una rica capa roja levantó ambas manos, revelando las mangas de una túnica blanca.

—Alia —prorrumpió—, acaban de hacerme una proposición de negocios. ¿Debo aceptarla?

—Vienes aquí como un mendigo —dijo Alia—. Estás buscando el cuenco de oro, pero tan sólo vas a encontrar una daga.

—¡Me han pedido que mate a un hombre! —gritó una

voz en alguna parte a su derecha... una voz profunda con acentos del sietch—. ¿Debo aceptar? ¿Tendré éxito si acepto?

—El principio y el fin son una misma cosa —restalló Alia—. ¿No te lo he dicho ya antes? No has venido aquí para hacerme esta pregunta. ¿Qué es lo que no puedes creer que te hace venir aquí y gritar de este modo?

—Está de muy mal humor esta noche —murmuró una mujer cerca de Paul—. ¿La habéis visto alguna vez tan furiosa?

Sabe que yo estoy aquí, pensó Paul. *¿Ha visto algo en la visión que la ha enfurecido de tal modo? ¿Está dirigida esta cólera contra mí?*

—Alia —llamó un hombre directamente frente a Paul—. Diles a todos esos hombres de negocios y gentes sin corazón cuánto tiempo va a reinar aún tu hermano.

—Te permito mirar por ti mismo al otro lado de esta esquina —espetó Alia—. ¡Arrastras en tu boca tus prejuicios! ¡Es a causa de que mi hermano conduce el gusano del caos que vosotros tenéis techo y agua!

Con un fiero gesto, Alia ajustó sus ropas, dio media vuelta, penetró de nuevo en los resplandecientes cortinajes de luz y desapareció en la oscuridad tras ellos.

Inmediatamente, los acólitos iniciaron el canto que cerraba la ceremonia, pero habían perdido su ritmo. Obviamente, estaban desconcertados por el inesperado fin del rito. Un incoherente murmullo surgió de los extremos de la multitud. Paul captó lo intranquilidad a su alrededor: el descontento, la insatisfacción.

—Ha sido a causa de ese estúpido con su tonta pregunta acerca de los negocios —murmuró una mujer cerca de Paul—. ¡El muy hipócrita!

¿Qué había visto Alia? ¿Qué huellas a través del futuro?

Algo había ocurrido allí esa noche, perturbando el rito del oráculo. Habitualmente, la multitud esperaba que Alia respondiera a sus lastimeras preguntas. Todos ellos venían al oráculo como mendigos y suplicantes. Los había oído en muchas ocasiones, oculto en las tinieblas tras el altar. ¿Qué había habido de diferente esta noche?

El viejo Fremen tiró de la manga de Paul, señalando hacia la salida con la cabeza. La muchedumbre empezaba ya a empujar en aquella dirección. Paul se dejó llevar por ellos, con la mano de su guía sujeta a su manga. Tenía la sensación de que su cuerpo se había convertido en la manifestación de algún poder cuyo control estaba fuera de su alcance. Se había convertido en un no-ser, una inmovilidad que sin embargo se movía. Y él existía en el corazón del no-ser, dejándose llevar a través de las calles de aquella ciudad, siguiendo un camino tan familiar a sus visiones que helaba su corazón con el dolor.

Debería saber lo que ha visto Alia, se dijo. *Yo mismo lo he visto tantas veces. Pero ella no ha llorado al verlo... eso quiere decir que ha visto también las alternativas.*

El desarrollo de la producción y el desarrollo de las rentas no deben ir desacompasados en mi Imperio. Esta es la sustancia de mi mandato. No hay dificultades de balanza de pagos entre las diferentes esferas de influencia. Y la razón de ello es simplemente porque yo lo ordeno. No quiero hacer hincapié en mi autoridad en este campo. Yo soy el supremo consumidor de energía de mis dominios, y seguiré siéndolo, vivo o muerto. Mi Gobierno es la economía.

—Orden al Consejo, del Emperador Paul Muad'dib

—Os dejaré aquí —dijo el viejo, soltando su mano del brazo de Paul—. Es a la derecha, la segunda puerta antes de llegar al final. Id con Shai-hulud, Muad'dib... y recordad cuando érais Usul.

El guía de Paul desapareció en las tinieblas.

Paul sabía que debía haber en algún lugar hombres de Seguridad esperando para detener al guía y conducirlo a un lugar donde poder interrogarlo. Pero tenía también la esperanza de que el viejo Fremen sabría eludirlos.

Había estrellas en el cielo, y la distante luz de la Primera Luna llegaba desde algún lugar por encima de la Muralla Escudo. Pero aquel lugar no era el pleno desierto, donde un hombre necesita una estrella para guiar su rumbo. El viejo lo había conducido a uno de los nuevos suburbios; de eso al menos estaba seguro Paul.

La calle estaba llena de arena arrastrada de las cercanas dunas. Una débil luz provinente de un único globo a suspensor público iluminaba la calle desde uno de sus extremos. La luz era suficiente sin embargo para revelar que se trataba de una calle sin salida.

El aire a su alrededor era sofocante debido al intenso hedor provinente de un destilador de reciclado. El artefacto debía estar deficientemente aislado, perdiendo gran parte de su humedad en el aire nocturno. La gente se había vuelto muy descuidada, pensó Paul. Millonarios de agua... olvidando los días en que un hombre podía ser muerto en Arrakis tan sólo para robarle el agua de su cuerpo.

¿Por qué estoy vacilando?, se preguntó Paul. *Es la segunda puerta antes del final. Lo sabía sin que nadie me lo hubiera dicho. Pero hay que actuar con precisión. Así pues... vacilo.*

El ruido de una disputa le llegó repentinamente desde la casa que hacía esquina a la izquierda de Paul. Una mujer se quejaba a alguien: la nueva ala de su casa dejaba pasar el polvo, se lamentaba. ¿Acaso creía que el agua iba a caer del cielo? Allá donde entraba el polvo salía la humedad.

Algunos aún lo recuerdan, pensó Paul.

Avanzó a lo largo de la calle, y la disputa quedó atrás.

¡Agua del cielo!, pensó.

Algunos Fremen habían visto esta maravilla en otros mundos. El mismo la había visto, y la había deseado para Arrakis, pero su recuerdo parecía algo que le hubiera ocurrido a otra persona. Lluvia, le llamaban a aquello. Tuvo el brusco recuerdo de un temporal de lluvia en su mundo natal... densas nubes grises en el cielo de Caladan, la presencia de una tormenta eléctrica, aire húmedo, gruesas gotas contra las claraboyas. Llovía hasta el punto de formar riachuelos en el suelo. La tormenta haciendo crecer el río que discurría tras los campos de labor de la Familia...

los árboles con las ramas y las hojas reluciendo a causa del agua.

El pie de Paul se hundió en un pequeño charco de arena en medio de la calle. Por un instante se vio a sí mismo, niño, chapoteando en el barro tras el temporal. Y luego fue de nuevo tan sólo arena, y el viento barriendo el callejón donde el Futuro se cernía sobre él. Podía sentir la aridez de la vida a su alrededor como gritándole una acusación. *¡Tú hiciste esto!* Tú creaste una civilización de buscadores de ojos secos y contadores de historias, gentes que resolvían todos sus problemas con el poder... y con más poder... y con todavía más poder... aún detestando cada erg de él.

Losas de piedra aparecieron bajo sus pies. Su visión le trajo recuerdos. El oscuro rectángulo de una puerta apareció a su derecha... negro sobre negro: la casa de Otheym, la casa del Destino, un lugar distinto de los que lo rodeaban tan sólo a causa del papel que el Tiempo había elegido para él. Era un extraño lugar para quedar en la historia.

La puerta se abrió a su llamada. La abertura reveló la pálida claridad verde de un atrio. Un enano miraba hacia él, un rostro viejo en un cuerpo de niño, una aparición que su presciencia jamás había visto.

—Así que habéis venido —dijo la aparición. El enano se echó a un lado, sin el menor asomo de turbación en su actitud, tan sólo la malicia de una suave sonrisa—. ¡Entrad! ¡Entrad!

Paul vaciló. No había ningún enano en su visión, pero todo lo demás era idéntico. Las visiones podían contener tales disparidades y seguir correspondiendo a su original en relación con el infinito. Pero la diferencia permitía una esperanza. Miró hacia atrás, hacia la calle llena de desgarradas sombras producidas por la nacarada luz de la luna. La luna seguía inquietándole. ¿Cuándo caería?

—Entrad —insistió el enano.

Paul entró, oyendo como la puerta se cerraba tras él sobre sus sellos de humedad. El enano pasó por su lado, le precedió, con sus enormes pies palmeando el suelo, abrió la delicada puerta enrejada que conducía al patio interior techado, e hizo un gesto.

—Os está esperando, Señor.

Señor, pensó Paul. *Entonces, me conoce.*

Antes de que Paul pudiera explorar aquel descubrimiento, el enano desapareció por un pasillo lateral. La esperanza era un viento derviche girando, danzando en Paul. Avanzó a través del patio. Era un lugar oscuro y lóbrego, con el olor de la enfermedad y el fracaso en él. Se sintió oprimido por aquella atmósfera. ¿Era el fracaso la elección del mal menor?, se preguntó. ¿Cuán lejos había llegado por aquel camino?

La luz provenía de una estrecha puerta en la pared más alejada. Rechazó la sensación de presencias innominadas y hedores malévolos, y entró a través de la puerta en una pequeña estancia. Era un lugar desolado con la huella Fremen de tapices hiereg tan sólo en dos de sus paredes. En el lado opuesto a la puerta, un hombre permanecía sentado sobre cojines color carmesí bajo el mejor de los tapices. Una silueta femenina se distinguía entre las sombras tras otra puerta en una pared desnuda a la izquierda.

Paul se sintió atrapado por su visión. Era así como reconocía las cosas. ¿Pero dónde estaba el enano? ¿Cuál era la diferencia?

Sus sentidos absorbieron la estancia en una única mirada gestalt. El lugar había recibido constantes cuidados pese a su falta de ornamentos. Clavos y ganchos a lo largo de las paredes desnudas revelaban que los tapices habían sido retirados. Los peregrinos pagaban precios enormes por auténticos objetos de artesanía Fremen, se recordó a sí mismo Paul. Los peregrinos ricos consideraban los tapices del desierto como auténticos tesoros, verdaderos recuerdos de un hajj.

Paul sintió que las paredes desnudas lo acusaban con su yeso recién lavado. La raída condición de los dos tapices aún existentes amplificaba ese sentimiento de culpabilidad.

Una estrecha estantería ocupaba la pared de su derecha. Había una hilera de retratos... Fremen barbudos, algunos de ellos en destiltraje con los tubos de sus filtros colgando, algunos otros llevando uniformes Imperiales y posando ante exóticos paisajes de otros mundos. La escena más común reflejaba un fondo de paisajes marinos.

El Fremen en los almohadones carraspeó, obligando a Paul a dirigir la mirada hacia él. Era Otheym, tal como se lo había revelado la visión: un largo y nudoso cuello, que le daba el aspecto de un pájaro cuyo cuerpo parecía demasiado endeble para soportar una cabeza tan grande. El rostro era una desequilibrada ruina... un entramado de cicatrices en su mejilla izquierda bajo un lagrimeante ojo, pero una piel limpia en el otro lado y una mirada firme, Fremen, completamente azul. El largo puente de una afilada nariz bisectaba aquel rostro.

El almohadón que ocupaba Otheym se hallaba en el centro de una deshilachada alfombra marrón con restos de hilos dorados. El almohadón dejaba escapar parte de su relleno, pero todo lo metálico que había a su alrededor estaba recién pulido y brillante: los marcos de los retratos, los bordes y el pie de la estantería, el pedestal de la mesa baja de su derecha.

Paul miró al lado intacto del rostro de Otheym y dijo:

—Buena suerte para ti y tu lugar de residencia —en la forma en que lo diría a un viejo amigo y compañero de sietch.

—Así que puedo verte de nuevo, Usul.

La voz pronunciando su nombre tribal era la temblorosa y ronca voz de un hombre viejo. El ojo lloriqueante en el lado arruinado de su rostro se movió entre las cicatrices y la piel apergaminada. Grises pelos hirsutos se amontonaban en aquel lado, y la línea de su mandíbula se quebraba con escabrosas escoriaduras. La boca de Otheym se retorcía cuando hablaba, mostrando el destello de unos dientes de metal plateado.

—Muad'dib siempre responde a la llamada de un Fedaykin —dijo Paul.

La mujer entre las sombras de la puerta se movió y dijo:

—Eso es lo que alardea Stilgar.

Penetró en la luz, una versión más vieja de la Lichna que había copiado el Danzarín Rostro. Paul recordó entonces que Otheym tenía hermanas casadas. Su cabello era gris, su nariz afilada como la de una bruja. Los callos propios de las tejedoras corrían a lo largo de sus dedos y pulgares. Una mujer Fremen hubiera mostrado orgullosa esas señales en los días del sietch, pero ella intentaba ocultarlas a toda costa, manteniendo sus manos bajo un pliegue de su túnica azul pálido.

Paul recordó entonces su nombre... Dhuri. Lo que lo impresionó fue que la recordaba como un niño, no de su visión de estos momentos. Era el tono plañidero de su voz, se dijo a sí mismo, lo que había traído a su memoria los recuerdos de infancia.

—Puedes verme aquí —dijo Paul—. ¿Hubiera venido hasta aquí si Stilgar no lo hubiera aprobado? —Se volvió hacia Otheym—. Llevo tu carga de agua, Otheym. Ordéname.

Era el modo de hablar de los hermanos de sietch.

Otheym inclinó la cabeza con un estremecimiento, como si aquello fuera demasiado para la delgadez de su cuello. Levantó su mano izquierda manchada de amarillo por alguna enfermedad hepática, y señaló la ruina de su rostro.

—Cogí esta enfermedad en Tarahell, Usul —dijo con voz ronca—. Inmediatamente después de la victoria donde todos... —un golpe de tos ahogó sus palabras.

—La tribu recuperará muy pronto su agua —dijo Dhuri. Avanzó hacia Otheym y arregló los almohadones tras él, golpeando suavemente su espalda hasta que el ataque de tos hubo pasado. No era realmente muy vieja, se dijo Paul, pero las esperanzas perdidas ponían un rictus en su boca, la amargura yacía en el fondo de sus ojos.

—Haré venir doctores —dijo Paul.

Dhuri se volvió hacia él, con una mano en la cadera...

—Ya han venido, tan buenos como cualquiera que puedas traer tú —dirigió una involuntaria mirada hacia la desnuda pared de su izquierda.

Y los médicos cuestan caro, pensó Paul.

Permanecía atento, constreñido por la visión pero consciente de que iban apareciendo diferencias menores. ¿Cómo podía utilizar estas diferencias? El tiempo se devanaba con sutiles cambios, pero el conjunto de su trama seguía siendo igualmente opresivo. Supo con terrorífica certeza que si intentaba romper el esquema que lo envolvía allí, aquél sería el principio de una terrible violencia. El poder contenido en el aparentemente tranquilo flujo del Tiempo le oprimía.

—Dime lo que esperas de mí —gruñó.

—¿No puede Otheym necesitar la presencia de un amigo junto a él en estos momentos? —preguntó Dhuri—. ¿Debe un Fedaykin entregar su carne a los extranjeros?

Vivimos juntos en el Sietch Tabr, se recordó a sí mismo Paul. *Tiene derecho a reprocharme mi aparente rudeza.*

—Haré lo que me sea posible —dijo.

Otro acceso de tos sacudió a Otheym. Cuando hubo pasado, jadeó:

—Hay traición, Usul. Un complot Fremen contra ti.

Su boca siguió moviéndose sin que ningún sonido surgiera de ella. Un hilillo de baba escapó de sus labios. Dhuri limpió su boca con una esquina de su túnica, y Paul vio como su rostro reflejaba su irritación ante tal pérdida de humedad.

La irritación estuvo a punto de traicionarle en aquel momento. *¡Morir Otheym de aquel modo! Un Fedaykin se merecía algo mejor.* Pero no había ninguna otra elección... no para un Comando de la Muerte de su Emperador. Andaban por el filo de la navaja de Occam en aquella estancia. El menor paso en falso multiplicaría los horrores... no tan sólo para ellos, sino para toda la humanidad, incluso para aquellos que querían destruirlos.

Paul recuperó la calma en su mente y miró a Dhuri. La expresión de terrible avidez con que miraba a Otheym reforzó la decisión de Paul. *Chani nunca me mirará de este modo*, se dijo a sí mismo.

—Lichna ha hablado de un mensaje —dijo Paul.

—Mi enano —murmuró Otheym—. Lo compré en... en... en un mundo... lo he olvidado. Es un distrans humano, un juguete desechado por los tleilaxu. Tiene registrados todos los nombres... los traidores...

Otheym calló, temblando.

—Hablas de Lichna —dijo Dhuri—. Cuando llegaste

supimos que te había contactado sana y salva. Si estás pensando en esta nueva carga de agua que Otheym sitúa sobre ti, Lichna es la suma de esta carga. Un honesto cambio, Usul: toma el enano y vete.

Paul reprimió un alzar de hombros y cerró los ojos. *¡Lichna!* La auténtica hija había perecido en el desierto, un cuerpo desgarrado por la semuta abandonado a la arena y al viento.

Abriendo los ojos, Paul dijo:

—Hubieras podido venir a mí en cualquier momento para...

—Otheym se ha mantenido aparte para que pudiera ser contado entre aquellos que te odian, Usul —dijo Dhuri—. La casa al sur de nosotros, al final de la calle, es el lugar de reunión de tus adversarios. Es por ello por lo que elegimos este lugar.

—Entonces llama al enano y vámonos todos —dijo Paul.

—No has escuchado bien —dijo Dhuri.

—Debes llevar al enano a un lugar seguro —dijo Otheym, con una extraña firmeza en su voz—. Lleva el único registro de la relación de los traidores. Nadie sospecha su talento. Piensan que lo tengo tan sólo para distracción.

—No podemos irnos —dijo Dhuri—. Sólo tú y el enano. Todos saben... lo pobres que somos. Hemos dicho que íbamos a vender el enano. Te tomarán por el comprador. Es tu única posibilidad.

Paul consultó sus recuerdos de la visión: en ella, él había abandonado el lugar con los nombres de los traidores, pero nunca había visto donde se hallaban estos nombres. Evidentemente el enano se movía bajo la protección de otro oráculo. Paul se dio cuenta entonces de que tal vez todas las criaturas llevaran consigo alguna especie de destino grabado por las cambiantes fuerzas que las rodeaban, por los determinantes del entrenamiento y la disposición. Desde el momento en que el Jihad lo eligiera a él, se sintió cercado por las fuerzas de·la multitud. Sus propósitos fijados exigían y controlaban su curso. Cualquier ilusión de Libre Albedrío que alimentara, prisionero en su jaula personal, no era más que eso, una ilusión. Su maldición residía en el hecho de que él podía *ver* la jaula. ¡Podía *verla*!

Escuchó, captando lo vacío de aquella casa: tan sólo ellos cuatro... Dhuri, Otheym, el enano y él. Inhaló el miedo y la tensión de sus compañeros, captó a los buscadores... la lejana presencia de los tópteros... y a los otros... en la puerta contigua.

Era un error esperar, pensó Paul. Pero el hecho de pensar en la esperanza le proporcionó un retorcido *sentido* de la esperanza, y tuvo la sensación de que aún podía sujetar aquel momento.

—Llama al enano —dijo.

—¡Bijaz! —llamó Dhuri.

—¿Me llamáis? —el enano penetró en la estancia desde el patio, con una expresión de despierta contrariedad en su rostro.

—Tienes un nuevo dueño, Bijaz —dijo Dhuri. Miró a Paul—. Puedes llamarlo... Usul.

—Usul es la base del pilar —dijo Bijaz, traduciendo—. ¿Cómo puede ser Usul la base cuando yo soy la única cosa básica existente?

—Siempre habla así —se excusó Otheym.

—Yo no hablo —dijo Bijaz—. Opero una máquina llamada lenguaje. Chirría y gruñe, pero es mía.

Un juguete tleilaxu, bien enseñado y despierto, pensó Paul. *La Bene Tleilax nunca hubiera desechado algo de tanto valor.* Se volvió, estudió al enano. Redondos ojos de melange le devolvieron su mirada.

—¿Qué otros talentos tienes, Bijaz? —preguntó Paul.

—Conozco en qué momento debemos irnos —dijo Bijaz—. Es un talento que muy pocos hombres poseen. Hay un tiempo para fines... y este es un buen principio. Así que comencemos yéndonos, Usul.

Paul examinó los recuerdos de su visión: ningún enano, pero las palabras del hombrecillo correspondían con la ocasión.

—En la puerta, me has llamado Señor —dijo Paul—. ¿Entonces me conoces?

—Vos lo habéis dicho, Señor —dijo Bijaz con una sonrisa—. Sois mucho más que la base Usul. Sois el Emperador Atreides, Paul Muad'dib. Y sois mi dedo —levantó el dedo índice de su mano derecha.

—¡Bijaz! —restalló Dhuri—. Estás tentando al destino.

—Tiento a mi dedo —protestó Bijaz con voz chirriante. Señaló a Usul—. Señalo a Usul. ¿No es acaso mi dedo el propio Usul? ¿O es el reflejo de algo más básico? —Acercó el dedo a sus ojos, lo examinó por todos lados con una sonrisa burlona—. Ahhh, después de todo, es tan sólo un dedo.

—Delira así muy a menudo —dijo Dhuri, con la contrición en su voz—. Creo que es por esta razón por la que los tleilaxu lo desecharon.

—Nadie puede adueñarse de mí —dijo Bijaz—, y sin embargo tengo un nuevo dueño. Qué extraña la forma como actúa este dedo. —Miró a Dhuri y Otheym, con los ojos extrañamente brillantes—. Una mala cola la que nos une, Otheym. Unas pocas lágrimas, y nos separamos. —Los enormes pies del enano rasparon el suelo al volverse en redondo para enfrentarse a Paul—. ¡Ahhh, patrón! He recorrido un largo camino antes de encontraros.

Paul asintió.

—¿Seréis bueno, Usul? —preguntó Bijaz—. Yo soy una persona, debéis saberlo. Las personas tienen muy distintas formas y tamaños. Este es tan sólo uno de ellos. Mis músculos son débiles, pero mi boca es fuerte; soy fácil de alimentar, pero costoso de llenar. Vaciadme según vuestro deseo, siempre quedará en mí más de lo que hayan puesto.

—No tenemos tiempo de escuchar tu estúpida charla —gruñó Dhuri—. Deberíais estar ya lejos.

—Mi charla está hecha de acertijos —dijo Bijaz—, pero no todos ellos son estúpidos. Estar lejos, Usul, es estar en el pasado, ¿no? Dejemos que el pasado sea pasado. Dhuri dice la verdad, y tengo también el talento de escuchar la verdad.

—¿Tienes el sentido de la verdad? —preguntó Paul, determinado ahora a seguir el mecanismo de su visión. Cualquier cosa era mejor que la destrucción de aquellos momentos y la producción de nuevas consecuencias. Quedaban aún cosas que Otheym debía decir para que el Tiempo no se desviara hacia caminos aún más terribles.

—Tengo el sentido del *ahora* —dijo Bijaz.

Paul observó que el enano empezaba a estar más nervioso. ¿Era consciente el hombrecillo de cosas que debían ocurrir? ¿Era posible que Bijaz fuera su propio oráculo?

—¿Has preguntado por Lichna? —dijo repentinamente Otheym, mirando a Dhuri con su ojo sano.

—Lichna está a salvo —dijo Dhuri.

Paul bajó la cabeza, temeroso de que su expresión traicionara la verdad. ¡A salvo! Lichna era tan sólo cenizas en una tumba secreta.

—Eso está bien —dijo Otheym, tomando la inclinación de cabeza de Paul por un signo de asentimiento—. Una buena cosa entre todas las malas, Usul. No me gusta el mundo que estamos construyendo, ¿sabes? Era mejor cuando estábamos solos en el desierto, con tan sólo los Harkonnen como enemigos.

—La línea que separa a muchos enemigos de muchos amigos es muy delgada —dijo Bijaz—. Cuando esta línea desaparece, ya no hay principio ni fin. Dejemos que esto termine, amigos míos. —Avanzó hasta situarse al lado de Paul, apoyándose alternativamente en uno y otro pie.

—¿Qué hay en tu sentido del *ahora*? —preguntó Paul, intentando sondear aquel momento, observando fijamente al enano.

—¡El ahora! —dijo Bijaz, temblando—. ¡El ahora! ¡El ahora! —Tiró de la ropa de Paul—. ¡Vámonos ahora!

—Su boca parlotea, pero no hay mal en él —dijo Otheym, con afecto en su voz, mirando a Bijaz con su ojo sano.

—Incluso una boca que parlotea puede dar la señal de partida —dijo Bijaz—. Y también las lágrimas. Vayámonos cuando aún queda tiempo para comenzar.

—Bijaz, ¿qué es lo que temes? —preguntó Paul.

—Temo al espíritu que me busca en estos momentos —murmuró Bijaz. Había transpiración en su frente. Sus mejillas se contrajeron en una mueca—. Temo a aquél que no piensa y que no quiere otro cuerpo más que el mío... ¡y a aquél otro que ha venido dentro de él! Temo a las cosas que veo y a las cosas que no puedo ver.

Este enano posee el poder de la presciencia, pensó Paul. Bijaz compartía el terrible oráculo. ¿Compartía también el destino del oráculo? ¿Cuán potente era el poder del enano? ¿Tenía la pequeña presciencia de aquellos que se ocupaban superficialmente del Tarot de Dune? ¿O era algo mucho mayor? ¿Cuánto había visto?

—Será mejor que os vayáis —dijo Dhuri—. Bijaz tiene razón.

—Cada minuto que transcurre —dijo Bijaz— prolonga... ¡prolonga el presente!

Cada minuto que dejo transcurrir difiere mi culpa, pensó Paul. La venenosa respiración del gusano, la lluvia de arena de sus mandíbulas, habían caído sobre él. Esto había ocurrido hacía mucho tiempo, pero ahora inhaló de nuevo aquellos recuerdos... especia y amargura. Podía sentir a su propio gusano esperando... «la urna del desierto».

—Estos son tiempos turbulentos —dijo, dirigiéndose a sí mismo y respondiendo al juicio de Otheym acerca de su mundo.

—Los Fremen saben lo que hay que hacer en tiempos turbulentos —dijo Dhuri.

Otheym contribuyó con un gesto de asentimiento.

Paul miró a Dhuri. No esperaba gratitud, para él no hubiera sido más que otra carga que tal vez no hubiera podido soportar, pero la amargura de Otheym y el apasionado resentimiento que veía en los ojos de Dhuri turbaron su resolución. ¿Había *algo* que valiera realmente un tal precio?

—El esperar no sirve de nada —dijo Dhuri.

—Haz lo que debas, Usul —susurró Otheym.

Paul suspiró. Las palabras de la visión habían sido dichas.

—Habrá una rendición de cuentas —dijo, para completarlas. Se volvió y salió de la estancia, oyendo tras él el flap-flap de los pasos de Bijaz.

—El pasado, el pasado —murmuraba el enano mientras salían—. Dejad que los pasados caigan donde deben. Este ha sido un mal día.

La intrincada expresión de los legalismos se desarrolla en torno a la necesidad de ocultarnos a nosotros mismos la violencia que empleamos hacia los demás. Entre el privarle a un hombre de una hora de su vida y privarle de su vida existe tan sólo una diferencia de magnitud. En ambos casos usamos la violencia contra él, consumimos su energía. Elaborados eufemismos pueden disimular nuestra intención de matar, pero tras todo uso del poder contra otro la última premisa es la misma: «Me alimento de vuestra energía».

**—Addenda a las Ordenes al Consejo,
del Emperador Paul Muad'dib**

La Primera Luna brillaba alta sobre la ciudad cuando Paul, con su escudo activado y brillando débilmente a su alrededor, emergió de la calle sin salida. Un viento proviniente del macizo levantaba arena y polvo en medio de la calle, obligando a Bijaz a parpadear y protegerse los ojos.

—Debemos apresurarnos —murmuró el enano—. ¡Apresurarnos! ¡Apresurarnos!

—¿Captas algún peligro? —preguntó tentativamente Paul.

—¡*Sé* el peligro!

Una repentina sensación de peligro inminente se materializó casi inmediatamente a través de una silueta surgiendo de un portal.

Bijaz se acurrucó y gimió.

Era tan sólo Stilgar, moviéndose como una máquina de guerra, la cabeza por delante, corriendo hacia ellos a toda la velocidad que le permitían sus pies.

Rápidamente, Paul le explicó el valor del enano, depositando a Bijaz en manos de Stilgar. Las secuencias de la visión se movían ahora con gran rapidez. Stilgar desapareció con Bijaz. Guardias de Seguridad rodearon a Paul. El restallido de secas órdenes envió a un grupo de hombres calle adelante hacia la casa más allá de la de Otheym. Los hombres se apresuraron a obedecer, sombras entre las sombras.

Más sacrificios, pensó Paul.

—Queremos prisioneros vivos —cuchicheó uno de los oficiales de la guardia.

Cada sonido era un eco de la visión a oídos de Paul. Todo tenía ahora una sólida precisión... visión/realidad, latido a latido. Los ornitópteros descendían cruzando por delante de la luna.

La noche estaba llena de tropas Imperiales atacando.

Un suave silbido nació por encima de los demás sonidos, creció, se convirtió en un rugido cuando aún sus oídos estaban llenos del silbido original. Se convirtió en un halo color terracota que ocultó las estrellas, tragó la luna.

Paul, reconociendo el sonido y el resplandor de los destellos de pesadilla de su visión, sintió un extraño sentimiento de plenitud. Ocurría lo que debía ocurrir.

—¡Un quemador de piedras! —exclamó alguien.

—¡Un quemador de piedras! —el grito se extendió a su alrededor—. Un quemador de piedras... quemador de piedras...

Puesto que esto era lo que se esperaba de él, Paul se cubrió el rostro con un brazo y buscó el refugio de una casa cercana. Era ya demasiado tarde, por supuesto.

Donde había estado la casa de Otheym se levantaba ahora una columna de fuego, un chorro cegador que rugía hacia el cielo. Proyectaba a su alrededor un feroz brillo que recortaba de un modo extraordinario los movimientos de los hombres debatiéndose y huyendo, el frenético batir de alas de los ornitópteros.

Pero ya era demasiado tarde para cada miembro del desesperado grupo.

El suelo empezaba a calentarse bajo Paul. Oía como el sonido de los pies que corrían iba deteniéndose. Los hombres a su alrededor empezaban a comprender que correr no era ninguna salvación. El daño principal ya estaba hecho, y ahora lo único que podían hacer era esperar a que la potencia del quemador de piedras se extinguiera. Las radiaciones, de las que nadie había podido escapar, habían penetrado ya en sus carnes. Los peculiares efectos de las radiaciones del quemador de piedras estaban actuando en ellos. Los efectos del arma dependían de los planes de aquellos que se habían atrevido a usarla, los hombres que habían desafiado a la Gran Convención con aquel acto.

—Dioses... un quemador de piedras —jadeó alguien—. Yo... no... puedo... quedarme... ciego.

—¿Quién puede? —sonó la dura voz de un soldado al otro lado de la calle.

—Los tleilaxu podrán vender algunos de sus ojos aquí —gruñó alguien cerca de Paul—. Ahora, ¡a callar y a esperar!

Esperaron.

Paul permaneció silencioso, pensando en lo que implicaba aquel arma. Si su potencia había sido calculada en exceso, se abriría camino hasta el mismo núcleo del planeta. La zona ígnea de Dune era muy profunda, pero precisamente por ello era más peligrosa. Tales presiones liberadas incontroladamente harían pedazos el planeta, esparciendo sus restos a través del espacio.

—Creo que está disminuyendo un poco —dijo alguien.

—Tan sólo se está hundiendo bajo tierra —advirtió Paul—. Permaneced todos resguardados. Stilgar enviará ayuda.

—¿Stilgar ha podido escapar?

—Stilgar ha podido escapar.

—El suelo se está calentando —se quejó alguien.

—¡Se han atrevido a usar atómicas! —protestó un soldado cerca de Paul.

—El ruido disminuye —dijo alguien al otro lado de la calle.

Paul ignoró todas aquellas palabras, concentrándose en las yemas de sus dedos apoyadas contra el suelo de la calle. Podía sentir el rodante retumbar de la cosa... profundo... cada vez más profundo...

—¡Mis ojos! —gritó alguien—. ¡No puedo ver!

Alguien que estaba aún más cerca que yo, pensó Paul. Levantando la cabeza, podía ver el final de la calle, pero había como una niebla envolviendo la escena. Un globo rojo-amarillento ocupaba el área donde habían estado la casa de Otheym y su vecina. Restos de los edificios contiguos no eran más que oscuras sombras que iban cayendo al incandescente pozo.

Paul se puso en pie. Sentía morir el quemador de piedras, lentamente, en un progresivo silencio bajo él. Su cuerpo estaba bañado en sudor dentro del destiltraje, cuyo sistema de reciclado ya no funcionaba. El aire que penetraba en sus pulmones arrastraba consigo el calor y el olor a sulfuro del quemador.

Mientras miraba a sus tropas que empezaban a ponerse en pie a su alrededor, la bruma de los ojos de Paul se convirtió en tinieblas. Convocó a su visión oracular de aquellos momentos y entonces, encajándose en aquel surco que el Tiempo había excavado para él, comprbó que se correspondían tan estrechamente que ya no podía escapar. Tuvo consciencia de aquel lugar y momento como de una multitudinaria posesión, con la realidad mezclándose con la predicción.

Gemidos y gruñidos de sus tropas empezaron a sonar a su alrededor, a medida que los hombres tomaban consciencia de su ceguera.

—¡Todos quietos! —gritó Paul—. ¡La ayuda está en camino! —Y, como las quejas persistieron, dijo—: ¡Soy

Muad'dib! ¡Os ordeno que permanezcáis quietos! ¡La ayuda está llegando!

Silencio.

Luego, tal como en su visión, un guardia cerca de él dijo:

—¿Es realmente nuestro Emperador? ¿Alguien puede verle? Decídmelo.

—Ninguno de nosotros tiene ojos —dijo Paul—. También a mí me han quitado mis ojos, es cierto, pero no mi visión. Puedo *verte* de pie aquí, así como esta sucia pared al alcance de tus dedos a tu izquierda. Ahora aguardad valientemente. Stilgar llega con nuestros amigos.

El toc-toc de varios tópteros resonó fuertemente a su alrededor. Luego hubo el sonido de apresurados pasos. Paul *observó* a sus amigos llegar, comparando su sonido con los de su visión oracular.

—¡Stilgar! —llamó, agitando un brazo—. ¡Por aquí!

—¡Gracias sean dadas a Shai-hulud! —gritó Stilgar, corriendo hacia Paul—. ¡Vos no...! —En el repentino silencio, la visión interna de Paul le mostró a Stilgar inmovilizándose ante él con una expresión de agonía, contemplando los dañados ojos de su amigo y Emperador—. Oh, mi Señor —gimió—. Usul... Usul... Usul...

—¿Qué hay del quemador de piedras? —preguntó uno de los recién llegados.

—Se ha extinguido —dijo Paul, elevando la voz. Hizo un gesto—. Apresuraos y socorred a aquellos que estaban más cerca del punto de inicio. Levantad barreras. ¡Apresuraos! —Se volvió hacia Stilgar.

—¿Podéis *ver*, mi Señor? —preguntó Stilgar, con el asombro en su tono—. ¿Cómo podéis ver?

Por toda respuesta, Paul tendió sus dedos hasta tocar la mejilla de Stilgar por encima del filtro bucal, y notó lágrimas.

—No necesitas darme tu humedad, viejo amigo —dijo—. No estoy muerto.

—¡Pero vuestros ojos!

—Han cegado mi cuerpo, pero no mi visión —dijo Paul—. Ah, Stil, vivo en un sueño apocalíptico. Mis pasos se inscriben con una tal precisión en este camino que llego a experimentar aburrimiento por tener que revivirlo todo de un modo tan exacto.

—Usul, yo no, no comprendo...

—No intentes comprenderlo. Acéptalo. Pertenezco al mundo que está más allá de este nuestro mundo. Para mí son iguales. No necesito ninguna mano que me guíe. Veo cada movimiento a mi alrededor. Veo cada expresión de tu rostro. No tengo ojos, pero puedo ver.

Silgar agitó vivamente la cabeza.

—Señor, debemos ocultar vuestra aflicción a...

—No la ocultaremos a nadie —dijo Paul.

—Pero la ley...

—Vivimos ahora bajo la ley de los Atreides, Stil. La ley Fremen de que todo ciego sea abandonado en el desierto se aplica tan sólo a los ciegos. Yo no estoy ciego. Vivo en el ciclo de la existencia donde la guerra entre el bien y el mal tiene su arena. Estamos en un giro en el devenir de las edades, y cada uno de nosotros debe representar su parte.

En el repentino silencio, Paul oyó a uno de los heridos lamentándose mientras era transportado.

—Fue terrible —gemía el hombre—. Una gran furia de fuego...

—Ninguno de esos hombres debe ser entregado al desierto —dijo Paul—. ¿Me oyes, Stil?

—Os oigo, mi Señor.

—Hay que proporcionarles nuevos ojos. A mis expensas.

—Se hará, mi Señor.

Oyendo la emoción en la voz de Stilgar, Paul dijo:

—Regreso al tóptero de Mando. Hazte cargo aquí.

—Sí, mi Señor.

Paul pasó al lado de Silgar, rodeándole, y avanzó a lo largo de la calle. Su visión le revelaba cualquier movimiento, cualquier irregularidad ante sus pies, cualquier rostro con el que se encontrara. Comenzó a dar órdenes a medida que avanzaba, señalando a los hombres de su guardia personal, llamándoles por sus nombres, reuniendo a su alrededor a aquellos que representaban su aparato privado de gobierno. Sentía el terror nacer tras él, los atemorizados cuchicheos.

—¡Sus ojos!

—¡Pero te ha mirado directamente, te ha llamado por tu nombre!

En el tóptero de Mando, desactivó su escudo personal, penetró en el aparato y tomó el micrófono de manos de un alucinado oficial de comunicaciones, lanzando una breve ráfaga de órdenes, tras lo cual devolvió el micrófono al oficial. Volviéndose, Paul llamó a un especialista en armamentos, uno de los más jóvenes y brillantes miembros de la nueva raza que recordaba tan sólo confusamente la vida en el sietch.

—Han usado un quemador de piedras —dijo Paul.

Tras una breve pausa, el hombre dijo:

—Eso es lo que me dijeron, Señor.

—Por supuesto, sabes lo que ello significa.

—La energía empleada tan sólo podía ser atómica.

Paul asintió, pensando en cómo debía estar actuando la mente de aquel hombre. Atómicas. La Gran Convención prohibía tales armas. Descubierto el culpable, incurriría simultáneamente en las represalias de todas las Grandes Casas. Las viejas rencillas serían olvidadas, abandonadas frente a aquella traición y a los antiguos miedos que despertaba.

—No puede haber sido manufacturada sin haber dejado algunas huellas —dijo Paul—. Reúne el equipo adecuado y busca a toda costa donde fue construido el quemador de piedras.

—Inmediatamente, Señor. —El hombre se alejó, con una última temerosa mirada.

—Mi Señor —aventuró el oficial de comunicaciones tras él—. Vuestros ojos...

Paul se volvió, tomó de nuevo el micrófono, giró el mando hasta conectar con su frecuencia personal.

—Llamad a Chani —ordenó—. Decidle... decidle que estoy vivo, y que me reuniré inmediatamente con ella.

Ahora las fuerzas se reúnen, pensó Paul. Y notó, a todo su alrededor, cuán fuerte era el olor del miedo en la transpiración.

Vino de Alia,
¡La matriz del cielo!
¡Santo!, ¡santo!, ¡santo!
Fuego y arena unidos
Confrontan a nuestro Señor.
¡Puede ver
Sin ojos!
¡Hay un demonio en él!
Santo, santo, santo,
La ecuación
Fue resuelta
¡Por el martirio!

**—La Luna Cae, Canciones
de Muad'dib**

Tras siete días de febril actividad, la Ciudadela se sumergió en una calma antinatural. Por la mañana había gente en todas partes, pero hablaban en susurros, con las cabezas muy juntas, y andaban sigilosamente. Algunos se escurrían con gestos furtivos. El suspiro de un guardia personal provinente de las estancias internas provocaba miradas interrogativas, y las idas y venidas y el ruido de las armas creaban fruncimientos de cejas. Los recién llegados captaban el ambiente del interior y muy pronto empezaban a moverse de la misma furtiva manera.

227

Las conversaciones acerca del quemador de piedras flotaban en el ambiente.

—Se dice que el fuego era azul verdoso y que hedía a infierno.

—¡Elpa es un estúpido! Dice que va a suicidarse antes que aceptar unos ojos tleilaxu.

—No me gusta hablar de ojos.

—¡Muad'dib pasó por mi lado y me llamó por mi nombre!

—¿Cómo puede *ver* sin ojos?

—¿Has oído?, la gente está huyendo. Hay un gran miedo. Los Naibs dicen que se reunirán en el Sietch Makab para un Gran Consejo.

—¿Qué han hecho con el Panegirista?

—He visto que lo llevaban a la sala donde estaban reunidos los Naibs. ¿Imaginas? ¡Korba prisionero!

Chani se había despertado pronto, alertada por el silencio de la Ciudadela. Al abrir los ojos, vio a Paul sentado junto a ella, sus vacías órbitas dirigidas hacia algún ignoto lugar más allá de la pared de su dormitorio. Todo aquello que el quemador de piedras había arrancado con su peculiar afinidad por los tejidos del ojo, toda aquella carne arruinada, había sido tratada. Inyecciones y ungüentos habían preservado los tejidos sanos alrededor de las órbitas, pero ella sabía que las radiaciones habían actuado profundamente.

Un hambre rabiosa se apoderó de ella apenas se levantó. Había una bandeja con alimentos situada junto al lecho: pan de especia, queso seco.

Paul hizo un gesto hacia la comida.

—Mi amor, no debes privarte de esto. Créeme.

Chani sintió un estremecimiento cuando él volvió hacia ella sus vacías órbitas. Había dejado de pedirle que le explicara lo ocurrido. El hablaba de forma tan extraña: *Fui bautizado en la arena, y ello me costó el poder de creer. ¿Quién sigue comerciando con la fe? ¿Quién la comprará? ¿Quién la venderá?*

¿Qué quería decir con esas palabras?

Paul se negaba a pensar siquiera en los ojos tleilaxu,

pese a que se los proporcionaba generosamente a todos los hombres que habían compartido su desgracia.

Satisfecha su hambre, Chani saltó de la cama, estudió a Paul, vió lo cansado que estaba. Duras arrugas se habían formado en las comisuras de su boca. Su oscuro cabello estaba revuelto, alborotado por un sueño que no le había proporcionado ningún reposo. Se le notaba tan taciturno y lejano. La sucesión de sueño y vigilia no podía cambiar nada de aquello. Se obligó a sí misma a girar la cabeza y susurró:

—Mi amor... mi amor...

El se inclinó, hizo que ella se recostara en la cama, besó sus mejillas.

—Muy pronto volveremos a nuestro desierto —murmuró—. Quedan ya muy pocas cosas que hacer aquí.

Ella se estremeció ante el tono definitivo de su voz.

El la rodeó con sus brazos, murmuró:

—No me tengas miedo, mi Sihaya. Olvida el misterio y acepta el amor. No hay misterio en el amor. Proviene de la vida. ¿Puedes sentir esto?

—Sí.

Ella apoyó su mano contra el pecho de él, contando los latidos de su corazón. Su amor le gritaba al espíritu Fremen que había en él... torrencial, absoluto, salvaje. Un magnético poder la envolvió.

—Te prometo una cosa, mi amor —dijo él—. Nuestro hijo reinará en un Imperio tal que el mío quedará olvidado en la comparación. Las cotas que alcanzarán la vida y las artes serán tan sublimes que...

—¡Pero estamos aquí! —protestó ella, conteniendo un amargo sollozo—. Y... siento que nos queda... tan poco tiempo.

—Tenemos la eternidad, mi amor.

—*Tú* tienes la eternidad. Yo tan sólo tengo el ahora.

—Pero esto *es* la eternidad —acarició su frente.

Ella se apretó contra él, besando desesperadamente su cuello. Algo se estremeció en su seno. Notó su agitarse.

Paul también lo notó. Puso una mano en su abdomen y dijo:

—Ahh, pequeño gobernante del universo, espera a que llegue tu tiempo. Este momento es mío.

Ella se preguntó por qué él seguía hablando en singular de la vida que ella llevaba en su seno. ¿Acaso no se lo habían dicho los médicos? Buscó hacia atrás en sus recuerdos, sorprendida de que la cuestión no se hubiera planteado nunca entre ellos. Seguramente él debía saber que ella llevaba gemelos. Vaciló hasta el punto de decírselo. El *debía* saberlo. El lo sabía todo. Sabía de todas las cosas que había en ella. Sus manos, su boca... absolutamente todo.

—Sí, mi amor —dijo—. Esto es la eternidad... esto es real —y cerró apretadamente los ojos, por miedo a que la mirada de aquellas órbitas vacías arrojaran su alma del paraíso al infierno. No importaba que hubiera codificado sus vidas en la magia del *rihani:* su carne seguía siendo real, sus caricias no podían ser desmentidas.

Cuando se levantaron para vestirse para la jornada, Chani dijo:

—Si la gente tan sólo conociera tu amor...

Pero el humor de él había cambiado.

—Uno no puede edificar la política sobre el amor —dijo—. Las gentes no se sienten interesadas por el amor; es demasiado desordenado. Prefieren el despotismo. Demasiada libertad engendra el caos. No podemos aceptar esto, ¿comprendes? ¿Y cómo puede uno conjugar el despotismo con el amor?

—¡Tú no eres un déspota! —protestó ella, anudando su pañuelo—. Tus leyes son justas.

—Ahh, leyes —dijo él. Cruzó hacia la ventana, apartó los cortinajes y miró hacia afuera—. ¿Qué es la ley? ¿Control? La ley filtra el caos y deja pasar... ¿qué? ¿La serenidad? La ley... nuestro mayor ideal y nuestra naturaleza básica. No mires a la ley desde demasiado cerca. Si lo haces, descubrirás interpretaciones racionalizadas, la casuística legal, los precedentes de la conveniencia. Encontrarás la serenidad, que es tan sólo otra palabra para describir la muerte.

Los labios de Chani se apretaron en una delgada línea. No podía negar el buen juicio y la sagacidad de él, pero aquellas crisis de humor hacían que se estremeciera. El se volvió hacia ella y Chani captó su lucha interior. Era como si hubiera tomado la máxima Fremen: «*Nunca perdones... nunca olvides*», y se estuviera azotando furiosamente con ella.

Cruzó a su lado, se detuvo tras él junto a la ventana. El creciente calor del día había empezado a empujar el viento del norte fuera de aquellas protegidas latitudes. El viento había pintado un falso cielo lleno de plumas ocres y flecos de cristal, extraños diseños en tremolantes colores dorado y rojo. Alto y frío, el viento se estrellaba contra la Muralla Escudo en cascadas de polvo.

Paul sintió la tibieza de Chani junto a sí. Momentáneamente, dejó caer la cortina del olvido sobre su visión. Se limitó simplemente a permanecer inmóvil allí, con los ojos cerrados. Pero el Tiempo se negaba a permanecer inmóvil para él. Inhaló oscuridad... sin estrellas, sin lágrimas. Su aflicción había disuelto la sustancia, dejando tan sólo el asombro ante la forma en que los sonidos condensaban su universo. Todo a su alrededor se volcaba sobre su solitario sentido auditivo, retirándose tan sólo cuando tocaba algún objeto: los cortinajes, la mano de Chani... Se sorprendió a sí mismo escuchando ansiosamente la respiración de Chani.

¿Dónde estaba la inseguridad de las cosas que tan sólo eran probables?, se preguntó a sí mismo. Su mente arrastraba una pesada carga de mutilados recuerdos. Por cada instante de realidad existían incontables proyecciones, cosas condenadas a no llegar a ser jamás. Un yo invisible en su interior recordaba los falsos pasados, cuya carga amenazaba a veces con abrumar el presente.

Chani se apoyó en su brazo.

Sintió su propio cuerpo a través de aquel contacto: carne muerta arrastrada por las corrientes del tiempo. Notó las emanaciones de recuerdos que le habían dejado entrever la eternidad. Ver la eternidad era exponerse a los caprichos de la eternidad, sentirse oprimido por infinitas dimensiones. La falsa inmortalidad del oráculo exigía su retribución: Pasado y Futuro se hicieron simultáneos.

Una vez más, la visión emergió de su negro pozo, cerrándose sobre él. Era sus ojos. Movía sus músculos. Lo guiaba hacia el próximo instante, la próxima hora, el próximo día... ¡hasta que se sintió a sí mismo siempre *allí!*

—Es tiempo de irnos —dijo Chani—. El Consejo...

—Alia puede ocupar mi lugar.

—¿Sabe ella lo que hay que hacer?

—Lo sabe.

La jornada de Alia había empezado con un escuadrón de guardias irrumpiendo en el patio de desfiles bajo sus aposentos. Durante unos momentos había contemplado la escena de frenética confusión, de clamorosos e intimidantes gritos. La escena tan sólo se hizo inteligible cuando reconoció al prisionero que llevaban consigo: Korba, el Panegirista.

Realizó su aseo matutino, observando ocasionalmente a través de la ventana, siguiendo los progresos de lo que ocurría allá abajo. Su mirada se sentía fascinada por Korba. Intentó recordarlo como el rudo y barbado comandante de la tercera oleada en la batalla de Arrakeen. Era imposible. Korba se había convertido en un inmaculado petimetre vestido con sedas de Parato de exquisito corte. Sus ropas estaban abiertas hasta la cintura, revelando una hermosa gorguera almidonada y una túnica interior bordada con gemas verdes. Un cinturón de color violeta ceñía su talle. Las mangas que emergían bajo la desgarrada seda habían sido cortadas en elegantes franjas de terciopelo verde oscuro y negro.

Unos pocos Naibs habían acudido a observar el tratamiento dado a su compañero Fremen. Sus clamores no habían hecho más que excitar a Korba a protestar acerca de su inocencia. Alia estudió cada uno de los rostros Fremen, intentando captar recuerdos de los hombres originales. El presente le ocultaba el pasado. Todos ellos se habían convertido en hedonistas, catadores de placeres que la mayor parte de hombres nunca llegarían a imaginar.

Sus inquietas miradas, observó, se posaban a menudo en la puerta que conducía a la sala donde muy pronto iban a reunirse. Estaban pensando en la visión ciega de Muad'-dib, en la nueva manifestación de misteriosos poderes.

Según su ley, un hombre ciego debía ser abandonado en el desierto, y su agua ofrecida a Shai-hulud. Pero los ojos ciegos de Muad'dib veían. Además, siempre habían detestado los edificios, y se sentían vulnerables en espacios edificados verticalmente. Se hubieran sentido más seguros en una limpia caverna excavada en la roca, más relajados... pero no allí, con el nuevo Muad'dib aguardándoles *dentro*.

Cuando se daba la vuelta para dirigirse al consejo, vio la carta que había dejado en la mesa, junto a la puerta: el último mensaje de su madre. Pese a la reverencia especial que se tenía hacia Caladan como lugar de nacimiento de Paul, Dama Jessica se había negado siempre a convertir su planeta en una etapa del hajj.

«No dudo que mi hijo sea una figura trascendental en la historia», había escrito, «pero no puedo ver que esto sea una excusa para someterlo a una invasión del populacho».

Alia tocó la carta, experimentando una extraña sensación de contacto mutuo. Aquel papel había estado entre las manos de su madre. Era un arcaico sistema de comunicación.

El pensamiento de su madre afectaba a Alia con una ya conocida turbulencia interior. La transformación de la especia que había mezclado las psiques de madre e hija la obligaba a veces a pensar en Paul como en un hijo al que ella hubiera dado a luz. La cápsula-complejo de identidades le presentaba también a veces a su padre como un amante. Sombras fantasmales rondaban por su mente, esencias de posibilidades.

Alia revivió la carta mientras descendía por la rampa de su antecámara, donde esperaban las amazonas de su guardia.

«Producís una paradoja mortal», había escrito Jessica. «Un gobierno no puede ser al mismo tiempo religioso y coercitivo. La experiencia religiosa necesita una espontaneidad que la ley suprime inevitablemente. Y uno no puede gobernar sin leyes. Vuestras leyes pueden reemplazar finalmente la moralidad, reemplazar la consciencia, reemplazar incluso la religión en nombre de la cual creéis gobernar. El ritual sagrado tan sólo puede florecer de la loa y de los anhelos de santidad que rechazan violentamente cualquier moralidad significativa. El gobierno, por otra parte, es un organismo cultural particularmente inclinado a las dudas, preguntas y contradicciones. Veo llegar el día en que la ceremonia ocupará el lugar de la fe y el simbolismo reemplazará a la moralidad».

El aroma del café de especia recibió a Alia en la antecámara. Cuatro guardias amazonas en uniformes verdes se cuadraron cuando entró. Se colocaron a un paso tras ella, manteniéndose firmes con la arrogancia de su juventud, sus ojos alertas ante cualquier eventualidad. Sus fanáticos rostros no expresaban la menor emoción. Irradiaban una especial cualidad Fremen de violencia: podían matar de la forma más natural del mundo, sin el menor sentimiento de culpabilidad.

En eso soy distinta a ellas, pensó Alia. *El nombre de los Atreides ya está manchado sin necesidad de esto.*

Su llegada había sido anunciada. Un paje que permanecía aguardando se apresuró a avisar a la guardia apenas ella entró en el vestíbulo inferior. El vestíbulo permanecía con las ventanas cerradas y en penumbra, iluminado tan sólo por algunos globos aislados. Bruscamente, las puertas que daban al patio de desfiles se abrieron, y la luz del día entró torrencialmente. Los guardias, con Korba en el centro, eran tan sólo siluetas a contraluz en mitad del patio.

—¿Dónde está Stilgar? —preguntó Alia.

—Ya está dentro —dijo una de las amazonas.

Alia penetró en la sala. Era uno de los lugares más preciosos de la Ciudadela. Una alta galería con hileras de mullidos sillones ocupaba uno de sus lados. Frente a esta galería, los cortinajes color naranja enmarcaban los altos ventanales. La brillante luz del sol penetraba por ellos, proviniente de un amplio jardín con una fuente. Al extremo de la sala, a la derecha, había un dosel con un único y enorme sillón.

Avanzando hacia él, Alia miró a su alrededor y hacia arriba, observando que la galería estaba llena de Naibs.

Los guardias de la casa estaban agrupados en el espacio libre bajo la galería. Stilgar se movía entre ellos, dedicando una palabra tranquilizadora aquí, una orden allí. No dio ninguna señal de haber visto entrar a Alia.

234

Korba fue conducido al interior, y sentado ante una mesa baja flanqueada de almohadones, en la parte baja del estrado del dosel. Pese a su distinción, el Panegirista tenía ahora el aspecto de un hosco viejo adormilado, hundido en sus ropas como si se preparara a afrontar un tremendo frío. Dos guardias ocuparon posiciones tras él.

Stilgar se acercó al dosel donde se había sentado Alia.

—¿Dónde está Muad'dib? —preguntó.

—Mi hermano me ha delegado para que presida como Reverenda Madre —dijo Alia.

Al oír aquello, los Naibs de la galería alzaron vehementes voces de protesta.

—¡Silencio! —ordenó Alia. En la repentina quietud, dijo—: ¿No exige la ley Fremen que sea una Reverenda Madre quien presida cuando se halle en juego la vida y la muerte?

A medida que la gravedad de aquella afirmación penetraba en ellos, el silencio se extendió sobre los Naibs, pero Alia captó coléricas miradas en las hileras de rostros. Grabó sus nombres para futuras discusiones en el Consejo: Hobars, Rajifiri, Tasmin, Saajid, Umbu, Legg... Los nombres arrastraban consigo fragmentos del propio Dune: Sietch Umbu, Sink Tasmin, Garganta Hobars...

Dedicó de nuevo su atención a Korba.

Notando esta atención, Korba levantó la cabeza y dijo:

—Declaro mi inocencia.

—Stilgar, lee los cargos —dijo Alia.

Stilgar tomó un amarronado pergamino de papel de especia y avanzó unos pasos. Empezó a leer, con un tono solemne en su voz, como si siguiera un oculto ritmo. Pronunció sus palabras de forma incisiva, claras y llenas de honestidad:

—...que habéis conspirado con traidores para llevar a cabo la destrucción de nuestro Señor y Emperador; que habéis mantenido contactos clandestinos con diversos enemigos del reino; que habéis...

Korba agitaba la cabeza con una expresión de dolorida cólera.

Alia escuchaba ensimismadamente, la barbilla apoyada en su mano izquierda, la cabeza inclinada hacia el mismo lado, el otro brazo extendido a lo largo del brazo del sillón. Retazos del procedimiento formal llegaban hasta ella a través de su consciencia, enmascarados por sus propios sentimientos de inquietud.

—...venerable tradición... soporte de las legiones y de todos los Fremen en cualquier lugar... violencia por violencia de acuerdo con la Ley... la majestad de la Persona Imperial... pérdida de todos los derechos a...

Todo aquello era absurdo, pensó. ¡Absurdo! Todo aquello... absurdo... absurdo...

—Así es como debe ser emitido el juicio —terminó Stilgar.

En el silencio inmediato, Korba se inclinó hacia adelante, las manos sujetando sus rodillas, su venoso cuello tenso como si se preparara a saltar. Su lengua silbó entre sus dientes al hablar.

—¡No he sido traidor a mis votos de Fremen ni en palabras ni en hechos! —dijo—. ¡Pido ser confrontado a mi acusador!

Una simple protesta, pensó Alia.

Pero se dio cuenta de que había producido un considerable efecto entre los Naibs. Todos ellos conocían a Korba. Era uno de los suyos. Para convertirse en un Naib, había tenido que probar su valor y su prudencia Fremen. Nunca había sido brillante, pero sí de confianza. Tal vez nunca hubiera sido capaz de conducir un Jihad, pero su elección como oficial ayudante sería un acierto. No era ningún cruzado, pero permanecía fiel a las viejas virtudes Fremen: *La Tribu es lo más importante*.

Las amargas palabras de Otheym, tal como Paul se las había transmitido, cruzaron la mente de Alia. Miró hacia la galería. Cada uno de aquellos hombres podía verse en el lugar de Korba... algunos de ellos por buenas razones. Pero un Naib inocente era tan peligroso como podía serlo uno culpable.

Korba también se daba cuenta de ello.

—¿Quién me acusa? —preguntó—. Tengo el derecho Fremen de confrontar a mi acusador.

—Quizá os acusáis vos mismo —dijo Alia.

Antes de que pudiera disimularlo, un terror místico

apareció en el rostro de Korba. Era algo que cualquiera podía leer: *Con sus poderes, Alia podía acusar en su propio nombre, diciendo que poseía las pruebas en la región de las sombras, el* alam al-mythal.

—Nuestros enemigos tienen aliados Fremen —forzó Alia—. Han sido destruidas trampas de agua, volados qanats, envenenadas plantaciones y saqueadas depresiones de almacenamiento...

—¡Y ahora... han robado un gusano del desierto y lo han trasladado a otro mundo!

Aquella voz que acababa de intervenir era conocida de todos ellos... Muad'dib. Paul acababa de entrar en la sala, avanzando entre la doble hilera de guardias y dirigiéndose hacia donde estaba Alia. Chani lo acompañaba, algo apartada de él.

—Mi Señor —dijo Stilgar, evitando mirar directamente al rostro de Paul.

Paul giró sus órbitas vacías hacia la galería, luego las centró en Korba.

—Y bien, Korba... ¿no hay palabras de alabanza?

Algunos murmullos llegaron desde la galería. Se hicieron más intensos, más distintos, convirtiéndose en audibles retazos de frases:

—...ley para el ciego...

—...la tradición Fremen...

—...en el desierto...

—...aquel que rompe...

—¿Quién dice que estoy ciego? —preguntó Paul. Hizo frente a la galería—. ¿Tú, Rajifiri? Veo que vienes vestido de oro hoy, pero esa túnica azul que llevas bajo tus ropas está manchada del polvo de las calles. Siempre has ido sucio.

Rajifiri hizo un gesto defensivo, levantando tres dedos para protegerse del demonio.

—¡Apunta esos dedos hacia ti mismo! —restalló Paul—. ¡Todos sabemos dónde está el demonio! —Se giró nuevamente hacia Korba—. Hay culpa en tu rostro, Korba.

—¡No es mi culpa! Quizá me haya asociado con los culpables, pero yo no... —se interrumpió, lanzando una aterrorizada mirada hacia la galería.

Siguiendo el camino marcado por Paul, Alia se puso en pie, descendió del estrado, avanzó hacia un lado de la mesa de Korba. Desde una distancia aproximada de un metro, miró con fijeza al Panegirista, silenciosa e insinuante.

Korba se encogió bajo el peso de aquella mirada. Se estremeció, lanzó ansiosas ojeadas a la galería.

—¿Qué ojos buscas ahí arriba? —preguntó Paul.

—¡Vos no podéis ver! —gimió Korba.

Paul experimentó un momentáneo sentimiento de piedad hacia Korba. Aquel hombre estaba atrapado en la trama de la visión mucho más estrecha y definitivamente que cualquier otro de entre los presentes. Interpretaba un papel, nada más.

—No necesito ojos para verte —dijo Paul. Y empezó a describir a Korba, cada movimiento, cada gesto, cada alarmada y suplicante mirada hacia la galería.

La desesperación hizo presa en Korba.

Alia supo que iba a derrumbarse de un momento a otro. Alguien en la galería debía darse cuenta también de lo cerca que estaba del desmoronamiento, pensó. ¿Quién? Estudió a los Naibs, observando pequeños signos reveladores en las máscaras de sus rostros... odios, miedos, dudas... culpabilidades.

Paul permaneció en silencio.

Korba adoptó un lastimoso aire de dignidad para pedir:

—¿Quién me acusa?

—Otheym te acusa —dijo Alia.

—¡Pero Otheym está muerto! —protestó Korba.

—¿Cómo lo sabes? —preguntó Paul—. ¿Te lo ha comunicado tu red de espionaje? ¡Oh, sí! Lo sabemos todo acerca de tus espías y correos. Sabemos quién trajo el quemador de piedras desde Tarahell hasta aquí.

—¡Era para la defensa de la Qizaràte! —gimió Korba.

—¿Y cómo ha ido a parar a manos traidoras? —preguntó Paul.

—Fue robado, y nosotros... —Korba se interrumpió, deglutió. Su mirada vagó a derecha e izquierda—. ¡Todos nosotros sabemos que he sido la voz del amor para Muad'dib! —Miró a la galería—. ¿Cómo puede un hombre muerto acusar a un Fremen?

—La voz de Otheym no está muerta —dijo Alia. Iba a decir algo más, pero se detuvo cuando Paul tocó su brazo.

—Otheym nos ha enviado su voz —dijo Paul—. Nos ha dado los nombres, los actos de traición, los lugares de reunión y los momentos. ¿No notas la ausencia de algunos rostros en el Consejo de Naibs, Korba? ¿Dónde están Merkur y Fash? Kebe el Cojo tampoco está entre nosotros hoy. Y Takim, ¿dónde se encuentra?

Korba agitó la cabeza.

—Han abandonado Arrakis con el gusano robado —dijo Paul—. Incluso si yo te dejara libre ahora, Korba, Shaihulud tendría tu agua por la parte que has tenido en esto. ¿Por qué no dejarte libre, Korba? Piensa en todos esos hombres que han perdido sus ojos y que no pueden ver como yo. Tienen familias y amigos, Korba. ¿Dónde podrás ocultarte de todos ellos?

—Fue un accidente —se lamentó Korba—. Y de todos modos, los tleilaxu pueden... —se interrumpió de nuevo.

—¿Quién conoce la esclavitud que crean esos ojos de metal? —preguntó Paul.

Los Naibs, en la galería, empezaron a intercambiar susurrados comentarios, hablando tras las pantallas de sus manos. Ahora miraban fríamente a Korba.

—La defensa de la Qizarate —murmuró Paul, volviendo al argumento de Korba—. Un instrumento que puede destruir un planeta o producir rayos J capaces de cegar a todos aquellos que se hallen en sus proximidades. ¿Cuál de esos efectos, Korba, concebías como defensa? ¿Confiaba la Qizarate en detener los ojos de todos los observadores?

—Era una curiosidad, mi Señor —gimió Korba—. Conocíamos la Vieja Ley que decía que sólo las Familias podían poseer atómicas, pero la Qizarate obedecía... obedecía...

—Te obedecía a ti —dijo Paul—. Una curiosidad, realmente.

—Incluso si se trata tan sólo de la voz de mi acusador, ¡debéis enfrentarme con ella! —dijo Korba—. Un Fremen tiene sus derechos.

—Habla con la verdad, Señor —dijo Stilgar.

Alia lanzó una cortante mirada a Stilgar.

—La ley es la ley —dijo Stilgar, consciente de la protesta de Alia. Empezó a citar la Ley Fremen, intercalando sus propios comentarios acerca de su interpretación.

Alia experimentó la extraña sensación de que oía las palabras de Stilgar antes de que éste las pronunciara. ¿Cómo podía ser tan crédulo? Stilgar nunca se le había aparecido tan oficial y conservador, tan interesado en adherirse al Código de Dune. Su mentón estaba agresivamente erguido. Su voz era tajante. ¿Realmente no había nada más en él que aquella arrogante pomposidad?

—Korba es un Fremen, y debe ser juzgado según la Ley Fremen —concluyó Stilgar.

Alia se volvió, contemplando las sombras derramándose a lo largo de las paredes al otro lado del jardín. Se sentía vacía por la frustración. Todo aquello les había consumido media mañana. ¿Y ahora qué? Korba se había relajado. Los modales del Panegirista decían que era víctima de un injusto ataque, que todo lo había hecho por amor a Muad'dib. Lo estudió, sorprendiendo una mirada de furtiva autosuficiencia que cruzaba su rostro.

Parecía haber recibido un mensaje, pensó. Había actuado como un hombre que acaba de oír a sus amigos gritar: *¡No os mováis! ¡Los auxilios están llegando!*

Por un instante, había tenido todo aquello entre sus manos... la información provinente del enano, los indicios de los demás que se hallaban en el complot, los nombres de los informadores. Pero el momento crítico se había desvanecido. *¿Stilgar? No, seguramente no Stilgar.* Se volvió, mirando fijamente al viejo Fremen.

Stilgar sostuvo la mirada sin un parpadeo.

—Gracias, Stil —dijo Paul— por recordarnos la Ley.

Stilgar inclinó la cabeza. Se acercó a ellos, desgranando silenciosas palabras que sólo Paul y Alia podían comprender. *Le arrancaré toda la verdad y me encargaré de todo lo demás.*

Paul asintió e hizo una seña a los guardias detrás de Korba.

—Llevad a Korba a una celda de máxima seguridad

—dijo—. Ningún visitante excepto el consultor. Como consultor nombro a Stilgar.

—¡Dejadme elegir mi propio consultor! —exclamó Korba.

Paul se volvió.

—¿Niegas la rectitud y el buen juicio de Stilgar?

—Oh, no, mi Señor, pero...

—¡Lleváoslo! —restalló Paul.

Los guardias arrancaron a Korba de sus almohadones y lo arrastraron fuera.

Con nuevos murmullos, los Naibs empezaron a abandonar su galería. Los servidores entraron en la sala, avanzaron hacia las ventanas y corrieron los cortinajes color naranja. La sala se sumergió de pronto en la penumbra.

—Paul —dijo Alia.

—Precipitaremos la violencia —dijo Paul— cuando tengamos su completo control. Gracias, Stil; has representado bien tu parte. Alia, estoy seguro, ha identificado a los Naibs que estaban con él. No podían escapársele.

—¿Lo habéis preparado todo entre vosotros? —preguntó Alia.

—Los Naibs hubieran comprendido y aceptado que yo hiciera ajusticiar inmediatamente a Korba —dijo Paul—. Pero este proceso formal que no se ajustaba estrictamente a la Ley Fremen... les hubiera hecho sentir que sus derechos eran traicionados. ¿Qué Naibs estaban con él, Alia?

—Rajifiri seguro —dijo ella, con voz muy baja—. Y también Saajid, pero...

—Dale a Stilgar la lista completa —dijo Paul.

Alia deglutió dificultosamente en su reseca garganta, compartiendo el miedo general hacia Paul en aquel momento. ¡Poder ver sin ojos, captar sus formas en la atmósfera de su visión! Se sintió a sí misma como una imagen espejeante que flotaba para él en un tiempo sideral cuyo acoplamiento con la realidad dependía enteramente de sus palabras y actos. ¡Los tenía a todos ellos en la palma de la mano de su visión!

—Es ya tarde para vuestra audiencia de la mañana, Señor —dijo Stilgar—. Hay mucha gente... curiosa... temerosa...

—¿Tú también me temes, Stil?

La respuesta fue apenas un susurro:

—Sí.

—Tú eres mi amigo y no tienes que temer nada de mí —dijo Paul.

Stilgar deglutió.

—Sí, mi Señor.

—Alia, encárgate de la audiencia de la mañana —dijo Paul—. Stilgar, da la señal.

Stilgar obedeció.

Una ráfaga de movimiento brotó de las grandes puertas. La primera oleada de gente fue empujada hacia atrás para permitir la entrada a los oficiales. Luego ocurrieron varias cosas al mismo tiempo. Los guardias de la casa hicieron retroceder a la masa de Suplicantes e Intercesores con ropas de ceremonia que intentaban entrar entre gritos y maldiciones. Los Intercesores agitaban los papeles de sus llamamientos. El Clérigo de la Asamblea se abrió paso entre ellos y atravesó el cordón de guardias, llevando consigo la Lista de Preferencias, con los nombres de aquellos a quienes se les permitiría acercarse al Trono. El Clérigo, un nervudo Fremen llamado Tecrube, tenía un aspecto de profundo cinismo, acentuado por su cabeza afeitada y por la hirsuta perilla que dominaba su rostro.

Alia lo interceptó, dando tiempo a Paul para desaparecer con Chani a través del pasillo privado tras el dosel. Notó una momentánea desconfianza en Tecrube en el modo como éste observó la marcha de Paul.

—Hoy hablo en nombre de mi hermano —dijo—. Deja que los Suplicantes se acerquen uno a uno.

—Sí, mi Dama. —Se volvió hacia el gentío.

—Puedo recordar un tiempo en el que vos hubierais comprendido más rápidamente los propósitos de vuestro hermano —dijo Stilgar.

—Estaba alterada —dijo ella—. Pero se ha producido un cambio dramático en ti, Stilgar. ¿De qué se trata?

Stilgar se envaró, sobresaltado. Uno cambiaba, por supuesto. ¿Pero dramáticamente? Era un extraño modo de ver las cosas. El drama era algo equívoco. Importar artistas de dudosa lealtad y más dudosa virtud era dramático.

Los enemigos del Imperio empleaban el drama en sus intentos de agitar a las gentes. Korba había roto con las virtudes Fremen y había empleado el drama para la Qizarate. Y moriría por ello.

—Os estáis mostrando perversa —dijo Stilgar—. ¿Desconfiáis de mí?

La angustia en su voz suavizó la expresión de ella, pero no su tono.

—*Sabes* que no desconfío de ti —dijo—. Tanto yo como mi hermano hemos considerado siempre que lo que estaba en manos de Stilgar estaba tan seguro que podíamos olvidarnos de ello.

—Entonces, ¿por qué decís que he... cambiado?

—Te estás preparando para desobedecer a mi hermano —dijo ella—. Puedo leerlo en ti. Tan sólo espero que eso no os destruya a los dos.

El primero de los Intercesores y Suplicantes se estaba acercando a ellos. Alia se alejó de Stilgar antes de que éste pudiera responder. Sin embargo, pudo leer en el rostro de él las mismas cosas que había captado en la carta de su madre... la sustitución de la moralidad y la consciencia por la ley.

Producís una paradoja mortal.

Tibana fue un apologista del Cristianismo Socrático, probablemente un nativo de Anbus IV que vivió entre el octavo y el noveno siglo antes de Corrino, seguramente en el segundo reinado de Dalamak. De sus escritos, tan sólo sobreviven unos pocos, de los cuales cabe destacar este fragmento: «Los corazones de todos los hombres moran en la misma soledad».

—Del Libro de Dune de Irulan

—Tú eres Bijaz —dijo el ghola, penetrando en la pequeña estancia donde el enano era custodiado bajo guardia—. A mí me llaman Hayt.

Un fuerte contingente de los guardias del recinto habían acudido con el ghola para efectuar el cambio de guardia de la tarde. La arena arrastrada por el viento del atardecer había enrojecido sus mejillas mientras cruzaban el patio exterior, haciéndoles apresurarse, parpadeando. Podía oírles ahora, afuera en el pasillo, intercambiando las bromas de ritual durante el cambio.

—Tú no eres Hayt —dijo el enano—. Tú eres Duncan

Idaho. Yo estaba allí cuando colocaron tu carne muerta en el tanque, y estaba allí también cuando la retiraron de nuevo, viva y dispuesta a ser entrenada convenientemente.

El ghola deglutió, con la garganta repentinamente seca. Los brillantes globos de la estancia perdían algo de su amarillenta luz entre los cortinajes verdes que cubrían la habitación. La luz revelaba gotas de transpiración en la frente del enano. Bijaz tenía la apariencia de una criatura de extraña integridad, como si la finalidad esculpida por los tleilaxu en su interior se proyectara hacia afuera a través de su piel. Había poder bajo la máscara de cobardía y frivolidad del enano.

—Muad'dib me ha encargado que te interrogue para determinar qué es lo que los tleilaxu esperan de ti —dijo Hayt.

—Tleilaxu, tleilaxu —canturreó el enano—. ¡Yo soy los tleilaxu, idiota! Tanto como lo eres tú.

Hayt miró silenciosamente al enano. Bijaz irradiaba una carismática agudeza mental que hacía pensar a cualquier observador en los antiguos ídolos.

—¿Oyes a la guardia fuera? —preguntó Hayt—. Bastaría que se lo ordenara para que te estrangularan.

—¡Hai! ¡Hai! —gritó Bijaz—. En qué estúpido imbécil te estás convirtiendo. Y dices que has venido en busca de la verdad.

Hayt se dijo que no le gustaba el aspecto de secreta tranquilidad que había tras la expresión del enano.

—Quizá tan sólo he venido a buscar el futuro —dijo.

—Muy bien hablado —dijo Bijaz—. Ahora nos conocemos mutuamente. Cuando dos ladrones se encuentran, no necesitan presentaciones.

—Así pues, somos dos ladrones —dijo Hayt—. ¿Qué es lo que robamos?

—No somos ladrones, sino dados —dijo Bijaz—. Y tú has venido a contar mis puntuaciones. Yo, en respuesta, cuento las tuyas. ¿Y qué es lo que veo? ¡Tienes dos caras!

—¿Me viste realmente en el interior de los tanques tleilaxu? —preguntó Hayt, luchando contra una extraña reluctancia a efectuar tal pregunta.

—¿No te lo he dicho ya? —preguntó a su vez Bijaz. El enano saltó sobre sus pies—. Hubo un terrible forcejeo contigo. La carne no quería regresar.

Hayt sintió repentinamente que existía en un sueño controlado por alguna otra mente, y que podía olvidar momentáneamente para perderse en las circunvoluciones de dicha mente.

Bijaz inclinó furtivamente su cabeza hacia un lado, girando en torno al ghola y escrutándolo atentamente.

—La excitación prende viejos esquemas en ti —dijo—. Eres el perseguidor que no quiere saber qué es lo que persigue.

—Eres un arma apuntada a Muad'dib —dijo Hayt, girando sobre sí mismo para seguir al enano—. ¿Qué es lo que debes hacer?

—¡Nada! —dijo Bijaz, deteniéndose—. Te doy una respuesta vulgar a una pregunta vulgar.

—Entonces estás apuntando a Alia —dijo Hayt—. ¿Es ella tu blanco?

—Me llaman Hawt, el Monstruo Pez, en los mundos exteriores —dijo Bijaz—. ¿Cómo es que oigo bullir tu sangre cuando hablas de ella?

—Así que te llaman Hawt —dijo el ghola, estudiando a Bijaz en busca del menor indicio de sus intenciones. El enano estaba dando unas respuestas tan extrañas.

—Ella es la virgen-prostituta —dijo Bijaz—. Es vulgar, retorcida, con un conocimiento tan profundo que aterroriza, cruel hasta lo indecible, vacía mientras está pensando, y cuando intenta construir algo es tan destructiva como una tormenta de coriolis.

—Así que has venido para hablar en contra de Alia —dijo Hayt.

—¿Contra ella? —Bijaz se dejó caer en un almohadón junto a la pared—. He venido aquí tan sólo para ser capturado por el magnetismo de su belleza física. —Sonrió, con una expresión de saurio en su desproporcionado rostro.

—Atacar a Alia es atacar a su hermano —dijo Hayt.

—Esto es algo tan claro que es difícil verlo —dijo Bijaz—. En verdad, el Emperador y su hermana son una sola persona, mitad macho, mitad hembra.

—Eso es algo que he oído decir a los Fremen del desierto profundo —dijo Hayt—. Y esos son los que han revivido los sacrificios de sangre a Shai-hulud. ¿Cómo puedes repetir tales absurdos?

—¿Te atreves a hablar de absurdos? —preguntó Bijaz—. ¿Tú, que eres a la vez un hombre y una máscara? Ahh, pero los dados no pueden leer por sí mismos sus puntuaciones. Lo había olvidado. Y tú estás doblemente confundido puesto que sirves al doble-ser de los Atreides. Tus sentidos no están tan cerca de la respuesta como lo está tu mente.

—¿Has exhortado este falso ritual acerca de Muad'dib entre tus guardias? —preguntó Hayt en voz baja. Sentía cómo su mente se iba dejando aprisionar por la tela de araña de las palabras del enano.

—¡Son ellos quienes me han exhortado a mí! —dijo Bijaz—. Y también han orado. ¿Por qué no deberían hacerlo? Todos debemos orar. ¿Acaso no vivimos en las sombras de la más peligrosa creación que el universo haya conocido nunca?

—La más peligrosa creación...

—¡Su propia madre se niega a vivir en el mismo planeta que ellos!

—¿Por qué no me respondes directamente? —preguntó Hayt—. Sabes que tenemos otras formas de interrogarte. Obtendremos tus respuestas... de uno u otro modo.

—¡Pero ya te he respondido! ¿Acaso no te he dicho que el mito es real? ¿Soy tal vez el viento que acarrea la muerte en su vientre? ¡No! ¡Estoy hecho de palabras! Tales palabras son como el rayo que surge de la arena en un oscuro cielo. He dicho: «¡Apaga esta lámpara! ¡El día está aquí!» Y tú sigues pidiendo: «Dame una lámpara para que pueda hallar el día».

—Estás jugando un juego peligroso conmigo —dijo Hayt—. ¿Acaso piensas que no comprendo esos conceptos Zensunni? Las huellas que dejas son tan claras como las de un pájaro en el barro.

Bijaz se echó a reír.

—¿Por qué te ríes? —preguntó Hayt.

—Porque tengo dientes y me gustaría no tenerlos —exclamó Bijaz entre risas—. ¡Si no tuviera dientes, no podría masticar todo esto!

—Ahora ya se cuál es tu blanco —dijo Hayt—. Has sido apuntado contra mí.

—¡Y he acertado de lleno! —dijo Bijaz—. Haces un blanco tan grande... ¿cómo podría haber fallado? —Asintió con la cabeza, como para sí mismo—. Ahora voy a cantar para ti. —Se puso a tararear, un tema monótono que repetía una y otra vez.

Hayt se estremeció, experimentando dolores que recorrían arriba y abajo su espina dorsal. Observaba fijamente el rostro del enano, contemplando unos ojos de joven en una cara de viejo. Los ojos eran el centro desde donde irradiaban una serié de blanquecinas arrugas que llegaban hasta las depresiones bajo sus sienes. ¡Una cabeza tan grande! Cada rasgo parecía centrarse en la fruncida boquita de donde emanaba aquel monótono ruido. El sonido evocaba en Hayt antiguos rituales, recuerdos de tradiciones, viejas palabras y costumbres. Conceptos medio olvidados en perdidos murmullos. Algo vital estaba ocurriendo allí... un cruento juego de ideas a través del Tiempo. Las más antiguas ideas yacían agazapadas en la canción del enano. Eran como una deslumbrante luz en la distancia, acercándose cada vez más y más, iluminando la vida a través del torrente de los siglos.

—¿Qué me estás haciendo? —jadeó Hayt.

—Tú eres el instrumento que me han enseñado a tocar —dijo Bijaz—. Estoy interpretando en ti. Déjame decirte los nombres de los demás traidores entre los Naibs. Son Bikouros y Cahueit. Es Djedida, que era secretario de Korba. Es Abumojandis, el ayudante de Bannerjee. Es probable que, en este momento, alguno de ellos esté hundiendo su hoja en vuestro Muad'dib.

Hayt agitó negativamente su cabeza. Le era imposible hablar.

—Nosotros dos somos como hermanos —dijo Bijaz, interrumpiendo una vez más su monótono canturreo—. Nacimos en el mismo tanque: yo primero, tú luego.

Los metálicos ojos de Hayt ardieron con un súbito dolor. Una bruma rojiza se extendió sobre todo lo que abarcaba su visión. Tenía la impresión de que había sido desconectado de todos los sentidos inmediatos excepto el dolor, y captaba todo lo que le rodeaba como a través de un oscilante velo. Todo se había convertido en accidental, producto del azar sobre la materia inanimada. Su voluntad se había convertido en algo sutil, vacilante. Vivía sin el menor aliento, y era inteligible sólo como una iluminación interior.

Con una claridad nacida de la desesperación, atravesó el velo que lo rodeaba y captó el sentido solitario de su visión. Su atención se centró como una deslumbrante luz en Bijaz. Hayt sintió que sus ojos atravesaban las distintas capas de que estaba formado el enano, viendo al hombrecillo como un intelecto mercenario, y debajo de esto una criatura aprisionada por hambres y avideces arracimadas en lo más profundo de sus ojos... capa tras capa, hasta que finalmente no quedó más que el aspecto de una entidad manipulada por símbolos.

—Estamos en un campo de batalla —dijo Bijaz—. Puedes hablar de ello.

Como si aquella voz fuera una orden, Hayt dijo:

—Tú no puedes obligarme a herir a Muad'dib.

—He oído —dijo Bijaz— que la Bene Gesserit dice que no existe nada estable, nada equilibrado, nada durable en todo el universo... que nada de lo que hay en él permanece en su estado, que cada día, a veces incluso cada hora, representa un cambio.

Hayt agitó silenciosamente la cabeza.

—Tú creías que ese ridículo Emperador era el precio que exigíamos —dijo Bijaz—. Qué poco comprendes a nuestros dueños, los tleilaxu. La Cofradía y la Bene Gesserit creen que producimos artefactos. En realidad, producimos instrumentos y servicios. Cualquier cosa puede ser un instrumento: la miseria, la guerra. La guerra es utilizable debido a que es efectiva en muchos campos. Estimula

250

el metabolismo. Refuerza el gobierno. Difunde variedades genéticas. Posee una vitalidad que no tiene igual en el universo. Sólo aquellos que reconocen el valor de la guerra y lo ejercen poseen un cierto grado de autodeterminación.

Con una voz extrañamente plácida, Hayt dijo:

—Extraños pensamientos emanan de ti, hasta el punto que me hacen pensar en una Providencia vengadora. ¿Qué restitución te creó exactamente? Haría una historia fascinante, indudablemente con un epílogo aún más extraordinario.

—¡Magnífico! —coreó Bijaz—. Atacas... así que tienes fuerza de voluntad y ejercitas la autodeterminación.

—Estás intentando despertar la violencia en mí —dijo Hayt, con voz jadeante.

Bijaz negó aquello agitando la cabeza.

—Despertar, sí, pero no la violencia. Tú eres un discípulo del despertar de la consciencia por el entrenamiento, según has dicho. Yo tengo una consciencia que debo despertar en ti, Duncan Idaho.

—¡Hayt!

—Duncan Idaho. Matador extraordinario. Amante de muchas mujeres. Soldado espadachín. Servidor de los Atreides en el campo de batalla. Duncan Idaho.

—El pasado no puede ser despertado.

—¿No puede serlo?

—¡Nunca se ha conseguido!

—Cierto, pero nuestros dueños desafían la idea de que haya algo que no pueda ser hecho. Buscan sin cesar el instrumento adecuado, la correcta aplicación del esfuerzo, los servicios del apropiado...

—¡Estás ocultando su auténtica finalidad! ¡Proyectas una pantalla de palabras que no significan nada!

—Hay un Duncan Idaho en ti —dijo Bijaz—. Se someterá a la emoción o a un examen desapasionado, pero se someterá. Esta consciencia surgirá a través de una pantalla de supresión y selección del oscuro pasado acosado por tus pasos. Te incita aunque tú no quieras seguirle. Existe en tu interior, y es en él en quien está centrada tu consciencia, es a él a quien obedecerás.

—Los tleilaxu creen que sigo siendo aún su esclavo, pero yo...

—¡Silencio, esclavo! —dijo Bijaz, con aquella voz plañidera.

Hayt se heló en un repentino silencio.

—Ahora hemos tocado fondo —dijo Bijaz—. Sé lo que sientes. Y ésas son las palabras clave que te manipularán... Creo que serán una palanca suficiente.

Hayt sintió la transpiración chorreando por sus mejillas, el temblor de su pecho y brazos, pero se sentía imposibilitado de moverse.

—Un día —dijo Bijaz—, el Emperador vendrá hasta ti. Te dirá: «Ella se ha ido». La máscara del dolor ocupará su rostro. Dará su agua al muerto, así es como lo dicen cuando manan las lágrimas. Y tú dirás, usando mi voz: «¡Mi Dueño! ¡Oh, mi Dueño!»

La mandíbula y la garganta de Hayt le dolían agudamente por la tensión de sus músculos. Sólo consiguió agitar su cabeza en un breve arco, de un lado a otro.

—Dirás: «Traigo un mensaje de Bijaz» —el enano hizo una mueca—. Pobre Bijaz, no tiene mente... pobre Bijaz, un tambor hinchado con mensajes, una esencia para uso de otros... golpeas a Bijaz y produce ruidos... —hizo de nuevo otra mueca—. Puedes pensar que soy un hipócrita, Duncan Idaho. ¡No lo soy! Yo también puedo sentir pesar. Pero ha llegado el tiempo de sustituir las espadas por las palabras.

Hayt hipó. Bijaz se echó a reír, y luego:

—Ah, gracias, Duncan, gracias —dijo—. Las exigencias del cuerpo nos salvan. El Emperador lleva la sangre de los Harkonnen en sus venas, hará lo que le pidamos. Se convertirá en una máquina, en una máquina escupidora, una mordedora de palabras que sonará con un agradable ruido a los oídos de nuestros dueños.

Hayt parpadeó, pensando en que el enano se le aparecía ahora como un pequeño animalillo alerta, una cosa de extraña y malévola inteligencia. *¿Sangre Harkonnen en los Atreides?*

—Piensa en la Bestia Rabban, el abominable Harkon-

252

nen, y deja que la ira te invada —dijo Bijaz—. En esto eres como los Fremen. Cuando las palabras fallan, la espada está siempre en la mano, ¿no? Piensa en las torturas infligidas a tu familia por los Harkonnen. ¡Y a través de su madre, tu precioso Paul es un Harkonnen! No te será difícil matar a un Harkonnen, ¿no crees?

Una amarga frustración cruzó a través del ghola. ¿Era cólera lo que experimentaba? ¿Qué era lo que causaba esa cólera?

—Ohhh —dijo Bijaz. Y—: ¡Ahhh, ahh! Click-click. Hay más en el mensaje. Los tleilaxu le proponen un trato a tu precioso Paul Atreides. Nuestros dueños le devolverán a su bienamada. Una hermana de ti mismo... otro ghola.

Hayt sintió repentinamente que se hallaba en el centro de un universo ocupado tan sólo por los latidos de su corazón.

—Un ghola —dijo Bijaz—. Podrá tener la carne de su bienamada. Llevará a su hijo. Le amará tan sólo a él. Podemos incluso mejorar el original si así lo desea. ¿Ha tenido jamás un hombre una tan gran oportunidad de recuperar lo que había perdido? Se apresurará a aceptar este trato.

Bijaz inclinó la cabeza, con los ojos expresando un profundo cansancio. Luego:

—Se sentirá tentado... y en su distracción, te acercarás a él. ¡Y en el instante preciso, golpearás! ¡Dos gholas, no uno! ¡Eso es lo que exigen nuestros dueños! —El enano carraspeó, agitó una vez más la cabeza—. ¡Ahora habla!

—No lo haré —dijo Hayt.

—Pero Duncan Idaho sí —dijo Bijaz—. Ese será el momento de suprema vulnerabilidad para el descendiente de los Harkonnen. No lo olvides. Le sugerirás posibles perfeccionamientos para su bienamada... quizá un corazón doble, emociones más suaves. Le ofrecerás asilo mientras te acercas a él... un planeta a su elección en algún lugar fuera del Imperio. ¡Piensa en ello! Su bienamada restaurada. No más necesidad de lágrimas, y un lugar idílico para terminar sus días.

—Un caro regalo —dijo tentativamente Hayt—. Me preguntó cuál es el precio.

—Dile que debe renunciar a su divinidad y desacreditar la Qizarate. Deberá también desacreditarse a sí mismo y a su hermana.

—¿Nada más? —preguntó Hayt burlonamente.

—Deberá renunciar a sus intereses en la CHOAM, naturalmente.

—Naturalmente.

—Y si aún no estás lo suficientemente cerca de él para golpear, háblale de lo mucho que admiran los tleilaxu lo que les ha enseñado acerca de las posibilidades de la religión. Dile que los tleilaxu poseen un departamento de ingeniería religiosa, configurando religiones en función de necesidades particulares.

—Qué hábil —dijo Hayt.

—Te crees que eres libre para burlarte y desobedecerme —dijo Bijaz. Inclinó furtivamente la cabeza hacia un lado—. No puedes negar...

—Te han fabricado muy bien, pequeño animalillo —dijo Hayt.

—Y a ti también —dijo el enano—. Le dirás que se apresure. La carne es perecedera, y la carne de su bienamada deberá ser preservada en un tanque criogénico.

Hayt se notó a sí mismo flotando, perdido en una matriz de objetos que no podía reconocer. ¡El enano parecía tan seguro de sí mismo! Sin embargo debía existir una falla en la lógica tleilaxu. Haciendo a su ghola, lo habían ajustado condicionándolo a la voz de Bijaz, pero... ¿Pero qué? Lógica/matriz/objeto... ¡Qué fácil era confundir un razonamiento claro tomándolo por un razonamiento correcto! ¿Estaba distorsionada la lógica de los tleilaxu?

Bijaz sonrió, como si escuchara alguna voz oculta.

—Ahora olvidarás —dijo—. Cuando llegue el momento, recordarás de nuevo. El te dirá: «Ella se ha ido». Y Duncan Idaho despertará en aquel momento.

El enano dio una palmada.

Hayt gruñó, con la sensación de haber sido interrumpido en medio de un pensamiento... o quizá en medio de una frase. ¿De qué se trataba? Algo acerca de... ¿blancos?

—Crees que puedes confundirme y manipularme —dijo.

—¿De que se trata? —preguntó Bijaz.
—Yo soy tu blanco, y no puedes negarlo —dijo Hayt.
—Nunca he pensado negarlo.
—¿Qué es lo que intentas hacer conmigo?
—Servirte —dijo Bijaz—. Tan sólo servirte.

La naturaleza secuencial de los actuales acontecimientos no está iluminada con mucha precisión por los poderes de la presciencia, excepto bajo las circunstancias más extraordinarias. El oráculo revela tan sólo incidentes extraídos de la cadena histórica. La eternidad se mueve. Sufre la influencia del oráculo, así como la de los suplicantes. Dejad que los súbditos de Muad'dib duden de su majestad y de sus visiones oraculares. Dejad que nieguen sus poderes. Dejad que nunca duden de la Eternidad.

—Los Evangelios de Dune

Hayt espiaba a Alia saliendo del templo y cruzando la plaza. Su guardia avanzaba apiñada a su alrededor, con la fiera expresión de sus rostros ocultando las líneas reblandecidas por la buena vida y las comodidades.

Un heliógrafo de alas de tópteros batía el aire en el brillante sol de la tarde por encima del techo, parte de ellos con el símbolo del puño de la Guardia Real de Muad'dib en su fuselaje.

Hayt volvió de nuevo su mirada hacia Alia. Parecía fuera de lugar allá en la ciudad, pensó. Su lugar adecuado era el desierto... el espacio abierto y despejado. Algo extraño acerca de ella vino a su mente mientras la contemplaba acercarse: Alia parecía reflexionar tan sólo cuando sonreía. Era algo relativo a sus ojos, decidió, recordando un retazo de sus recuerdos de ella cuando apareció en la recepción al Embajador de la Cofradía: altiva entre la mescolanza de música y conversaciones vacías, entre los extravagantes atuendos y uniformes. Alia había aparecido completamente vestida de blanco, un blanco deslumbrante, una absoluta blancura de castidad. La había estado observando desde una ventana mientras ella atravesaba un jardín interior con su estanque ritual, sus murmurantes fuentes, sus frondas verdeantes y su mirador blanco.

Fuera de lugar... completamente fuera de lugar. Ella pertenecía al desierto.

Hayt respiraba agitadamente. Alia desapareció de su vista. Aguardó, abriendo y cerrando sus puños. La entrevista con Bijaz lo había dejado intranquilo.

Oyó los pasos de Alia al otro lado de la estancia donde estaba esperando. La oyó penetrar en los apartamentos familiares.

Intentó centrarse de nuevo en lo que lo había turbado con respecto a ella. ¿La forma como había andado cruzando la plaza? Sí. Ella se había movido como una criatura acechada por algún peligroso predador. Se dirigió hacia el balcón que unía las dos estancias, avanzó a lo largo de él hasta la pantalla protectora de plasmeld, se detuvo al otro lado de la penumbra interior. Alia permanecía de pie apoyada en la balaustrada que dominaba su templo.

Siguió su mirada... abarcando toda la ciudad. Vio rectángulos, bloques de color, reptantes movimientos de sonido y vida. Las estructuras brillaban, destellaban. El calor ponía temblores en el aire por encima de los tejados. Había un chico jugando a la pelota en un callejón sin salida en un ángulo del templo. La pelota iba y venía contra la pared.

Alia también observaba la pelota. Sentía una compulsión de identidad con aquella pelota... arriba y abajo... arriba y abajo. Se notaba a sí misma rebotando contra los corredores del Tiempo.

La poción de melange que había absorbido poco antes

de abandonar el templo era la mayor que hubiera tomado nunca... una sobredosis masiva. Incluso antes de empezar a sentir sus efectos, se había sentido aterrorizada.

¿Por qué lo he hecho?, se preguntó.

Uno tenía que elegir entre los distintos peligros. ¿Era eso entonces? Aquella era la única forma de penetrar la bruma esparcida sobre el futuro por aquel maldito Tarot de Dune. Existía una barrera. Debía ser franqueada. Debía hacer todo lo necesario para ver por dónde andaba su hermano con su paso ciego.

La familiar sensación de huida de la melange empezó a manifestarse en su consciencia. Inspiró profundamente, experimentando una cierta calma, tranquila y reposada.

La posesión de una segunda visión tiene tendencia a convertir a uno en peligrosamente fatalista, pensó. Desafortunadamente, no existía ninguna palanca abstracta, ningún cálculo de presciencia. Las visiones de futuro no podían ser manipuladas como fórmulas. Uno tenía que entrar en ellas, arriesgando vida y cordura.

Una silueta se movió entre las duras sombras del balcón contiguo. ¡El ghola! En su acrecentada consciencia, Alia lo vio con una intensa claridad... sus oscuros y vitales rasgos dominados por aquellos brillantes ojos de metal. Era la unión de terribles oposiciones, algo empujado en una línea única y directa. Era a la vez oscura y deslumbradora luz, un producto del proceso que había hecho revivir su carne muerta... y algo intensamente puro... inocente.

¡Era inocencia sitiada!

—¿Estás ahí desde hace rato, Duncan? —preguntó.

—Así que debo ser Duncan —dijo él—. ¿Por qué?

—No me lo preguntes a mí —dijo ella.

Y pensó, mirando hacia él, que los tleilaxu no habían dejado ningún detalle de su ghola por rematar.

—Sólo los dioses pueden atreverse sin riesgos a la perfección —dijo ella—. Es algo peligroso para un hombre.

—Duncan está muerto —dijo él, deseando que ella no le llamara más así—. Yo soy Hayt.

Ella estudió sus ojos artificiales, preguntándose lo que estaban viendo. Observados detenidamente, revelaban minúsculas manchas negras, pequeños pozos de oscuridad en el brillante metal. ¡Facetas! El universo llameó y vaciló alrededor de ella. Se sujetó con una mano a la balaustrada sobrecalentada por el sol. Ahh, la melange avanzaba rápidamente.

—¿Os encontráis mal? —preguntó Hayt. Se acercó a ella, los metálicos ojos muy abiertos, mirándola fijamente.

¿*Quién habla?*, se preguntó Alia. ¿Era Duncan Idaho? ¿Era el ghola mentat o el filósofo Zensunni? ¿O era el peón tleilaxu, mucho más peligroso que cualquier Navegante de la Cofradía? Sólo su hermano lo sabía.

Miró de nuevo al ghola. Había algo inactivo en él, algo latente. Estaba saturado de esperas y de poderes que iban mucho más allá de sus vidas.

—A causa de mi madre, soy como una Bene Gesserit —dijo ella—. ¿Lo sabes?

—Lo sé.

—Utilizo sus poderes, pienso como piensan ellas. Parte de mí conoce la sagrada urgencia del programa de selección genética... y sus productos.

Parpadeó, sintiendo que parte de su consciencia empezaba a moverse libremente por el Tiempo.

—Se dice que la Bene Gesserit nunca abandona —dijo él. Y la observaba atentamente, muy de cerca, notando cuán blancos eran los nudillos que se sujetaban a la balaustrada.

—¿He tropezado? —preguntó ella.

El notó cuán profunda era su respiración, la tensión que había en cada uno de sus movimientos, el particular brillo de sus ojos.

—Cuando uno tropieza —dijo él—, puede recuperar su equilibrio sencillamente saltando por encima de la cosa que le haya hecho tropezar.

—La Bene Gesserit ha tropezado —dijo ella—. E intenta recuperar su equilibrio saltando por encima de mi hermano. Esperan el hijo de Chani... o el mío.

—¿Lleváis un hijo en vuestro interior?

Ella luchó por aferrarse a algún lugar del espaciotiempo para responder a aquella pregunta. ¿Un hijo? ¿Cuándo? ¿Dónde?

—Puedo ver... mi hijo —susurró.

Se apartó del extremo del balcón, volvió la cabeza y miró al ghola. Su rostro era de sal, sus ojos duros... dos círculos de reluciente plomo... y, cuando los volvió hacia la luz para seguir su movimiento, con sombras azules.

—¿Qué es lo que ves con esos ojos? —murmuró ella.

—Lo mismo que ven los demás ojos —dijo él.

Las palabras resonaban en sus oídos, acelerando su consciencia. Se desplegaba a través del universo, cada vez más aprisa... más aprisa... interpenetrándose con las corrientes del Tiempo.

—Habéis tomado especia —dijo él—. Una gran dosis.

—¿Por qué no puedo verlo? —murmuró ella. El seno de la creación la mantenía prisionera—. Dime, Duncan, ¿por qué no puedo verlo?

—¿Qué es lo que no podéis ver?

—No puedo ver al padre de mis hijos. Estoy perdida en la bruma del Tarot. Ayúdame.

La lógica del mentat ofreció su primera computación, y Hayt dijo:

—La Bene Gesserit desea que os emparejéis con vuestro hermano. Esto cerraría el círculo genético...

Un suspiro escapó de ella.

—El huevo en la carne —gimió. Una sensación de frío glacial la invadió, seguida de un intenso calor. ¡El invisible amante de sus oscuros sueños! Carne de su carne que el oráculo no podía revelar... ¿Llegaría hasta aquel extremo?

—¿Os habéis arriesgado a tomar una dosis peligrosa de especia? —preguntó él. Algo en su interior luchaba por expresar el absoluto terror de que una mujer Atreides pudiera morir, de que Paul tuviera que enfrentarse con el conocimiento de que una hembra de la familia real hubiera... partido.

—Tú no sabes lo que es intentar atrapar el futuro —dijo ella—. Algunas veces me veo a mí misma... pero no puedo ver el camino que sigo. No puedo ver a través de mí misma —inclinó la cabeza, la agitó negativamente.

—¿Cuánta especia habéis tomado? —preguntó él.

261

—La naturaleza abomina de la presciencia —dijo ella, levantando de nuevo la cabeza—. ¿Sabías eso, Duncan?

El habló suave, razonablemente, como lo haría con un niño pequeño:

—Decidme cuánta especia habéis tomado. —Posó su mano izquierda en el hombro de ella.

—Las palabras son como una burda maquinaria, tan primitivas y ambiguas —dijo ella. Se apartó de su mano.

—Debéis decírmelo —murmuró él.

—Mira hacia la Muralla Escudo —ordenó ella, señalando. Su mirada fue más allá de su temblorosa mano, se estremeció ante el paisaje súbitamente desmoronado por una tremenda visión... un castillo de arena destruido por invisibles olas. Apartó los ojos, y se sintió paralizada por la apariencia del rostro del ghola. Sus rasgos cambiaban, se convertían en los de un viejo, luego los de un joven... los de un viejo... los de un joven. Era la vida misma, firmemente enraizada, infinita... Se volvió para huir, pero él la sujetó por la muñeca.

—Voy a llamar a un doctor —dijo.

—¡No! ¡Debes dejarme tener mi visión! ¡Necesito saber!

—Vais a entrar de nuevo —dijo él.

Ella bajó su mirada hacia la mano de él. Allá donde sus carnes se tocaban sentía una presencia eléctrica que la atraía y repelía a la vez. Se soltó bruscamente, restalló:

—¡No puedes detener el torbellino!

—¡Necesitáis ayuda médica! —gritó él.

—¿Pero acaso no comprendes? —dijo ella—. Mi visión es incompleta, tan sólo fragmentos. Oscilan y saltan. Debo recordar el futuro. ¿No puedes entenderlo?

—¿Qué es el futuro si vos morís? —preguntó él, empujándola suavemente hacia los apartamentos familiares.

—Palabras... palabras —murmuró ella—. No puedo explicarlo. Una cosa engendra otra cosa, pero no hay causa... no hay efecto. No podemos dejar el universo tal como era Se haga como se haga, hay una falla.

—Tendeos aquí —ordenó él.

¡Es tan torpe!, pensó ella.

Frías sombras la envolvían. Sentía sus propios músculos arrastrándose como gusanos... el lecho que tan firme sabía bajo ella se volvía insustancial. Tan sólo el espacio era permanente. Ninguna otra cosa tenía sustancia. El lecho fluctuaba con varios cuerpos, y todos ellos eran el suyo. El tiempo se convertía en una sensación múltiple, saturada. No presentaba ninguna reacción que pudiera abstraer. Era el Tiempo. Se movía. Todo el universo se deslizaba hacia atrás, hacia adelante, hacia los lados.

—No hay nada que tenga el aspecto de una cosa —intentó explicar—. Una no puede estar bajo ella o sobre ella. No hay ningún lugar donde aplicar una palanca.

Había una vibración de gentes a su alrededor. Varias de aquellas presencias sujetaban su mano izquierda. Miró su propia moviente carne, siguió un fluctuante abrazo hacia la fluida máscara de un rostro... ¡Duncan Idaho! Sus ojos eran... distintos, pero se trataba de Duncan... niño-hombre-adolescente-niño-hombre-adolescente... Cada uno de sus rasgos evidenciaba su preocupación por ella.

—Duncan, no temas nada —susurró.

El apretó su mano, asintió.

—Estáos tranquila —dijo.

Y pensó: *¡No debe morir! ¡Ella no! ¡Ninguna mujer Atreides debe morir!* Agitó bruscamente su cabeza. Tales movimientos desafiaban la lógica mentat. La muerte era una necesidad para que la vida continuara.

El ghola me ama, pensó Alia.

El pensamiento se convirtió en un lecho de piedra al que se sujetó desesperadamente. Era un rostro familiar con una estancia sólida tras él. Reconoció uno de los dormitorios de los apartamentos de Paul.

Una persona fija, inmutable, hacía algo con un tubo en su garganta. Luchó contra el vómito.

—Hemos llegado justo a tiempo —dijo una voz, en la que reconoció la entonación de un médico de la familia—. Deberíais haberme llamado antes. —Había suspicacia en la voz del médico. Sintió que el tubo se deslizaba fuera de su garganta... una serpiente, una brillante cuerda.

—El inyectable la hará dormir —dijo el médico—. Llamaré a uno de los sirvientes para...

263

—Me quedaré yo con ella —dijo el ghola.

—¡Eso no es correcto! —restalló el médico.

—Quédate... Duncan —susurró Alia.

El palmeó su mano para decirle que había comprendido.

—Mi Dama —dijo el médico—, sería mejor que...

—No tenéis que decirme lo que es mejor... —gruñó ella.

Su garganta daba violentas arcadas a cada sílaba.

—Mi Dama —dijo el médico, con voz acusadora—, *vos* sabéis los peligros de consumir demasiada melange. Ya sólo puedo asumir que alguien os la habrá administrado sin...

—Sois un estúpido —gruñó ella—. ¿Podéis negarme mis visiones? Sé la cantidad que he tomado y el porqué. —Se llevó la mano a la garganta—. Iros... ¡inmediatamente!

El médico salió fuera de su campo de visión, diciendo:

—Comunicaré lo ocurrido a vuestro hermano.

Ella lo ignoró, volviendo su atención al ghola. La visión era ahora clara en su consciencia, un medio de cultivo en el cual el presente crecía hacia afuera. Sentía al ghola moverse en aquel juego del Tiempo, en absoluto críptico, fijo ahora contra un fondo reconocible.

El es el crisol, pensó. *Es a la vez peligro y salvación.*

Y se estremeció, sabiendo que aquella era la misma visión que su hermano había visto. Indeseadas lágrimas ardieron en sus ojos. Agitó violentamente la cabeza. ¡No quería lágrimas! Eran humedad malgastada y, además, enturbiaban el flujo de la visión. ¡Había que detener a Paul! Una vez, tan sólo una vez, había franqueado el abismo del Tiempo para situar su voz en donde él debía pasar. Pero el cansancio y la mutabilidad no permitían aquello en estos momentos. La trama del Tiempo pasaba ahora a través de su hermano como los rayos de luz atravesando una lente. El permanecía en el foco y lo sabía. Había atraído todas las líneas hacia él, y no permitiría que nada escapara o cambiara.

—¿Por qué? —murmuró—. ¿Es esto odio? ¿Se lanza contra el Tiempo por su propia voluntad porque sabe que esto lo hiere? ¿Es esto... odio?

Creyendo que la había oído pronunciar su nombre, el ghola dijo:

—¿Mi Dama?

—¡Si tan sólo pudiera arrojar esto fuera de mí! —exclamó ella—. Yo no he querido ser distinta.

—Por favor, Alia —murmuró él—. Procurad dormir.

—Hubiera querido poder reír —murmuró ella. Las lágrimas resbalaron por sus mejillas—. Pero soy la hermana de un Emperador al que adoro como a un dios. La gente me teme. Nunca quise ser temida.

El enjugó las lágrimas de su rostro.

—Yo no quería formar parte de la historia —murmuró ella—. Yo tan sólo quería ser amada... y amar.

—Sois amada —dijo él.

—Ahhh, mi leal, leal Duncan —dijo ella.

—Por favor, no me llaméis eso —suplicó él.

—Pero lo eres —dijo ella—. Y la lealtad es una valiosa mercancía. Puede ser vendida... no comprada, pero sí vendida.

—No me gusta vuestro cinismo —dijo él.

—¡Maldita sea tu lógica! ¡Es cierto!

—Dormid —dijo él.

—¿Me amas, Duncan? —preguntó ella.

—Sí.

—¿Es esta una de tus mentiras —preguntó ella—, una de las mentiras que son más fáciles de creer que la verdad? ¿Por qué tengo miedo de creerte?

—Teméis mis diferencias tanto como teméis las vuestras propias.

—¡Sé un hombre, no un mentat! —restalló ella.

—Soy un mentat y un hombre.

—¿Querrás hacerme tu mujer, entonces?

—Haré lo que pida el amor.

—¿Y la lealtad?

—Y la lealtad.

—Es por eso por lo que eres peligroso —dijo ella.

Aquellas palabras le turbaron. Ninguna señal de su turbación apareció en su rostro, ningún músculo tembló... pero ella lo supo. Su visión-recuerdo le reveló aquella turbación. Sin embargo, tuvo la sensación de que se le escapaba parte de la visión, que hubiera debido recordar algo más del futuro. Que existía otra percepción que no actuaba precisamente a través de los sentidos, algo que se producía en el interior de su cabeza sin venir de ningún lugar, al igual que la presciencia. Algo que yacía en las sombras del Tiempo... infinitamente doloroso.

¡La emoción! ¡Eso era... la emoción! Había aparecido en la visión, no directamente, sino como un producto a partir del cual podía inferir lo que había más allá. Había sido poseída por la emoción... una simple constricción hecha de miedo, aflicción y amor. Estaban allí en la visión, reunidos en un solo cuerpo epidémico... dominante y primordial.

—Duncan, no me abandones —susurró.

—Dormid —dijo él—. No luchéis.

—Debo... debo. Es la presa en su propia trampa. Es el sirviente del poder y el terror. La violencia... la deificación, es la prisión que lo encierra. Va a perderlo... todo. Va a ser destronado.

—¿Estáis hablando de Paul?

—Van a conducirlo hasta destruirse a sí mismo —jadeó ella, intentando levantarse—. Hay demasiado peso, demasiado dolor. Lo seducen arrastrándolo lejos del amor. —Se sentó en la cama—. Están creando un universo en el que no va a querer vivir.

—¿Por qué está haciendo esto?

—¿El? Ohhh, eres demasiado torpe. Forma parte del esquema. Y es demasiado tarde... demasiado tarde... demasiado tarde...

A medida que hablaba, sentía su consciencia disminuir, nivel tras nivel. Se estabilizó directamente debajo de su ombligo. Cuerpo y mente separados y reunidos de nuevo en una reserva de visiones reliquia... moviéndose... moviéndose... Oyó un latir fetal, un hijo del futuro. La melange seguía poseyéndola, haciéndola vagar a través del Tiempo. Supo que había saboreado la vida de un hijo aún no concebido. Una cosa era cierta respecto a ese hijo... iba a sufrir el mismo despertar que ella había sufrido. Iba a ser una entidad despierta, consciente, incluso antes de su nacimiento.

Existe un límite a la fuerza que ni siquiera los más poderosos pueden aplicar sin destruirse a sí mismos. Juzgar este límite es el auténtico arte de gobernar. Usar mal este poder es un pecado fatal. La ley no puede ser un instrumento de venganza, nunca un rehén, no una fortificación contra los mártires que ha creado. Uno no puede amenazar a una individualidad y escapar de las consecuencias.

—Muad'dib en la Ley, Comentarios de Stilgar

Chani contemplaba el desierto matutino recortándose en la hendidura bajo el Sietch Tabr. No llevaba destiltraje, y se sentía desprotegida allá en el desierto. La gruta de entrada del sietch se abría disimuladamente en algún lugar de la atormentada pared del risco, debajo y detrás de ella.

El desierto... el desierto... Tenía la sensación de que el desierto la había seguido siempre, dondequiera que hubiese ido. Volver al desierto era tan sólo algo así como volver a girar la vista para ver algo que siempre había estado allí.

Una dolorosa constricción estrujó su abdomen. El nacimiento iba a ser pronto. Luchó por rechazar el dolor, deseando en aquel momento estar sola con su desierto.

La quietud del alba se extendía por todo el paisaje. Las sombras se desplegaban a lo largo de las dunas y las terrazas de la Muralla Escudo. La luz diurna se ocultaba aún tras una alta escarpadura, tiñendo de azul todo el cielo por encima de ella. La escena emanaba un sentimiento de terrible cinismo que la había atormentado desde el momento en que había sabido de la ceguera de Paul.

¿Qué hacemos aquí?, se preguntó.

Aquello no era un hajra, un viaje de búsqueda. Paul no había venido a buscar nada allí, excepto quizá un lugar para que ella pudiera dar a luz. Se había rodeado de extraños compañeros para aquel viaje, se dijo: Bijaz, el enano tleilaxu; el ghola, Hayt, que podía ser también la reencarnación de Duncan Idaho; Edric, el Embajador Navegante de la Cofradía; Gaius Helen Mohiam, la Reverenda Madre Bene Gesserit a quien obviamente odiaba; Lichna, la extraña hija de Otheym, que no podía moverse más allá de los atentos ojos de los guardias; Stilgar, el decano de los Naibs, y su esposa favorita, Harah... e Irulan... Alia...

El sonido del viento a través de las rocas acompañaba sus pensamientos. El desierto iba iluminándose poco a poco con la luz del día, amarillo sobre amarillo, bronce sobre bronce, gris sobre gris.

¿Por qué tan extraña mezcla de compañeros?

—Hemos olvidado —le había dicho Paul, en respuesta a su pregunta—, que la palabra «compañía» significaba originalmente compañeros de viaje. Nosotros somos una compañía.

—¿Pero qué valor tienen?

—¡Esta es la cuestión! —dijo él, girando hacia ella sus órbitas vacías—. Hemos perdido esa clara y sencilla noción de la vida. Si algo no puede ser embotellado, dominado, etiquetado o almacenado, decimos que no tiene valor.

—No es a eso a lo que me refería —dijo ella, dolida.

—Ahhh, querida —dijo él, consoladoramente—, somos tan ricos en dinero y tan pobres en vida. Soy malvado, obstinado, estúpido...

—¡No lo eres!

—Eso también es cierto. Pero mis manos son azules a

causa del tiempo. Pienso que he intentado inventar la vida, sin comprender que ya había sido inventada.

Y había posado sus manos sobre el abdomen de ella, para sentir la nueva vida que latía allí.

Recordando aquello, Chani colocó ambas manos sobre su abdomen y se estremeció, lamentando haberle pedido a Paul que la trajera hasta aquí.

El viento del desierto había agitado horribles hedores de las franjas de plantaciones que habían anclado las dunas al pie del risco. La superstición Fremen se aferró a ella: *Malos olores, malos tiempos.* Hizo frente al viento, vio a un gusano aparecer más allá de las plantaciones. Avanzaba levantando una duna como la proa de un navío demoníaco, atravesando la arena, olió el agua mortal para él, y se marchó describiendo una amplia curva.

Ella odió entonces el agua, inspiró profundamente, con el mismo miedo que el gusano. El agua, antiguamente el espíritu-alma de Arrakis, se había convertido en un veneno. El agua traía pestilencias. Tan sólo el desierto era limpio.

Bajo ella, apareció un equipo de trabajo Fremen. Trepaban hacia la entrada media del sietch, y vio que sus pies estaban manchados de barro.

¡Fremen con pies manchados de barro!

Los niños del sietch empezaron a cantarle a la mañana por encima de ella, con sus voces surgiendo de la entrada superior. Aquellas voces crearon en ella la sensación del tiempo huyendo como halcones persiguiendo al viento. Se estremeció.

¿Qué tormentas había *visto* Paul con su visión sin ojos?

Sintió la presencia de un hombre viciosamente loco en él, alguien cansado de canciones y polémicas.

El cielo, observó, se había convertido ahora en un cristal gris estriado de alabastro, con extraños dibujos creados por los caprichos del viento y la arena. Una línea de un blanco incandescente en el sur atrajo su atención. Con los ojos súbitamente alerta, interpretó la señal: cielo blanco en el sur, la boca de Shai-hulud. Una tormenta llegando, un gran viento. Sintió el aviso de la brisa, un azotar de cristalillos de arena contra sus mejillas. El incienso de la muerte llegaba con el viento: olores del agua de los qanats, vapor de arena, sílex. El agua... contra ella lanzaba Shai-hulud sus vientos de coriolis.

Aparecieron halcones en el risco donde ella se encontra-ba, buscando abrigo contra el viento. Eran del mismo color amarronado que las rocas, con manchas escarlatas en sus alas. Hizo que su mente fuera hacia ellos: ellos tenían un lugar donde ocultarse; ella en cambio no.

—¡Mi Dama, el viento llega!

Se volvió, viendo al ghola llamándola desde la entrada superior del sietch. Los terrores Fremen la invadieron. Una muerte limpia, y el agua del cuerpo destilada para la tribu, era algo que podía comprender. Pero... algo venido de más allá de la muerte...

La arena arrastrada por el viento azotaba sus mejillas, enrojeciéndolas. Miró por encima de su hombro la terrible franja de polvo que cruzaba ahora el cielo. El desierto había tomado un nuevo aspecto bajo la tormenta, como algo vivo, con las dunas moviéndose como olas en simulacro de una de las tormentas que Paul le había descrito que ocu-rrían en los mares de otros planetas. Vaciló, presa de un sentimiento de relatividad con respecto a la vida del desier-to. Medida con respecto a la eternidad, no era más que un segundo. El oleaje de las dunas golpeaba contra las rocas.

La tormenta se convirtió en algo universal para ella... con todos los animales huyendo... el desierto sumergién-dose en algo impreciso excepto por sus característicos so-nidos: el crepitar de la arena contra la roca, el silbido de las ráfagas de viento, el galope de un risco arrancado re-pentinamente de su enclavamiento... de pronto, en algún lugar incógnito, un gusano atrapado y arrastrado tonta-mente por la tormenta abriéndose desesperadamente cami-no hacia sus secas profundidades.

Era tan sólo un momento con relación al modo como su vida medía el tiempo, pero en este momento sintió que todo el planeta era barrido por la tormenta... convirtiéndo-se en polvo cósmico, parte de otros oleajes.

—Debemos apresurarnos —dijo el ghola, inmediata-mente detrás de ella.

Sintió el miedo que anidaba en él con respecto a su seguridad.

—Dentro de poco el viento será lo bastante fuerte como para arrancar la carne de nuestros huesos —añadió, como si pensara que necesitaba explicarle *a ella* lo que era una tormenta.

Su miedo con respecto a la tormenta le hicieron olvidar la prevención que tenía hacia él, y se dejó conducir hacia los peldaños de roca que conducían al sietch. Penetraron por la puerta estanca que protegía la entrada. Unos servidores cerraron los sellos de humedad tras ellos.

Los olores del sietch invadieron su olfato. El lugar era un fermento de recuerdos nasales... el olor a caverna de los innumerables cuerpos, las ristras de ésteres de los destiladores, el familiar aroma de la comida, el acre de las máquinas trabajando... y por sobre todos ellos, la omnipresente especia: la melange por todos lados.

Inspiró profundamente.

—El hogar —dijo.

El ghola apartó la mano de su brazo y se retiró a un lado, una paciente silueta ahora, como si hubiera sido desconectada mientras no se usaba. Sin embargo... observaba.

Chani vaciló a la entrada del sietch, hostigada por algo que no podía nombrar. Aquel era realmente su hogar. De niña, había cazado allí escorpiones a la luz de los globos. Sin embargo, algo había cambiado...

—Quizá deberíais ir a vuestros aposentos, mi Dama —dijo el ghola.

Como prendida por aquellas palabras, una dolorosa contracción estrujó su abdomen. Hizo un esfuerzo para no evidenciarlo.

—¿Mi Dama? —murmuró el ghola.

—¿Por qué Paul siente temor ante el nacimiento de nuestros hijos? —preguntó ella.

—Es natural que tema por vuestra seguridad —dijo el ghola.

Ella apoyó una mano en su mejilla, enrojecida aún por el azote de la arena.

—¿Y no teme por los niños?

—Mi Dama, él no puede pensar en un niño sin recordar que vuestro primer hijo fue muerto por los Sardaukar.

Ella estudió al ghola... un rostro aplanado, unos indescifrables ojos de metal. ¿Era realmente Duncan Idaho aquella criatura? ¿Era tan sólo el amigo de alguien? ¿Estaba diciendo ahora la verdad?

—Deberíais estar con los médicos —dijo el ghola.

De nuevo captó en la voz de él el miedo por su seguridad. Se dio cuenta bruscamente de que su mente estaba indefensa, dispuesta a ser invadida por percutantes percepciones.

—Hayt, tengo miedo —murmuró—. ¿Dónde está mi Usul?

—Lo retienen asuntos de estado —dijo el ghola.

Ella asintió con la cabeza, pensando en el aparato del gobierno que lo había acompañado en una gran escolta de ornitópteros. Bruscamente, se dio cuenta de lo que la inquietaba en el sietch: la presencia de olores ajenos a él. Los administradores y ayudantes habían traído consigo sus ropas distintas, de objetos distintos de uso personal. Había allí una contracorriente de olores.

Chani agitó la cabeza, conteniendo una amarga risa. ¡Incluso los olores cambiaban con la presencia de Muad'dib!

—Hay asuntos importantes que no puede dejar para luego —dijo el ghola, interpretando erróneamente su vacilación.

—Sí... sí, entiendo. Yo también he venido con todo ese enjambre.

Recordando el vuelo desde Arrakeen, se admitió a sí misma que no había esperado sobrevivir a él. Paul había insistido en pilotar su propio tóptero. Sin ojos, había conducido la máquina hasta allí. Tras esta experiencia, sabía que nada de lo que pudiera hacer él la sorprendería ya.

Otro espasmo de dolor estrujó su abdomen.

El ghola notó su contenido aliento, la tirantez de los músculos de sus mejillas.

—¿Ha llegado el momento? —dijo.

—Yo... sí, creo que sí.

—No debemos retrasarnos —dijo él. Tomó su brazo y la condujo apresuradamente a través de la gran sala.

Notando el pánico en él, Chani dijo:

—Aún hay tiempo.

El pareció no oírla.

—La forma Zensunni de aguardar el nacimiento —dijo, urgiéndola a ir más aprisa— es esperar sin ningún propósito definido en un estado de mayor tensión. No hay que luchar contra lo que está ocurriendo. Luchar es prepararse al fracaso. No hay que dejarse atrapar por la necesidad de completar algo. Siguiendo este camino, uno lo completa todo.

Mientras hablaba, alcanzaron la entrada de sus apartamentos. Apartó los cortinajes que cubrían el acceso, gritó muy alto:

—¡Harah! ¡Harah! ¡Ha llegado el momento! ¡Llama a los médicos!

Su llamada provocó carreras precipitadas. Hubo un gran revuelo de gente en medio de la cual Chani se sentía como en una aislada isla de calma... hasta que llegó el próximo dolor.

Hayt, saliendo de nuevo al pasillo, se tomó su tiempo para pensar en sus propias acciones. Le parecía hallarse fijado en algún punto del tiempo donde todas las verdades no podían ser más que temporales. El pánico yacía bajo sus acciones, se dio cuenta. Un pánico centrado no en la posibilidad de que Chani podía morir, sino en que Paul podía acudir luego a él... abrumado por el dolor... para decirle que su amada se había ido... ido... ido...

Algo no puede emerger de la nada, se dijo a sí mismo el ghola. *¿De donde emerge este pániço?*

Sintió que sus facultades de mentat habían sido ablandadas, y lanzó un profundo y vibrante suspiro. Una sombra psíquica pasó por encima de él. Bajo su oscuridad emocional, se vio a sí mismo esperando algún sonido absoluto... el chasquido de una rama en una jungla.

Suspiró de nuevo. El peligro había pasado sin herir.

Lentamente, dominados sus poderes, rechazando asomos de inhibición, se puso en trance de consciencia mentat. Se forzó a él... no del mejor modo posible, pero sí como algo necesario. Sombras fantasmales se movieron en su interior, ocupando el lugar de gente. Era ahora una estación de transferencia y selección para cualquier dato que hubiera recibido. Su espíritu estaba habitado por criaturas de posibilidades. Pasó revista a todas ellas, comparándolas, juzgándolas.

La transpiración empapaba su frente.

Pensamientos como hilachas se hundían en las tinieblas de lo desconocido. ¡Infinitos sistemas! Un mentat no puede funcionar sin darse cuenta de que trabaja en un complejo de infinitos sistemas. El conocimiento fijado no puede ceñir el infinito. El *por todas partes* no puede ser afrontado bajo una perspectiva finita. Hay que *convertirse* en el infinito... al menos momentáneamente.

En un espasmo gestalt lo consiguió, viendo a Bijaz sentado ante él, oscilando en el centro de algún fuego interior.

¡Bijaz!

¡El enano había hecho algo en él!

Hayt se vio a sí mismo oscilando en el borde de un abismo mortal. Proyectó su línea de computadora mentat hacia afuera, viendo lo que podía producir el desarrollo de sus propias acciones.

—¡Una compulsión! —jadeó—. ¡Han inscrito en mí una compulsión!

Un correo vestido con ropas azules que pasaba cuando Hayt habló se detuvo y vaciló.

—¿Me decís algo, señor? —preguntó.

Sin mirar hacia él, el ghola negó con la cabeza.

—Ya lo he dicho todo —murmuró.

Erase un hombre tan sabio,
Que metió la cabeza
En un lugar lleno de arena
¡Y se quemó ambos ojos!
Y cuando supo que sus ojos estaban ciegos,
No se compadeció por ello.
Apeló a su otra visión
E hizo de sí mismo un santo.

—Poema de niños, de la Historia
de Muad'dib

Paul aguardaba en la oscuridad fuera del sietch. La visión oracular le decía que era de noche, que el claro de luna silueteaba el sepulcro en la cima de la Roca del Mentón, alta a su izquierda. Era aquel un lugar saturado de recuerdos, su primer sietch, allá donde él y Chani...

No debo pensar en Chani, se dijo a sí mismo.

El restringuido campo de su visión le revelaba los cambios que se habían producido a su alrededor... un racimo de palmeras allá abajo, a lo lejos, a su derecha, la línea plateada de un qanat arrastrando su agua a través de las dunas intensificadas por la tormenta de la mañana.

¡Agua deslizándose por el desierto! Recordó otra clase de agua fluyendo en un río en su mundo natal, Caladan.

275

Nunca había llegado a comprender el tesoro que representaba aquella agua deslizándose lodosa en un qanat a través de la depresión en el desierto. Un tesoro.

Con una discreta tos, un ayudante apareció tras él.

Paul tendió sus manos, tomando un tablero magnético con una simple hoja de papel metálico en él. Se movía tan lentamente como el agua del qanat. La visión seguía fluyendo, pero él se sentía cada vez más reluctante a moverse con ella.

—Perdón, Señor —dijo el ayudante—. El Tratado de Semboule... vuestra firma.

—¡Puedo leerlo! —restalló Paul. Garabateó «Atreides Imper», en el lugar correcto, devolvió el tablero, colocándolo directamente en la abierta mano del ayudante, consciente del temor que inspiraba este gesto.

El hombre desapareció.

Paul se volvió de nuevo. *¡Qué paisaje tan árido y desolado!* Se imaginó a sí mismo aplastado por el sol y por el monstruoso calor, en un lugar de deslizantes arenas y encharcadas sombras de pozos de arena, demonios de viento danzando en las rocas, con sus angostos vientres repletos de cristales de ocre. Pero era también un paisaje rico: grande, lleno de angostos lugares con perspectivas de inmensidades vacías batidas por las tormentas, riscos, farallones y torturadas cadenas montañosas.

Todo ello requería la presencia de agua... y amor.

La vida transformaba aquellas irascibles inmensidades en lugares de gracia y movimiento, pensó. Este era el mensaje del desierto. El contraste lo sorprendía con su constatación. Sintió deseos de volverse a los ayudantes apiñados en la entrada del sietch y gritarles: ¡Si necesitáis algo a lo que adorar, entonces adorad la vida... toda la vida, incluso la más ínfima vida que se arrastre por el suelo! ¡Todos nosotros formamos parte de esta belleza!

Pero no le comprenderían. En el desierto, ellos eran también interminables desiertos. Las cosas que crecían no habían danzado nunca verdes ballets para ellos.

Apretó los puños a sus costados, intentando detener la visión. Deseaba volar fuera de su propia mente. ¡Era una bestia que se preparaba a devorarlo! La consciencia yacía en él, pesada, hinchada con toda la vida que había absorbido, saturada con demasiadas experiencias.

Desesperadamente, Paul intentó rechazar sus pensamientos.

¡Las estrellas!

Su consciencia se enfocó hacia el pensamiento de todas aquellas estrellas sobre su cabeza... un infinito volumen de ellas. Un hombre debía estar medio loco para imaginar que podía dominar sobre una sola lágrima de aquel volumen. No podía llegar ni siquiera a imaginar el número de sujetos sobre los que su Imperio ejercía su poder.

¿Sujetos? Más bien adoradores y enemigos. ¿Había un solo hombre que pudiera escapar al angosto destino de sus prejuicios? Ni siquiera un Emperador escapaba. Había vivido una vida de posesión, intentando crear un universo a su propia imagen. Pero el exultante universo terminaba arrojando sobre él sus silenciosas olas.

¡Escupo sobre Dune!, pensó. *¡Le doy mi humedad!*

Su mito, que había levantado a base de intrincados movimientos e imaginación, a base de claro de luna y amor, a base de plegarias tan viejas como Adán, y grises riscos y escarlatas sombras, y lamentos y ríos de mártires... ¿en qué terminaba todo aquello? Cuando las olas se retiraban, las riberas del Tiempo aparecían limpias, vacías, brillando con infinitos granos de recuerdo, y cosas parecidas. ¿Era esta la dorada génesis del hombre?

El crujir de la arena contra las rocas le dijo que el ghola se había reunido con él.

—Hoy me has evitado, Duncan —dijo Paul.

—Es peligroso para vos llamarme así —dijo el ghola.

—Lo sé.

—Yo... he venido a preveniros, mi Señor.

—Lo sé.

Entonces la historia de la compulsión que Bijaz había puesto en él fluyó del interior del ghola.

—¿Sabes la naturaleza de la compulsión? —preguntó Paul.

—Violencia.

Paul notó que llegaba a un lugar que lo había estado llamando desde el principio. Se inmovilizó. El Jihad se había apoderado de él, lo había fijado en una trayectoria de la cual la terrible graveddad del Futuro no podría arrancarlo jamás.

—No habrá ninguna violencia de parte de Duncan —susurró Paul.

—Pero Señor...

—Dime lo que ves a nuestro alrededor —dijo Paul.

—¿Mi Señor?

—El desierto... ¿cómo es esa noche?

—¿No lo podéis *ver?*

—No tengo ojos, Duncan.

—Pero...

—Sólo tengo mi visión —dijo Paul—, y me gustaría no tenerla. Estoy agonizando de presciencia. ¿Puedes comprender esto, Duncan?

—Quizá... lo que tanto teméis no llegue a ocurrir —dijo el ghola.

—¿Cómo? ¿Negar mi propio oráculo? ¿Cómo podría hacerlo cuando lo he visto ocurrir cientos y cientos de veces? La gente le llama a esto un poder, un don. ¡Es una aflicción! ¡No me va a permitir abandonar mi vida donde la encontré!

—Mi Señor —murmuró el ghola—, esto... no es así... joven dueño, vos no... yo... —se interrumpió.

Paul captó la confusión del ghola.

—¿Cómo me has llamado, Duncan?

—¿Qué? ¿Qué? Yo... por un momento... yo...

—Me has llamado joven dueño.

—Lo he hecho, sí.

—Era lo que siempre me llamaba Duncan. —Paul tendió la mano, tocó el rostro del ghola—. ¿Es esto parte de tu entrenamiento tleilaxu?

—No.

Paul inclinó la cabeza.

—¿Qué es, entonces?

—Salió... de mí.

—¿Entonces sirves a dos dueños?

—Quizá.

—Líbrate del ghola, Duncan.

—¿Cómo?

—Tú eres humano. Haz algo humano.

—¡Soy un ghola!

—Pero tu carne es humana. Duncan está en ella.

—*Algo* está en ella.

—No importa como lo hagas —dijo Paul—, lo conseguirás.

—¿Lo habéis visto con vuestra presciencia?

—¡Maldita sea la presciencia! —Paul se volvió. Su visión le azotaba de nuevo, fluctuaba, pero era algo que no podía ser detenido.

—Mi Señor, si vos...

—¡Calla! —Paul levantó una mano—. ¿Has oído eso?

—¿Oído qué, mi Señor?

Paul agitó la cabeza. Duncan no lo había oído. ¿Había tan sólo imaginado aquel sonido? Había sido su nombre tribal pronunciado desde el desierto, muy lejos y muy bajo: «Usul... Uuuuusssssuuuullll...»

—¿Qué ocurre, mi Señor?

Paul agitó la cabeza. Se sentía observado. Algo allí afuera, entre las sombras de la noche, sabía que él estaba allí. ¿Algo? No... *alguien.*

—Todo era dulce —murmuró—, y tú eras lo más dulce de todo...

—¿Qué decís, mi Señor?

—Es el futuro —dijo Paul.

Aquel amorfo universo humano que le rodeaba allá afuera se había movido, oscilando al ritmo de su visión. Había lanzando una poderosa nota hacia él, cuyos fantasmales ecos aún persistían.

—No comprendo, mi Señor —dijo el ghola.

—Un Fremen muere cuando está demasiado tiempo lejos del desierto —dijo Paul—. A eso le llaman «el mal del agua». ¿No es algo extraño?

—Es muy extraño.

Paul se sumergía en sus recuerdos, intentando encontrar de nuevo el sonido del aliento de Chani junto a él en la noche. *¿Dónde está este consuelo?*, se preguntó. Todo lo que podía recordar era a Chani en el desayuno del día en que partieron hacia el desierto. Se había mostrado nerviosa, irritable.

—¿Por qué te has puesto esa vieja ropa? —le había preguntado, contemplando el negro uniforme en forma de capa con la insignia roja del halcón bordada en él bajo las ropas Fremen—. ¡Tú eres un Emperador!

—Incluso un Emperador tiene sus ropas favoritas —había dicho él.

Por alguna razón inexplicable, aquello hizo brotar lágrimas de los ojos de Chani... la segunda vez en su vida que las inhibiciones Fremen habían sido quebrantadas.

Ahora, inmóvil en la oscuridad, Paul palpaba sus propias mejillas, descubriendo humedad en ellas. *¿Quién da humedad al muerto?*, se preguntó. Era su propio rostro, pero sin embargo no lo era. El viento helaba su húmeda piel. Un sueño vacilante se formó, se desvaneció. ¿Qué era aquella exaltación en su pecho? ¿Era algo que había comido? Qué amargo y penoso era su otro yo, dando humedad a los muertos. El viento chirriaba arrastrando la arena. La piel seca de nuevo, era la suya propia. ¿Pero a quién pertenecía el estremecimiento de su interior?

Entonces oyeron el lamento, muy adentro en las profundidades del sietch. Se hizo más fuerte... más fuerte...

El ghola se volvió ante el repentino resplandor de una luz, alguien abriendo los sellos de la entrada. En el resplandor, vio a un hombre con una sonrisa burlona... ¡No! ¡No era una sonrisa, era una mueca de dolor! Era un lugarteniente Fedaykin llamado Tandis. Tras él se apresuraban otras personas, y todos permanecieron en silencio mientras él le hablaba a Muad'dib.

—Chani... —dijo Tandis.

—Ha muerto —susurró Paul—. He oído su llamada.

Se volvió hacia el sietch. Conocía aquel lugar. Era un lugar donde no podía ocultarse. Su acelerada visión iluminó toda la muchedumbre Fremen. *Vio* a Tandis, sintió el dolor del Fedaykin, el miedo y la cólera.

—Ella se ha ido —dijo Paul.

El ghola oyó las palabras a través de un deslumbrante halo. Quemaban su pecho, su espalda, las órbitas de sus metálicos ojos. Notó que su mano derecha se movía hacia el cuchillo que llevaba en su cinturón. Sus propios pensamientos eran extraños, deslabazados. Era una marioneta con los hilos atados a aquel atroz halo. Se movía bajo órdenes extraños, deseos extraños. La compulsión tensó sus brazos, sus labios, su mandíbula. El sonido surgió vibrante de su boca, un terible gruñido repetitivo:

—¡Hraak! ¡Hraak! ¡Hraak!

El cuchillo se elevó para golpear. En aquel momento, halló su propia voz, restalló chirriantes palabras:

—¡Corred! ¡Corred, joven amo!

—No vamos a correr —dijo Paul—. Vamos a movernos con dignidad. Haremos lo que haya que hacer.

Los músculos del ghola se bloquearon. Se estremeció, vaciló.

«¡...lo que haya que hacer!» Las palabras rodaron por su mente como un gran pez alcanzando la superficie. «¡...lo que haya que hacer!» Ahhh, aquello había sonado como si proviniera del viejo Duque, el abuelo de Paul. El joven dueño tenía algo del viejo hombre en él. «¡...lo que haya que hacer!»

Las palabras se desplegaron como un abanico en la consciencia del ghola. Una sensación de vivir simultáneamente dos vidas penetró en él: Hayt/Idaho/Hayt/Idaho... Era una inmóvil cadena de existencia relativa, singular, solitaria. Viejos recuerdos asomaron a su mente. Los identificó, los ajustó a su nuevo conocimiento, los integró a una nueva consciencia. Una nueva *persona* que se realizaba en una forma temporal de tiranía interna. Su síntesis permanecía cargada con un desorden potencial, pero los acontecimientos lo empujaban hacia un ajuste temporal. El joven dueño necesitaba de él.

Entonces ocurrió. Se reconoció a sí mismo como Duncan Idaho, recordando todo lo de Hayt como si lo hubiera estado guardando secretamente y lo hubiera prendido en una llameante catálisis. El halo se disolvió. Rechazó las compulsiones tleilaxu.

—Quédate junto a mí, Duncan —dijo Paul—. Necesitaré depender de ti para muchas cosas. —Y, como Idaho continuara inmóvil, como en trance—: ¡Duncan!

—Sí, soy Duncan.

—¡Por supuesto que lo eres! Este era el momento en que debías encontrarte a ti mismo. Ahora vamos dentro.

Idaho penetró tan sólo a un paso detrás de Paul. Era como en los viejos tiempos, aunque no exactamente como entonces. Ahora que se había liberado de los tleilaxu, podía apreciar lo que estos le habían dado. El entrenamiento Zensunni le había permitido superar el shock de los acontecimientos. La consumación mentat había creado un equilibrio. Rechazó todo miedo, dominando su fuente. Toda su consciencia miraba al exterior desde una posición de infinito asombro: había estado muerto, estaba vivo.

—Señor —dijo Tandis, acercándose—. La mujer, Lichna, dice que debe veros. Le he dicho que espere.

—Gracias —dijo Paul—. El nacimiento...

—He hablado con los médicos —dijo Tandis, trastabillando—. Dicen que tenéis dos hijos, ambos vivos y sanos.

—¿Dos? —Paul se sintió desfallecer, se apoyó en el brazo de Idaho.

—Un niño y una niña —dijo Tandis—. Los he visto. Son dos hermosos niños Fremen.

—¿Cómo... cómo ha muerto ella? —jadeó Paul.

—¿Mi Señor? —Tandis se inclinó hacia Paul.

—¿Chani? —dijo Paul.

—Fue el nacimiento, mi Señor —farfulló Tandis—. Dicen que su cuerpo fue consumido por la rapidez en que se produjo todo. No lo entiendo, pero eso es lo que dicen.

—Llévame hasta ella —murmuró Paul.

—¿Mi Señor?

—¡Llévame hasta ella!

—Eso estamos haciendo, mi Señor —de nuevo Tandis se inclinó hacia Paul—. ¿Por qué vuestro ghola lleva un cuchillo en la mano?

—Duncan, guarda tu cuchillo —dijo Paul—. El tiempo de la violencia ha pasado.

Mientras hablaba, Paul se sintió más cerca del sonido de su voz que del mecanismo que había creado tal sonido. ¡Dos bebés! La visión tan sólo había contenido uno. Y sin embargo, todos aquellos momentos eran idénticos a los de la visión. Había allí una persona que experimentaba dolor y rabia. Alguien. Su propia consciencia se hallaba presa de un horrible remolino de recuerdos que desplegaban ante él la totalidad de su vida.

¿Dos bebés?

Se sintió de nuevo desfallecer. *Chani, Chani,* pensó. *No había otro camino. Chani, mi amor, créeme, esta muerte era más rápida para ti... y más suave. Hubieran retenido a nuestros hijos como rehenes, te hubieran mostrado en una jaula y en los pozos de esclavos, te hubieran envilecido, culpándote de mi muerte. Este camino... este camino nos destruye y salva a nuestros hijos.*

¿Hijos?

Se sintió desfallecer una vez más.

Yo he permitido esto, pensó. *Debería sentirme culpable.*

El ruido de una estrepitosa confusión llenaba la caverna ante ellos. Se hacía más y más intenso a medida que él recordaba de su visión que debía hacerse más y más intenso. Sí, aquél era el esquema, el inexorable esquema, incluso con dos hijos.

Chani está muerta, se dijo a sí mismo.

En algún lejano instante, muy en un pasado que había compartido con otros, aquel futuro había llegado hasta él. Lo había acosado, lo había acorralado contra un abismo cuyas paredes se iban acercando y acercando cada vez más. Tenía la sensación de que terminaría siendo aplastado por ellas. Este era el camino que seguía aquella visión.

Chani está muerta. Debería abandonarme al dolor.

Pero aquél *no* era el camino que seguía la visión.

—¿Ha sido avisada Alia? —preguntó.

—Está con los amigos de Chani —dijo Tandis.

Paul notó como la muchedumbre se apartaba para dejarle paso. Su silencio se movía ante él como una ola. El ruido de la confusión se apagaba. Un sentido de tensa emoción invadía el sietch. Deseó apartar a la gente de su visión, pero era imposible. Cada rostro que se giraba para seguir su avance tenía su huella particular. Todos los rostros estaban impresos por una despiadada curiosidad. Sentían pesar, por supuesto, pero comprendía la crueldad que los inundaba. Observaban lo inteligible que se convertía en mudo, lo sabio que se convertía en estúpido. ¿Acaso el clown no apela siempre a la crueldad?

Era más que un velatorio, menos que una vigilia.

Paul sentía que su alma exigía un respiro, pero la visión lo arrastraba. *Tan sólo un poco más lejos*, se dijo a sí mismo. La negrura, la oscuridad desprovista de visión le aguardaba tan sólo a unos pasos. Estaba agazapada en aquel lugar arrancado de su visión por el dolor y la culpabilidad, aquel lugar en que la luna caía.

Tropezó al entrar, hubiera caído si la mano de Idaho no le hubiera sujetado con firmeza, una sólida presencia que sabía lo intenso que era su silencioso dolor.

—Este es el lugar —dijo Tandis.

—Cuidado aquí, Señor —dijo Idaho, ayudándole a franquear el umbral. Los cortinajes acariciaron el rostro de Paul. Idaho le hizo detenerse. Paul captaba la estancia como un reflejo contra sus mejillas y sus oídos. Era un espacio horadado en la roca, con la roca desnuda oculta tan sólo por los tapices.

—¿Dónde está Chani? —susurró Paul.

—Ahí a vuestra derecha, Usul —respondió la voz de Harah.

Paul contuvo un tembloroso suspiro. Había temido que su cuerpo hubiera sido llevado ya al lugar donde los Fremen destilaban el agua para la tribu. ¿Era allí donde conducía la visión? Se sintió abandonado a su ceguera.

—¿Los niños? —preguntó.

—Están también aquí, mi Señor —dijo Idaho.

—Tenéis dos hermosos gemelos, Usul —dijo Harah—, un chico y una chica. ¿Los veis? Los hemos metido en una cuna.

Dos niños, pensó Paul, perplejo. La visión había contenido tan sólo una niña. Se soltó del brazo de Idaho, avanzó hacia el lugar desde donde había hablado Harah, tropezó con una superficie dura. Sus manos la exploraron: las suaves líneas de una cuna de metaglass.

Alguien sujetó su brazo izquierdo.

—¿Usul? —era Harah. Guió su mano al interior de la cuna. Palpó suave carne. ¡Era tan cálida! Palpó costillas, el ritmo de una respiración.

—Es vuestro hijo —susurró Harah. Hizo avanzar su mano—. Y esta es vuestra hija —su mano siguió palpando—. Usul, ¿sois realmente ciego ahora?

Sabía lo que ella estaba pensando. *El ciego debe ser*

abandonado al desierto. Las tribus Fremen no acarreaban consigo peso muerto.

—Condúceme hasta Chani —dijo Paul, ignorando su pregunta.

Harah le hizo girar, conduciéndole hacia la izquierda.

Paul se descubrió a sí mismo aceptando el hecho de que Chani estaba muerta. Había encontrado su lugar en un universo que ella no había querido, asumiendo una carne que no era la adecuada. Cada inspiración desgarraba sus emociones. *¡Dos hijos!* Se preguntó si se habría obligado a sí mismo a introducirse por un camino en el que su visión no podía alcanzarle. Parecía algo sin importancia.

—¿Dónde está mi hermano?

Era la voz de Alia tras él. Oyó su roce, el contacto de su presencia cuando tomó su brazo del de Harah.

—¡Debo hablarte! —siseó Alia.

—Dentro de un momento —dijo Paul.

—¡Ahora! Es acerca de Lichna.

—Ya lo sé —dijo Paul—. Dentro de un momento.

—¡No tienes ningún momento que perder!

—Tengo muchos momentos.

—¡Pero no Chani!

—¡Ya basta! —ordenó él—. Chani está muerta. —Apoyó una mano contra la boca de ella cuando iba a protestar—. ¡Te ordeno que te calles! —Ella se retiró y él apartó su mano—. Describe lo que ves —dijo.

—¡Paul! —la frustración y las lágrimas luchaban en su voz.

—No importa —dijo él. Se obligó a sí mismo al silencio interior, abrió los ojos de su visión a aquel momento. Sí... era aquella misma escena. El cuerpo de Chani yacía en una camilla cerca de un círculo de luz. Alguien había ordenado sus blancas ropas, intentando ocultar la sangre del nacimiento. No importaba; no podía desviar su atención de la visión de su rostro... ¡un espejo de eternidad en sus inmóviles rasgos!

Se volvió, pero la visión se movió con él. Ella se había ido... y nunca volvería. El aire, el universo, todo estaba vacío... completamente vacío. ¿Era esta la esencia de su penitencia?, se preguntó. Apeló a las lágrimas, pero no quisieron acudir. ¿Había vivido demasiado tiempo como un Fremen? ¡Su muerte solicitaba humedad!

Cerca, uno de los niños gritó, y alguien le hizo callar. El sonido hizo caer una cortina a su visión. Paul agradeció la oscuridad. *Este es otro mundo*, pensó. *Dos niños.*

El pensamiento surgió de algún perdido trance oracular. Intentó capturar de nuevo la atemporal expansión mental de la melange, pero la consciencia no acudió. Ningún rastro de futuro llegó hasta él. Se sintió rechazado del futuro... de cualquier futuro.

—Adios, mi Sihaya —murmuró.

La voz de Alia, dura y exigente, le llegó desde algún lugar a sus espaldas.

—He traído a Lichna.

Paul se volvió.

—No es Lichna —dijo—. Es un Danzarín Rostro. Lichna está muerta.

—Pero escucha lo que dice —dijo Alia.

Lentamente, Paul se volvió hacia la voz de su hermana.

—No estoy sorprendido de hallarte aún con vida, Atreides. —La voz era casi la de Lichna, pero con sutiles diferencias, como si el que hablaba utilizara las cuerdas vocales de Lichna, pero no se preocupara de controlarlas lo suficiente. Paul se sintió sorprendido por la extraña nota de honestidad que había en aquella voz.

—¿No estás sorprendido? —preguntó Paul.

—Soy Scytale, un Danzarín Rostro tleilaxu, y desearía saber algo antes de que negociemos. ¿Es un ghola lo que veo detrás de ti, o Duncan Idaho?

—Es Duncan Idaho —dijo Paul—. Y no negociaré contigo.

—Creo que sí negociarás —dijo Scytale.

—Duncan —dijo Paul, hablando por encima de su hombro—, ¿matarás a ese tleilaxu si te lo pido?

—Sí, mi Señor —había la rabia reprimida de un asesino en la voz de Idaho.

—¡Espera! —dijo Alia—. No sabes lo que estás rechazando.

—Lo sé —dijo Paul.

—Así, es el auténtico Duncan Idaho de los Atreides —dijo Scytale—. ¡Hemos encontrado la palanca! Un ghola *puede* recuperar su pasado. —Paul oyó un ruido de pasos. Alguien le rozó al pasar por su izquierda. La voz de Scytale le llegó ahora desde su espalda—. ¿Qué es lo que recuerdas de tu pasado, Duncan?

—Todo. Desde mi más pequeña infancia. Te recuerdo incluso a ti junto al tanque de donde me sacaron —dijo Idaho.

—Maravilloso —suspiró Scytale—. Maravilloso.

Paul oyó que la voz se movía. *Necesito una visión*, pensó. La oscuridad era frustrante. El entrenamiento Bene Gesserit le advertía de la terrible amenaza que representaba Scytale, pero la criatura seguía siendo sólo una voz, la sombra de un movimiento... completamnete fuera de su alcance.

—¿Son esos los niños Atreides? —preguntó Scytale.

—¡Harah! —gritó Paul—. ¡Aléjalo de ahí!

—¡Quedaos donde estáis! —exclamó Scytale—. ¡Todos vosotros! Os lo advierto, un Danzarín Rostro puede moverse mucho más rápidamente de lo que podéis imaginar. Mi cuchillo puede dar cuenta de esas dos vidas antes de que alguno de vosotros pueda tocarme.

Paul sintió que algo rozaba su brazo derecho cuando alguien se movió junto a él por aquel lado.

—No avances más, Alia —dijo Scytale.

—Alia —dijo Paul—. Obedece.

—Es culpa mía —gruñó Alia—. ¡Culpa mía!

—Atreides —dijo Scytale—, ¿vamos a negociar ahora?

Tras él, Paul oyó una ronca maldición. Su garganta se contrajo ante la reprimida violencia de la voz de Idaho. ¡Idaho no debía perder el control! ¡Scytale podía matar a los bebés!

—Para llevar adelante una negociación uno necesita algo que poder vender —dijo Scytale—. ¿No es así, Atreides? ¿Te gustaría recuperar a tu Chani? Nosotros podemos reintegrártela. Un ghola, Atreides. Un ghola, *¡con todos sus recuerdos!* Pero debemos apresurarnos. Llama a tus amigos para que traigan un tanque criogénico que preserve su carne.

287

Oír de nuevo la voz de Chani, pensó Paul. *Sentir su presencia a mi lado. Ahhh, es por eso por lo que me ofrecieron a Idaho como un ghola, para que descubriera qué cerca está la recreación del original. Pero ahora... una total restauración... a su precio correspondiente. Será para siempre un instrumento de los tleilaxu. Y Chani... condenada al mismo sino de una traición hacia nuestros hijos, expuesta de nuevo a los complots de la Qizarate...*

—¿Qué presiones usaréis para restaurar los recuerdos de Chani? —preguntó Paul, luchando por mantener su voz calmada—. ¿La condicionaréis a que... a que mate a uno de sus propios hijos?

—Usaremos las presiones que nos sean necesarias —dijo Scytale—. ¿Qué dices a ello, Atreides?

—Alia —dijo Paul—, negocia tú con esa *cosa*. Yo no puedo negociar con quien no puedo ver.

—Una juiciosa elección —se regocijó Scytale—. Bien, Alia, ¿qué me ofreces como agente de tu hermano?

Paul bajó su cabeza, obligándose a sí mismo al silencio dentro del silencio. Acababa de entrever algo... algo como una visión, pero no una visión. Había un cuchillo cerca de él... ¡Allí!

—Necesito unos instantes para pensar —dijo Alia.

—Mi cuchillo es paciente —dijo Scytale—, pero la carne de Chani no lo es. Que la cantidad de tiempo sea *razonable*.

Paul se sintió a sí mismo parpadear. Era imposible, pero... ¡era! ¡Sentía unos ojos! Su ventajosa posición era extraña y se movía erráticamente. *¡Allí!* El cuchillo apareció en un campo de visión: Con una profunda inspiración de sorpresa, Paul reconoció el punto focal. ¡Era el de uno de sus hijos! ¡Estaba viendo el cuchillo y la mano de Scytale asomando por encima de la cuna! Brillaba tan sólo a unos centímetros de él. Sí, y podía verse también a sí mismo al otro lado de la estancia... la cabeza inclinada, inmóvil, una figura inofensiva, ignorada por todos los demás.

—Para empezar, deberéis traspasarnos todos vuestros intereses en la CHOAM —sugirió Scytale.

—¿Todos ellos? —protestó Alia.

—Todos.

Observándose a sí mismo a través de los ojos en la cuna, Paul extrajo su crys de la funda en su cinturón. El movimiento le produjo una extraña sensación de dualidad. Midió la distancia, el ángulo. No habría una segunda oportunidad. Preparó su cuerpo a la manera Bene Gesserit, convirtiéndose en un resorte comprimido para saltar en un único y concentrado movimiento, una acción *prajna* que requería que todos sus músculos estuvieran equilibrados en una exquisita unidad.

El crys saltó de su mano. El lechoso destello de su hoja brilló en el ojo derecho de Scytale, arrojando la cabeza del Danzarín Rostro hacia atrás. Scytale levantó ambas manos y cayó hacia atrás, contra la pared. Su cuchillo saltó hacia el techo y fue a golpear contra el suelo. Scytate rebotó en la pared y cayó hacia adelante, muerto antes de tocar el suelo.

A través de los ojos en la cuna, Paul observó los rostros en la estancia volviéndose hacia su ciega figura, leyó la unánime sorpresa. Luego Alia se precipitó hacia la cuna, se inclinó, y ya no vio nada más.

—Oh, están a salvo —dijo Alia—. Están a salvo.

—Mi Señor —jadeó Idaho—, ¿era *eso* parte de vuestra visión?

—No —agitó una mano en dirección a Idaho—. Déjalo correr.

—Perdóname, Paul —dijo Alia—. Pero cuando esa criatura dijo que podía... revivir...

—Hay algunos precios que un Atreides no podrá pagar nunca —dijo Paul—. Tú lo sabes.

—Lo sé —suspiró ella—. Pero me sentí tentada...

—¿Quién no se hubiera sentido tentado? —preguntó Paul.

Se apartó de ellos, avanzó vacilante hacia la pared, se apoyó en ella, intentó comprender lo que acababa de hacer. *¿Cómo? ¿Cómo? ¡Los ojos en la cuna!* Se sentía empujado al umbral de una terrible revelación.

—Mis ojos, padre.

Las palabras-formas brillaron ante su jadeante visión.

—¡Mi hijo! —susurró Paul, demasiado bajo para que alguien pudiera oírlo—. Eres... consciente.

—Sí, *padre. ¡Mira!*

Paul permaneció apoyado contra la pared, en un espasmo de vértigo. Tuvo la sensación de que todo lo que había en su interior era absorbido, drenado. Su propia vida pasó ante él. Vio a su padre. *Era* su padre. Y su abuelo, y todos sus antepasados antes que él. Su consciencia penetró en un corredor de mentes dispersas a lo largo de toda su línea masculina.

—¿Cómo? —preguntó silenciosamente.

Tenues palabras-formas aparecieron, palidecieron y desaparecieron, como si el esfuerzo fuera demasiado grande. Paul se limpió la saliva que corría por las comisuras de su boca. Recordó el despertar de Alia en el seno de Dama Jessica. Pero aquí no había habido Agua de Vida, ninguna sobredosis de melange esta vez... ¿o sí? ¿Acaso Chani no había sentido una feroz hambre de especia? ¿O tal vez todo aquello no era más que el producto genético de su línea, aquello tan deseado por la Reverenda Madre Gaius Helen Mohiam?

Paul se acercó a la cuna, con Alia inclinada sobre él. Las manos de ella eran reconfortantes. Su rostro era indistinto, una cosa gigantesca directamente sobre él. Se volvió y vió a su compañera de cuna... una niña con aquella fuerza en sus huesos que era la herencia del desierto. Tenía una abundante cabellera de color rojo tostado. Mientras la miraba, ella abrió los ojos. ¡Aquellos ojos! Chani estaba tras aquellos ojos... y también Dama Jessica. Había toda una multitud tras aquellos ojos.

—Observad esto —dijo Alia—. Se están mirando mutuamente.

—Los niños no pueden enfocar su vista a esa edad —dijo Harah.

—Yo podía —dijo Alia.

Suavemente, Paul sintió que se desprendía de aquella infinita consciencia. Había retrocedido, y estaba de nuevo apoyado contra la pared. Idaho lo agitó suavemente por los hombros.

—¿Mi Señor?

—Quiero que mi hijo se llame Leto —dijo Paul, enderezándose—. Como mi padre.

—Cuando llegue el momento de darle su nombre·—dijo Harah—, yo estaré a vuestro lado como amiga de la madre y le daré este nombre.

—Y mi hija —dijo Paul—, se llamará Ghanima:

—¡Usul! —objeto Harah—. Ghanima es un nombre de mal agüero.

—Salvó tu vida —dijo Paul—. ¿Qué importa que Alia se haya burlado de ti con este nombre? Mi hija es Ghanima, un botín de guerra.

Paul oyó ruedas chirriando junto a él... la camilla con el cuerpo de Chani. Se la estaban llevando. El canto del Rito del Agua se inició.

—¡Hay yawm! —dijo Harah—. Debo irme ahora si quiero estar presente como observadora de la santa Verdad y permanecer al lado de mi amiga por última vez. Su agua pertenece a la tribu.

—Su agua pertenece a la tribu —murmuró Paul. Oyó a Harah marcharse. Tendió el brazo y·encontró la mano de Idaho—. Llévame a mis apartamentos, Duncan.

En el interior de sus apartamentos, le pidió suavemente que le dejara solo. Era tiempo de estar solo. Pero antes de que Idaho pudiera irse se produjo un alboroto ante la puerta.

—¡Mi dueño! —Era Bijaz, llamando desde el umbral.

—Duncan —dijo Paul—, déjalo avanzar dos pasos. Mátalo si intenta avanzar más.

—Ayyah —dijo Idaho.

—¿Es Duncan? —preguntó Bijaz—. ¿Es *realmente* Duncan Idaho?

—Lo soy —dijo Idaho—. Lo recuerdo todo.

—¿Así pues el plan de Scytale ha tenido éxito?

—Scytale está muerto —dijo Paul.

—Pero no yo y tampoco el plan —dijo Bijaz—. ¡Por el tanque donde crecí! ¡Puedo hacerlo! ¡Puedo recuperar mis pasados... todos ellos! Necesito tan sólo el disparador adecuado.

—¿Disparador? —preguntó Paul.

—La compulsión de mataros —dijo Idaho, con la ira

asomando a su voz—. Una computación mentat: descubrieron que yo os consideraba como el hijo que nunca tuve. Antes que mataros, el verdadero Duncan Idaho se hubiera apoderado del cuerpo del ghola. Pero... esto hubiera podido fallar. Dime, enano, si vuestro plan hubiera fallado, si yo le hubiera matado, ¿qué hubiera ocurrido?

—Oh... entonces hubiéramos negociado con la hermana para salvar a su hermano. Pero este otro tipo de negociación es mejor.

Paul inspiró temblorosamente. Podía oír a las plañideras avanzando por el último corredor que conducía a las estancias profundas donde se hacía la ofrenda del agua.

—Aún no es demasiado tarde, mi Señor —dijo Bijaz—. ¿No queréis que vuestra amada regrese? Podemos restaurarla para vos. Un ghola, sí. Pero ahora... podemos esperar restaurarla completamente. Haced que acudan sirvientes con un tanque criogénico a fin de preservar la carne de vuestra bienamada...

Ahora era mucho más duro, se dio cuenta Paul. Había agotado sus poderes con la primera tentación tleilaxu. ¡Y ahora todo era para nada! Sentir la presencia de Chani otra vez...

—Siléncialo —dijo Paul a Idaho, hablando en el lenguaje de batalla de los Atreides. Oyó a Idaho moviéndose hacia la puerta.

—¡Mi dueño! —lloriqueó Bijaz.

—Si me amas —dijo Paul, aún en el lenguaje de batalla—, hazme este favor: ¡mátalo antes de que yo sucumba!

—¡Nooooo...! —aulló Bijaz.

El sonido se cortó bruscamente en un estertor.

—Le he hecho un último favor —dijo Idaho.

Paul bajó la cabeza, escuchando. Ya no podía oír a las plañideras. Pensó en el antiguo rito Fremen que debía haberse iniciado ahora en las profundidades del sietch, allá en las silenciosas cámaras de la muerte donde la tribu recuperaba el agua de sus miembros.

—No había elección —dijo Paul—. ¿Puedes comprenderlo, Duncan?

—Lo comprendo.

—Hay algunas cosas que uno no puede soportar. He vagado en todos los posibles futuros que he podido crear hasta que, finalmente, han sido ellos quienes me han creado a mí.

—Mi Señor, no deberíais...

—Hay problemas en este universo para los cuales no hay respuestas —dijo Paul—. Nada. No puede hacerse nada.

Mientras hablaba, Paul sintió disolverse los lazos que lo unían a su visión. Su mente se encogió, abrumada por infinitas posibilidades. Su última visión se perdió como el viento, que sopla hacia donde quiere.

Decimos que Muad'dib se fue a un viaje a
aquel país en donde andamos sin dejar las hue-
llas de nuestros pasos.

—Preámbulo al Credo de la Qizarate

Había un dique de agua contra la arena, un límite para las plantaciones del sietch. Le seguía un puente de piedra, y luego el desierto bajo los pasos de Idaho. El promontorio del Sietch Tabr dominaba el cielo nocturno tras él. La luz de ambas lunas delineaba los altos riscos. Un huerto había crecido junto al agua.

Idaho hizo una pausa al borde del desierto y contempló las florecidas ramas sobre la silenciosa agua, reflejo y realidad... cuatro lunas. El destiltraje era viscoso contra su piel. Húmedo olor a sílex invadía su olfato a través de los filtros. Había como una risa maligna en el viento que soplaba a través del huerto. Escuchó los sonidos nocturnos. Ratones canguro habitaban las frondas a la orilla del agua; una lechuza halcón lanzaba su monótona llamada a las sombras del risco; una cascada de arena producida por el viento dejaba oír su silbar en algún lugar del abierto bled. Idaho se volvió hacia aquella dirección. No podía ver ningún movimiento entre las dunas iluminadas por la luna.

Era Tandis quien había conducido a Paul hasta allá a lo lejos. Luego el hombre había regresado a dar su informe. Y Paul había seguido andando por el desierto... como un Fremen.

—Estaba ciego... realmente ciego —había dicho Tandis, como si esto lo explicara todo—. Antes de aquello tenía la visión, tal como nos había dicho... pero...

Un alzarse de hombros. Los Fremen ciegos eran abandonados en el desierto. Muad'dib podía ser un Emperador, pero también era un Fremen. ¿No había dejado dicho que su guardia Fremen se encargara de cuidar y educar a sus hijos? Era un Fremen.

Había un desierto de esqueletos allí, sabía Idaho. Osamentas de roca iluminadas por la plateada luz de la luna emergiendo entre la arena; luego empezaban las dunas.

No hubiera debido dejarlo solo, ni siquiera por un minuto, pensó Idaho. *Sabía lo que tenía en mente.*

—Me dijo que el futuro ya no necesitaba de su presencia física —había informado Tandis—. Cuando lo dejé, se volvió hacia mí y me gritó algo. «¡Ahora soy libre!», fueron sus palabras.

¡Malditas sean!, pensó Idaho.

Los Fremen se habían negado a enviar tópteros o buscadores de ninguna clase. Rescatarlo iba contra sus ancestrales costumbres.

—Un gusano acudirá a por Muad'dib —habían dicho. Y habían iniciado el canto reservado a aquellos que se comprometían con el desierto, aquellos cuya agua iba a Shaihulud—: Madre de la Arena, padre del Tiempo, inicio de la Vida, déjale paso.

Idaho se sentó en una roca plana y escrutó el desierto. La noche tejía sobre la arena engañosos esquemas. No había forma de saber hacia dónde había ido Paul.

—Ahora soy libre.

Idaho dijo aquellas palabras en voz alta, sorprendido por el sonido de su propia voz. Por un tiempo dejó vagar su mente, recordando aquel día cuando había conducido a Paul niño al mercado marítimo de Caladan, el brillante resplandor del sol en el agua, las riquezas del mar ofrecidas para quien quisiera comprarlas. Idaho recordaba a

Gurney Halleck tocando el baliset para ellos... placer, risas. Los ritmos surgieron en su mente, lanzándola como una esclava a través de canales de recordadas delicias.

Gurney Halleck. Gurney le maldeciría por aquella tragedia.

El recuerdo de la música se desvaneció.

Las palabras de Paul surgieron de nuevo en su memoria: «*Hay problemas en este universo para los cuales no hay respuestas.*»

Idaho empezaba a preguntarse cómo iba a morir Paul allá en el desierto. ¿Rapidamente, muerto por un gusano? ¿Lentamente, bajo el sol? Algunos de los Fremen allá en el sietch habían dicho que Muad'dib no moriría nunca, simplemente entraría en el mundo ruh, donde existen todos los futuros posibles, que estaría presente de ahí en adelante en el *alam al-mythal*, vagando incluso mucho después de que su carne hubiera dejado de existir.

Va a morir, y soy impotente para prevenirlo, pensó Idaho.

Empezó a darse cuenta de que había una cierta refinada elegancia en morir sin dejar ninguna huella... ningún rastro, nada, y con todo un planeta como tumba.

Mentat, decídete, pensó.

Las palabras penetraron en su memoria... las palabras rituales del teniente Fedaykin, designando una guardia a los hijos de Muad'dib.

—Será el solemne deber del oficial a cargo...

El pesado y pomposo lenguaje del gobierno lo irritaba. Había seducido a los Fremen. Había seducido a todos. Un hombre, un gran hombre, estaba muriendo allá afuera, pero el lenguaje seguía pesando cada vez más... y más... y más...

¿Qué les había ocurrido, se preguntó, a todos los claros significados que habían barrido lo absurdo? En algún lugar, en algún perdido *lugar* del Imperio que había creado, habían sido empedrados, sellados contra cualquier posibilidad de redescubrimiento. Su mente buscaba soluciones, a la manera mentat. Esquemas de conocimiento brillaban allá delante. Eran como el cabello de la Lorelei atrayendo... atrayendo al hechizado marino hacia cavernas de esmeralda...

Con un brusco despertar, Idaho se arrancó de su catatónico olvido.

¡Así!, pensó. *¡Antes que afrontar mi fracaso, desapareceré por mí mismo!*

El instante de aquel despertar quedó en su memoria. Examinándolo, sintió que su vida se distendía hasta tan lejos como la propia existencia del universo. Carne real yacía condensada, finita, en la caverna de esmeralda de su consciencia, pero la vida infinita había compartido su ser.

Idaho se levantó, sintiéndose como lavado por el desierto. La arena canturreaba en el viento, golpeando contra las superficies de las hojas en el huerto tras él. Captaba el seco y abrasivo olor del polvo en el aire nocturno. Su ropa se agitó ante el impulso de una súbita brisa.

En algún lugar, lejos en el bled, debía estarse formando una madre tormenta, creando vórtices de torbellineante polvo de silbante violencia... un gigantesco gusano de polvo capaz de arrancar la carne de los huesos.

Se convertirá en uno con el desierto, pensó Idaho. *El desierto será su realización final.*

Era un pensamiento Zensunni derramándose como agua limpia a través de su mente. Paul avanzaría durante mucho tiempo, lo sabía. Un Atreides no se dejaría vencer completamente por el destino, ni siquiera teniendo plena consciencia de lo inevitable.

Un toque de presciencia alcanzó a Idaho en aquel momento, y vio que los hombres del futuro hablarían de Paul en términos marítimos. Pese a que su vida sería anegada en polvo, el agua lo seguiría para siempre.

—Su carne zozobró —dirían—, pero él sigue nadando.

Tras Idaho, un hombre carraspeó.

Idaho se volvió, para descubrir la silueta de Stilgar de pie en el puente sobre el qanat.

—No será hallado —dijo Stilgar—. Pero todos los hombres lo hallarán.

—El desierto lo toma para sí... y lo deifica —dijo Idaho—. Y sin embargo era un intruso aquí. Utilizó una química alienígena en este planeta... el agua.

—El desierto impone sus propios ritmos —dijo Stilgar—. Le dimos la bienvenida, le llamamos nuestro Mahdi, nuestro Muad'dib, y le dimos su nombre secreto, la Base del Pilar: Usul.

—Stil, no nació Fremen.

—Y no cambia absolutamente nada el que lo hayamos considerado como tal... y que lo hayamos considerado finalmente como tal. —Stilgar puso una mano en el hombro de Idaho—. Todos los hombres son intrusos, viejo amigo.

—Tú eres uno de los profundos, ¿no es cierto, Stil?

—Bastante profundo. Puedo ver cómo creamos confusión en el universo con nuestras migraciones. Muad'dib nos enseñó algo que no era confuso. Al final, es por eso por lo que los hombres recordarán su Jihad.

—No va a sucumbir al desierto —dijo Idaho—. Está ciego, pero no va a sucumbir. Es un hombre de honor y principios. Fue educado como un Atreides.

—Y su agua será derramada en la arena —dijo Stilgar—. Ven —tiró suavemente del brazo de Idaho—. Alia está dentro y pregunta por ti.

—¿Estaba contigo en el Sietch Makab?

—Sí... fue de una gran ayuda para poner en vereda a todos esos blandos Naibs. Ahora todos ellos obedecen sus órdenes... como yo.

—¿Qué órdenes?

—Ha ordenado la ejecución de los traidores.

—Oh —Idaho reprimió un sentimiento de vértigo al mirar hacia el promontorio—. ¿Cuáles traidores?

—El hombre de la Cofradía, la Reverenda Madre Mohiam, Korba... algunos otros.

—¿Habéis matado a una Reverenda Madre?

—Yo personalmente. Muad'dib dejó dicho que ella fuera perdonada —se alzó de hombros—. Pero le desobedecí, y Alia sabía que lo haría.

Idaho miró una vez más hacia el desierto, sintiendo en qué se había convertido, una persona capaz de ver el esquema de lo que Paul había creado. *La estrategia del juicio*, lo habían llamado los Atreides en sus manuales de entrenamiento. *Las gentes se hallan subordinadas al go-*

bierno, pero los gobernados influencian a los gobernantes. ¿Tenían los gobernados alguna idea, se preguntó, de lo que habían ayudado a crear allí?

—Alia... —dijo Stilgar, carraspeando. Parecía incómodo—. Necesita el consuelo de tu presencia.

—Y ella es el gobierno —murmuró Idaho.

—Tan sólo una regente.

—La fortuna pasa por todos lados, como decía a menudo su padre —murmuró Idaho.

—Hemos negociado con el futuro —dijo Stilgar—. ¿Vendrás ahora? Necesitamos tu ayuda aquí —Pareció de nuevo incómodo—. Ella está... alterada. Tan pronto insulta a su hermano por unos instantes, como lo llora al momento siguiente.

—Ahora mismo —prometió Idaho. Oyó a Stilgar alejarse. Permaneció dando la cara al chirriante viento, sintiendo los granos de arena chocar contra su destiltraje.

Su consciencia mentat proyectaba los fluctuantes esquemas hacia el futuro. Las posibilidades lo deslumbraron. Paul había puesto en movimiento un torbellineante vortex, y nada iba a quedar en su lugar a su paso.

La Bene Tleilax y la Cofradía habían ido demasiado lejos y habían perdido, quedando desacreditadas. La Qizarate se había hundido con la traición de Korba y los demás que habían conjurado con él. Y el último acto voluntario de Paul, su aceptación final de sus costumbres, había asegurado la lealtad de los Fremen a él y a su casa. Ahora era uno de ellos para siempre.

—¡Paul se ha ido! —la voz de Alia sonaba excitada y sorprendida. Se había acercado silenciosamente hasta donde estaba Idaho, y ahora permanecía inmóvil junto a él—. ¡Cometió una estupidez, Duncan!

—¡No digáis eso! —restalló él.

—Todo el universo lo dirá, de uno a otro extremo.

—¿Por qué, por el amor del cielo?

—Por el amor de mi hermano, no del cielo.

La penetración Zensunni dilató su consciencia. Podía sentir que ya no había ninguna visión en ella... no desde la muerte de Chani.

—Practicáis un extraño amor —dijo.

—¿Amor? Duncan, ¡le hubiera bastado dar un paso fuera de la senda! ¿Qué importaba que el resto del universo se derrumbara tras él? El hubiera estado a salvo... ¡y Chani con él!

—Entonces... ¿por qué no lo hizo?

—Por el amor del cielo —susurró ella. Luego, más fuerte, añadió—: Toda la vida de Paul fue una lucha por escapar al Jihad y a su deificación. Al final consiguió librarse de ello. ¡Eso fue lo que eligió!

—Ah, sí... el oráculo. —Idaho agitó maravillado su cabeza—. Incluso la muerte de Chani. Su luna cayendo.

—*Era* un estúpido, ¿no, **Duncan**?

La garganta de Idaho se contrajo con un súbito dolor.

—¡Qué estúpido! —gimió Alia, sintiendo que su control se desmoronaba—. ¡Vivirá para siempre, mientras que nosotros moriremos!

—Alia, no debéis...

—Es tan sólo dolor —dijo ella, con voz muy baja—. Sólo el dolor. ¿Sabes lo que voy a hacer por él? Voy a perdonarle la vida a la Princesa Irulan. ¡A ella! Deberías oír *su* dolor. Lloriquea, da su humedad al muerto; jura que ella lo amaba y que él no lo supo nunca. Reniega de su Hermandad, dice que va a consagrar su vida a educar a los hijos de Paul.

—¿La creéis?

—¡Apesta a sinceridad!

—Ahhh —murmuró Idaho. El esquema final se desplegaba ante su consciencia como un dibujo sobre una tela. La deserción de la Princesa Irulan era el último paso. La Bene Gesserit ya no tenía ninguna palanca que poder usar contra los herederos Atreides.

Alia sollozó, apoyándose en él, su rostro apretado contra el pecho del hombre.

—¡Oh, Duncan, Duncan! ¡Se ha ido!

Idaho besó sus cabellos.

—Por favor —susurró. Sintió que su propio dolor se mezclaba con el de ella como dos cursos de agua penetrando en el mismo estanque.

—Te necesito, Duncan —sollozó ella—. ¡Amame!

—Te amo —murmuró él.

Ella levantó la cabeza, observó el perfil de su rostro, pálido a la fría luz de las dos lunas.

—Lo sé, Duncan. El amor reconoce al amor.

Aquellas palabras produjeron un profundo estremecimiento en él, un sentimiento de constricción en su propio yo. Había acudido allí en busca de una cosa y había encontrado otra. Era como penetrar en una estancia llena de gente familiar y descubrir cuando ya era demasiado tarde que no conocía a ninguno de los presentes.

Ella se apartó de él, tomó su mano.

—¿Vendrás conmigo, Duncan? —preguntó.

—Vayas donde vayas —dijo él.

Ella lo condujo, a través del qanat, hacia la oscuridad que rodeaba el macizo y su Lugar de Seguridad.

EPILOGO

No hay el olor amargo de un funeral para Muad'dib,
Ni el tañido de un solemne rito que libere su mente
De las sombras avariciosas.
El es el loco santo,
El dorado extranjero que vivirá para siempre
Al filo de la razón.
¡Dejad que vuestra guardia baje, y él está aquí!
Su faz carmesí y su soberana palidez
Golpean nuestro universo en tramas proféticas
Al borde de una mirada tranquila... ¡aquí!
Fuera de las encrespadas junglas estelares:
Misterioso, letal, un oráculo sin ojos,
¡Un instrumento de la profecía cuya voz nunca muere!
Shai-hulud lo aguarda en una ribera
Donde las parejas caminan mirándose fijo a los ojos,
La deliciosa lasitud del amor.
Avanza a zancadas a través de la larga caverna del tiempo,
Dispersando el yo loco de su sueño.

El mesías de Dune de Frank Herbert
se terminó de imprimir en el mes de abril de 2022
en los talleres de Diversidad Gráfica S.A. de C.V.
Privada de Av. 11 #1 Col. El Vergel, Iztapalapa,
C.P. 09880, Ciudad de México.